Agatha Christie é a autora mais publicada de todos os tempos, superada apenas por Shakespeare e pela Bíblia. Em uma carreira que durou mais de cinquenta anos, escreveu 66 romances de mistério, 163 contos, dezenove peças, uma série de poemas, dois livros autobiográficos, além de seis romances sob o pseudônimo de Mary Westmacott. Dois dos personagens que criou, o engenhoso detetive belga Hercule Poirot e a irrepreensível e implacável Miss Jane Marple, tornaram-se mundialmente famosos. Os livros da autora venderam mais de dois bilhões de exemplares em inglês, e sua obra foi traduzida para mais de cinquenta línguas. Grande parte da sua produção literária foi adaptada com sucesso para o teatro, o cinema e a tevê. *A ratoeira*, de sua autoria, é a peça que mais tempo ficou em cartaz, desde sua estreia, em Londres, em 1952. A autora colecionou diversos prêmios ainda em vida, e sua obra conquistou uma imensa legião de fãs. Ela é a única escritora de mistério a alcançar também fama internacional como dramaturga e foi a primeira pessoa a ser homenageada com o Grandmaster Award, em 1954, concedido pela prestigiosa associação Mystery Writers of America. Em 1971, recebeu o título de Dama da Ordem do Império Britânico.

Agatha Mary Clarissa Miller nasceu em 15 de setembro de 1890 em Torquay, Inglaterra. Seu pai, Frederick, era um americano extrovertido que trabalhava como corretor da Bolsa, e sua mãe, Clara, era uma inglesa tímida. Agatha, a caçula de três irmãos, estudou basicamente em casa, com tutores. Também teve aulas de canto e piano, mas devido ao temperamento introvertido não seguiu carreira artística. O pai de Agatha morreu quando ela tinha onze anos, o que a aproximou da mãe, com quem fez várias viagens. A paixão por conhecer o mundo acompanharia a escritora até o final da vida.

Em 1912, Agatha conheceu Archibald Christie, seu primeiro esposo, um aviador. Eles se casaram na véspera do Natal de 1914 e tiveram uma única filha, Rosalind, em 1919. A carreira literária de Agatha – uma fã dos livros de suspense do escritor inglês Graham Greene – começou depois que sua irmã a desafiou a escrever um romance. Passaram-se alguns anos até que o primeiro livro da escritora fosse publicado. *O misterioso caso de Styles* (1920), escrito próximo ao fim da Primeira Guerra Mundial, teve uma boa acolhida da crítica. Nesse romance aconteceu a primeira aparição de Hercule Poirot, o detetive que estava destinado a se tornar o personagem mais popular da ficção policial desde Sherlock Holmes. Protagonista de 33 romances e mais de cinquenta contos da autora, o detetive belga foi o único personagem a ter o obituário publicado pelo *The New York Times*.

Em 1926, dois acontecimentos marcaram a vida de Agatha Christie: sua mãe morreu, e Archie a deixou por outra mulher. É dessa época também um dos fatos mais nebulosos da biografia da autora: logo depois da separação, ela ficou desaparecida durante onze dias. Entre as hipóteses figuram um surto de amnésia, um choque nervoso e até uma grande jogada publicitária. Também em 1926, a autora escreveu sua obra-prima, *O assassinato de Roger Ackroyd*. Esse foi seu primeiro livro a ser adaptado para o teatro – sob o nome *Álibi* – e a fazer um estrondoso sucesso nos teatros ingleses. Em 1927, Miss Marple estreou como personagem no conto "The Tuesday Night Club".

Em uma de suas viagens ao Oriente Médio, Agatha conheceu o arqueólogo Max Mallowan, com quem se casou em 1930. A escritora passou a acompanhar o marido em expedições arqueológicas e nessas viagens colheu material para seus livros, muitas vezes ambientados em cenários exóticos. Após uma carreira de sucesso, Agatha Christie morreu em 12 de janeiro de 1976.

Agatha Christie
sob o pseudônimo de
Mary Westmacott

Filha é filha

Tradução de Henrique Guerra

www.lpm.com.br

L&PM POCKET

Coleção **L&PM** POCKET, vol. 942

Texto de acordo com a nova ortografia.
Título original: *A Daughter's a Daughter*

Primeira edição na Coleção **L&PM** POCKET: abril de 2011
Esta reimpressão: dezembro de 2024

Tradução: Henrique Guerra
Capa: designedbydavid.co.uk © HarperCollins/Agatha Christie Ltd 2008
Preparação: Marianne Scholze
Revisão: Ana Laura Freitas

CIP-Brasil. Catalogação na Fonte
Sindicato Nacional dos Editores de Livros, RJ

C542f

Christie, Agatha, 1890-1976

Filha é filha / Agatha Christie sob o pseudônimo de Mary Westmacott; tradução de Henrique Guerra. – Porto Alegre, RS: L&PM, 2024.

256p. – (Coleção L&PM POCKET; v. 942)

Tradução de: *A Daughter's a Daughter*

ISBN 978-85-254-2108-1

1. Mães e filhas - Ficção. 2. Romance inglês. I. Guerra, Henrique II. Título. III. Série.

| 11-0152. | CDD: 823 |
| | CDU: 821.111-3 |

A Daughter's a Daughter Copyright © 1952 The Rosalind Hicks Charitable Trust. All rights reserved
AGATHA CHRISTIE is a registered trade mark of Agatha Christie Limited in the UK and/or elsewhere. All rights reserved.
www.agathachristie.com

Todos os direitos desta edição reservados a L&PM Editores
Rua Comendador Coruja, 314, loja 9 – Floresta – 90220-180
Porto Alegre – RS – Brasil / Fone: 51.3225.5777

Pedidos & Depto. Comercial: vendas@lpm.com.br
Fale conosco: info@lpm.com.br
www.lpm.com.br

Impresso no Brasil
Primavera de 2024

Sumário

LIVRO UM
Capítulo 1...9
Capítulo 2...24
Capítulo 3...34
Capítulo 4...49
Capítulo 5...61
Capítulo 6...80
Capítulo 7...90
Capítulo 8...100
Capítulo 9...118

LIVRO DOIS
Capítulo 1...135
Capítulo 2...153
Capítulo 3...159
Capítulo 4...174

LIVRO TRÊS
Capítulo 1...191
Capítulo 2...208
Capítulo 3...217
Capítulo 4...232
Capítulo 5...235
Capítulo 6...238

LIVRO UM

Capítulo 1

I

Na plataforma da estação Victoria, no centro de Londres, Ann Prentice acenava.

O trem com destino ao porto começou a andar numa série de solavancos resolutos e lentamente deixou o terminal; a cabeça morena de Sarah sumiu de vista. Ann Prentice deu meia-volta e atravessou devagar a plataforma rumo à saída.

Vivenciou a estranha mescla de sensações que se despedir de uma pessoa amada às vezes provoca.

A doce Sarah – a falta que ela ia fazer... Claro que só seriam três semanas... Mas o apartamento ficaria tão vazio... Só ela e Edith – duas chatas de meia-idade...

E Sarah tão elétrica, tão vivaz, tão otimista em relação a tudo... No entanto, continuava sendo a adorável neném de cabelos pretos...

Que horror! Pensar assim! Isso deixaria Sarah profundamente irritada! A única coisa que Sarah – e todas as outras moças da sua idade – fazia questão era de uma postura de tranquila indiferença por parte dos pais.

– Sem *escândalo*, mãe – insistiam elas.

Aceitavam, é óbvio, tributos em espécie. Levar sua roupa à lavanderia e depois buscá-la, em geral pagando a conta. Realizar os telefonemas delicados ("Ligue *você* pra Carol, mãe. Assim, as coisas vão ficar *bem* mais fáceis!"). Organizar a bagunça incessante ("Mãezinha, eu bem que queria arrumar o quarto. Mas tô atrasada e tenho que sair *voando*.").

"Na minha época era diferente", meditou Ann...

Mergulhou no passado. Crescera num lar à moda antiga. A mãe dela já passara dos quarenta quando ela nasceu; o pai era ainda mais velho, uns quinze ou dezesseis anos mais velho que a mãe. Sempre era dele a última palavra na casa.

Carinho não faltara e havia sido demonstrado por todas as partes.

"Vem cá, minha pequerrucha."

"A predileta do papai!"

"Quer que eu vá buscar alguma coisa, mãezinha?"

Limpar a casa, ir ao correio ou à farmácia, manter em dia as contas do mercado da esquina, entregar convites e participações sociais: Ann cuidara de tudo isso naturalmente. Filhas existiam para servir aos pais – e não o contrário.

Ao parar defronte à banca de livros, Ann perguntou-se de repente:

– Qual seria o melhor?

Por incrível que pareça, não era uma questão fácil de responder.

Correndo o olhar pelas estantes da banca (algo para ler à tardinha perto da lareira), chegou à conclusão inesperada de que aquilo na verdade não importava. A coisa toda era uma convenção, nada mais. Como usar gírias. Uma época se dizia que as coisas eram "maneiras", depois se tornaram "bacanas" e agora estavam "iradas"; ou senão se repetia "concordo plenamente" e "tenho loucura" por isto ou aquilo.

Filhos cuidam dos pais ou pais cuidam dos filhos? Pouca diferença isso fazia numa relação interpessoal básica e imprescindível. Entre Sarah e ela própria reinava, aos olhos de Ann, um amor profundo e autêntico. Entre ela e a sua mãe? Puxando pela memória, ponderou que por trás da fachada de ternura e afeto existira, na verdade, aquela indiferença despreocupada e amena tão na moda hoje em dia.

Sorrindo consigo, Ann comprou um livro de bolso da Penguin que lembrava ter lido há alguns anos e gostado. Talvez parecesse meio piegas agora, mas isso não tinha importância, já que Sarah não estaria em casa...

Ann pensou: "Vou sentir a falta dela... Claro que vou... Mas será um *sossego*...".

E continuou pensando: "Será um descanso para Edith, também. Ela fica chateada com mudanças constantes nos planos e nos horários das refeições".

Afinal, Sarah e sua turma estavam sempre para lá e para cá num frenesi de telefonemas e planos de última hora.

"Mãe, pode antecipar o almoço? Queremos ir ao cinema."

"É você, mãezinha? Liguei pra avisar que não vou mais almoçar aí."

Para Edith, leal funcionária há mais de vinte anos, hoje fazendo o triplo do trabalho para o qual fora contratada, essas interrupções na rotina eram para lá de irritantes.

Edith, nas palavras de Sarah, volta e meia azedava.

Se bem que Sarah conseguia dobrar Edith sempre que desejasse. Edith podia ralhar e resmungar, mas adorava Sarah.

Ficar sozinha com Edith em casa... Que calmaria! Tranquilo – mas quieto demais... Um calafrio esquisito fez Ann estremecer de leve... Pensou: "Agora, só serenidade...". Serenidade se estendendo vagamente morro da velhice abaixo até a morte. Nada, mais nada, a esperar.

"Mas o que mais eu posso querer?", indagou a seus botões. "Tive tudo. Amor e felicidade com Patrick. Uma filha. Tive tudo o que eu quis nesta vida. Agora... acabou! Agora Sarah continua do ponto em que eu paro. Ela vai se casar, ter filhos. Vou me tornar avó."

Sorriu consigo. Apreciaria ser avó. Pôs-se a imaginar crianças bonitas e cheias de energia, os filhos de

Sarah. Garotinhos arteiros com o cabelo preto desgrenhado de Sarah, garotas fofinhas. Leria para os netos, contaria histórias...

Sorriu ao imaginar a cena... Mas a sensação gélida permanecia. Se ao menos Patrick estivesse vivo... A velha tristeza rebelde sublevou-se. O tempo havia passado – Sarah tinha só três aninhos –, cicatrizando a perda e a angústia. Podia pensar em Patrick docilmente, sem uma pontada de aflição. O jovem e impulsivo marido que ela tanto amara. Tão longínquo agora, tão longe no passado.

Desta vez, porém, a rebeldia insurgiu-se diferente. Se Patrick estivesse vivo, Sarah se afastaria deles – para esquiar na Suíça e, mais cedo ou mais tarde, para um marido e um novo lar –, enquanto ela e Patrick permaneceriam lado a lado, mais velhos, mais sossegados, compartilhando os altos e baixos da vida. Não estaria sozinha...

Ann Prentice saiu no fervo de gente do pátio da estação. Pensou consigo: "Que sinistra a aparência dessa frota de ônibus vermelhos... Uma fila de monstrengos esperando comida". Pareciam ter vida própria, uma vida perceptiva e talvez hostil a seu criador, a Humanidade.

Que mundo ocupado e barulhento aquele! Um vaivém de gente indo e vindo, correndo, se apressando, conversando, rindo e reclamando; um mundo repleto de boas-vindas e despedidas.

E, de súbito, sentiu outra vez aquela pontada fria de solidão.

Pensou: "Já era hora de Sarah viajar... Eu estava me tornando dependente dela. E deixando que ela, talvez, se tornasse dependente de *mim*. Não devo fazer isso. Ninguém deve frear os jovens... Impedi-los de tomar as rédeas de suas vidas. Isso é malvadeza... Uma grande malvadeza...".

Devia obliterar-se, permanecer em segundo plano,

incentivar Sarah a escolher seus planos (e amigos) por conta própria.

Então abriu um sorriso. Afinal de contas, não havia necessidade nenhuma de encorajá-la. Sarah tinha dezenas de amigos e estava sempre maquinando planos, correndo para lá e para cá com o máximo de autoconfiança e satisfação. Ela adorava a mãe, mas a tratava com meiga condescendência, como quem trata uma pessoa incapaz de entender as coisas ou de participar devido à idade avançada.

Para Sarah, a idade de 41 anos parecia ultrapassada, e como! Mas para Ann era um esforço tremendo chamar-se na própria cabeça de "meia-idade". Não que ela tentasse disfarçar o passar dos anos. Raramente usava maquiagem, e seu guarda-roupa mantinha o suave ar interiorano da jovem matrona que chega à capital: discretos conjuntos de saia e casaquinho e um colar de pérolas verdadeiras.

Ann suspirou.

– Não sei por que estou tão boba – falou consigo em voz alta. – Só pode ser porque Sarah partiu.

Como é que dizem os franceses? *Partir, c'est mourir un peu...*

Sim, isso era verdade... Sarah, arrebatada por aquela presunçosa e resfolegante locomotiva, morrera momentaneamente para sua mãe. "E eu para ela", ponderou Ann. "Coisa bizarra... a distância. Separação no espaço..."

Sarah, vivendo uma vida. Ela, Ann, vivendo outra... Uma vida dela própria.

Uma tênue sensação de prazer substituiu o calafrio interno do qual antes ganhara consciência. Agora poderia escolher a hora de acordar, o que fazer, planejar o dia. Deitar cedo com a ceia numa bandeja. Sair para ir ao teatro ou ao cinema. Ou ainda pegar um trem para o interior e perambular... Caminhar no meio da mata sem folhas e admirar o céu azul entre o mosaico de galhos emaranhados...

Claro, nada a impedia de fazer tudo isso sempre que quisesse. Mas, quando duas pessoas vivem juntas, há a tendência de uma vida impor o ritmo. Ann desfrutara bastante, em segunda mão, das dinâmicas idas e vindas de Sarah.

Sem sombra de dúvida, ser mãe é uma grande diversão. É como reviver a própria vida – sem boa parte das ansiedades da juventude. Quando sabemos a pouca importância de certas coisas, conseguimos abrir um sorriso tolerante a cada nova crise que surge.

– Mas, mãe, é verdade – diria Sarah, com ênfase –, o assunto é seriíssimo. Qual é a graça? É o futuro inteiro de Nadia que está em jogo!

Mas aos 41 anos de idade já se aprendeu que o futuro inteiro de alguém raramente está em jogo. A vida é mais elástica e resiliente do que os jovens costumam pensar.

No tempo em que trabalhara como enfermeira voluntária numa unidade de hospital de campanha durante a Segunda Guerra, Ann percebera pela primeira vez a relevância das pequenas coisas da vida. As pequenas invejas e ciumeiras, os pequenos prazeres, a irritação pela fricção de uma gola, bolhas num sapato apertado – tudo isso ganhava bem mais importância do que o insofismável fato de que se podia morrer a qualquer instante. Esse pensamento deveria ser solene e opressivo, mas na verdade as pessoas se acostumavam bem rápido com ele; e as pequenas coisas da vida reafirmavam seu poder, talvez fortificadas em sua insistência justamente porque, ao fundo, havia a ideia de tempo se escoando. Aprendera um pouco, também, sobre as curiosas inconsistências da natureza humana, sobre o quão difícil era aquinhoar as pessoas como "boas" ou "más", coisa que tivera a tendência de fazer nos dias de dogmatismo juvenil. Ela presenciara a coragem inacreditável investida no resgate de uma vítima, e, em seguida, a mesma pessoa que arriscara a vida pisar em falso só para furtar um reles objeto do indivíduo recém-salvo.

As pessoas são, de fato, multifacetadas.

Ann parou hesitante no meio-fio, e a cortante buzina de um táxi a trouxe das especulações abstratas para considerações mais práticas. O que ela iria fazer agora, naquele exato momento?

Acompanhar a partida de Sarah rumo à Suíça já havia sido emoção mais do que suficiente para aquela manhã. Logo mais à noite ela iria jantar com James Grant. O querido James, sempre tão gentil e atencioso.

– Vai se sentir meio tristonha com a partida de Sarah. Vamos sair e celebrar um pouquinho.

Sem dúvida, era muita bondade de James. Um prato cheio para Sarah rir e chamar James de "seu namoradinho *pukka Sahib*, mãezinha". James era um amor de pessoa. Às vezes era meio difícil manter a atenção quando ele começava a divagar no meio de suas histórias compridas, mas ele gostava tanto de contá-las... E, afinal, para quem se conhece há 25 anos, dar ouvidos é o mínimo que se pode fazer.

Ann olhou o relógio de relance. Bem que ela podia passar na Army & Navy Stores. Havia uns utensílios de cozinha que Edith queria. Essa decisão solucionou seu problema imediato. Mas durante todo o tempo em que ficou examinando as panelas e perguntando os preços (realmente exorbitantes!), permaneceu consciente daquele estranho e gélido pânico no fundo da cabeça.

Por fim, seguindo um impulso, entrou numa cabine telefônica e discou um número.

– Por favor, posso falar com Dame Laura Whitstable?

– Quem deseja?

– Sra. Prentice.
– Só um minuto, sra. Prentice.
Após breve pausa, uma voz grave ecoou:
– Ann?
– Ai, Laura... Sei que eu não devia ligar numa hora dessas, mas acabei de levar Sarah à estação e fiquei imaginando se por acaso você estaria muito ocupada hoje...
A voz afirmou, decidida:
– Melhor almoçar comigo. Pão de centeio com leitelho. Serve?
– Qualquer coisa serve. Você é um anjo.
– Espero por você. Uma e quinze.

II

Faltava um minuto para a hora marcada quando Ann pagou o táxi em Harley Street e tocou a campainha.

O eficaz Harkness abriu a porta com um sorriso de boas-vindas e disse:

– Pode subir direto, sra. Prentice. Dame Laura vai demorar uns minutinhos.

Ann correu lepidamente escadaria acima. A sala de jantar da casa agora era uma sala de espera, e o andar superior do casarão fora transformado num confortável flat. Na sala de estar havia uma mesinha posta para uma refeição. A sala em si parecia mais masculina do que feminina. Grandes e confortáveis poltronas reclináveis, estantes forradas de livros (alguns deles empilhados nas cadeiras) e cortinas de veludo de boa qualidade e cores vivas.

Ann não precisou esperar muito. Dame Laura, a voz a precedendo escada acima como um fagote triunfante, entrou na sala e pespegou um beijo carinhoso na convidada.

Dame Laura Whitstable, 64 anos, trazia consigo a atmosfera exsudada por membros da realeza ou personagens famosas. Tudo nela era meio excessivo: a voz, os seios firmes como dois recifes, a volumosa cabeleira cinza escura, o nariz adunco como bico de ave.

– Encantada em vê-la, meu bem – ribombou ela. – Está muito bonita, Ann. Vejo que comprou um ramalhete de violetas. Muito sagaz de sua parte. É a flor mais parecida com você.

– A tímida violeta? Ora, Laura.

– Doçura outonal oculta pelas folhas.

– Isso não combina com você, Laura. Em geral é tão grosseira!

– Descobri que vale a pena, mas às vezes demanda muito esforço. Vamos comer logo. Bassett, cadê Bassett? Ah, apareceu. Para você tem linguado, Ann, vai gostar de saber. E um copo de vinho branco do Reno.

– Ah, Laura, não precisava. Ficaria satisfeita com leitelho e pão de centeio.

– Só tem leitelho suficiente para mim. Venha, sente-se. Então Sarah partiu para a Suíça? Por quanto tempo?

– Três semanas.

– Ótimo.

A ossuda Bassett saíra da sala. Bebendo o copo de leitelho com expressão de prazer irrestrito, Dame Laura disse, de modo arguto:

– E vai sentir falta dela. Mas não me ligou e veio até aqui para falar disso. Vamos lá, Ann. Não temos tempo a perder. Sei que você gosta de mim, mas quando pessoas me ligam de uma hora para outra querendo minha companhia com urgência, em geral a atração é a minha suprema sabedoria.

– Sinto muito – desculpou-se Ann.

— Tolice, meu bem. Para falar a verdade, é um elogio e tanto.

Ann apressou-se em dizer:

— Ah, Laura, sou uma idiota consumada, sei disso! Mas senti uma espécie de *pânico*. Lá na estação Victoria, com todos aqueles ônibus! Me senti... Me senti terrivelmente *só*.

— S... sim, entendo...

— Não era só a partida de Sarah e a falta que vou sentir dela. Era mais do que isso...

Laura Whitstable assentiu com a cabeça, os sagazes olhos cinzentos observando Ann de modo impassível.

Ann disse devagar:

— Afinal de contas, sempre estamos sós...

— Ah, então descobriu isso? Claro, mais cedo ou mais tarde a gente descobre. Por incrível que pareça, geralmente levamos um choque. Que idade tem, Ann? Quarenta e um? Excelente idade para fazer a descoberta. Deixar para mais tarde pode ser devastador. E descobrir muito cedo... exige boa estrutura para suportar.

— Já se sentiu sozinha de verdade, Laura? – indagou Ann, com curiosidade.

— Ah, sim. Bateu em mim quando eu tinha 26 anos... E bem no meio de um encontro familiar dos mais calorosos. Fiquei perplexa e assustada... Mas aceitei. Nunca se deve negar a verdade. É preciso aceitar que só temos uma companhia neste mundo, uma companhia que nos acompanha do berço ao túmulo: nós mesmos. Tenha um bom relacionamento com essa companhia: *aprenda a viver consigo mesma*. Essa é a resposta. Nem sempre é fácil.

Ann suspirou.

— A vida pareceu sem sentido algum... Estou abrindo o coração, Laura... Só longos anos à frente, sem nada para preenchê-los. Ah, sou apenas uma mulher tola e inútil...

– Ora, ora, mantenha o bom-senso. Você fez um ótimo trabalho na guerra, um trabalho discreto, mas competente. Criou Sarah para ter bons-modos e apreciar a vida. E também aprecia a vida à sua maneira calma. Tudo isso é muito gratificante. A rigor, se você aparecesse em meu consultório, eu a mandaria embora sem ao menos cobrar honorários... E olha que eu sou avarenta.

– Laura, querida, você sabe como confortar a gente. Mas acho que me importo demais com Sarah.

– Bobagem!

– O meu medo é me tornar uma daquelas mães possessivas que praticamente engolem os filhos.

Laura Whitstable comentou, cáustica:

– O pessoal fala tanto de mães possessivas que certas mulheres têm medo de demonstrar afeição por seus filhos!

– Mas ser possessiva *é* uma coisa ruim!

– Claro que é. Eu me deparo com exemplos todos os dias. Mães que mantêm os filhos agarrados à barra da saia, pais que monopolizam as filhas. Mas nem sempre é culpa deles. Uma vez tive um ninho de passarinho em meu quarto, Ann. Na ocasião oportuna os passarinhos recém-emplumados deixaram o ninho, mas um dos ninhegos não foi embora. Queria ficar no ninho e ser alimentado, recusava-se a enfrentar a provação de se aventurar e ultrapassar a beirada. A mãe passarinha ficou muito perturbada com isso. Mostrou a ele, voou seguidas vezes da beira do ninho, trinou e esvoaçou para ele. Por fim, parou de alimentá-lo. Trazia comida no bico, mas ficava no outro lado do quarto chamando por ele. Bem, existem seres humanos assim. Filhos que não querem evoluir, que não querem enfrentar as dificuldades da vida adulta. Não é o modo como foram criados. É *inerente* a eles.

Fez uma pausa antes de prosseguir.

– Existe o desejo de pertencer a alguém assim como o desejo de ter alguém só para si. Seria um caso de amadurecimento tardio? Ou a falta inata de qualidades adultas? Sabemos quase nada sobre a personalidade humana.

– De qualquer forma – retrucou Ann, desinteressada em generalidades –, não me acha uma mãe possessiva?

– Sempre achei e continuo achando que você e Sarah têm um ótimo relacionamento. Diria que há um amor profundo e sincero entre vocês. – Acrescentou pensativa: – Claro que Sarah é um pouco imatura...

– Sempre achei que ela fosse madura demais.

– Não diria isso. Ela me dá a impressão de alguém com mentalidade inferior a dezenove anos.

– Mas é muito confiante e convicta. E bastante sofisticada. Cheia de ideias próprias.

– Cheia de ideias em voga, quer dizer. Vai demorar um bom tempo para que ela tenha ideias *realmente* próprias. E todas essas jovens criaturas de hoje em dia parecem confiantes. Precisam de afirmação, é por isso. Vivemos numa era de incerteza e inconstância, e os jovens sentem isso. Aí começa metade dos problemas de hoje. Falta de estabilidade. Lares desmanchados. Falta de padrões morais. Sabe, uma arvorezinha precisa ser amparada por uma estaca firme.

Sorriu de repente.

– Como todas as velhas, apesar de ilustre, eu gosto de dar sermões. – Engoliu de um trago o restante do leitelho. – Sabe por que eu bebo isso?

– Por ser saudável?

– Humpf! Eu gosto. Sempre gostei, desde que fui passar as férias numa fazenda. A outra razão é para ser diferente. As pessoas fazem pose e criam máscaras. Todos nós criamos. Precisamos disso. Eu mais do que as outras pessoas. Mas, graças a Deus, tenho consciência do que faço. Agora observe o seu caso, Ann. Não há nada de errado com você. Só está ganhando novo fôlego, só isso.

– Novo fôlego? Como assim, Laura? Não quer dizer... – ela vacilou.

– Não me refiro a nada corporal. Estou falando em termos mentais. As mulheres são sortudas, mas 99% delas não se dão conta. Com que idade Santa Teresa arregaçou as mangas e foi reformar os mosteiros? Aos cinquenta. E eu poderia enumerar outros vinte casos. Dos vinte aos quarenta as mulheres estão biologicamente absortas... E por boas causas. Suas preocupações envolvem filhos, maridos, amantes... As relações pessoais. Ou senão elas sublimam tudo isso e se lançam numa carreira com ímpeto emocionalmente feminino. Mas a segunda floração natural, o desabrochar do intelecto e do espírito, acontece na meia-idade. À medida que envelhecem, as mulheres passam a se interessar por coisas menos pessoais e mais amplas. Os interesses masculinos se estreitam, os femininos se alargam. Um sessentão em geral fica se repetindo como um disco riscado. Uma senhora de sessenta anos, se tem um pingo de individualidade, é uma pessoa interessante.

Ann sorriu ao pensar em James Grant.

– As mulheres ampliam os horizontes e buscam novidades. Ah, elas também cometem tolices nessa idade. Às vezes ficam obcecadas por sexo. Mas a meia-idade é um período de grandes possibilidades.

– Sabe reconfortar a gente, Laura! Acha que devo me dedicar a alguma coisa? Algum tipo de trabalho social?

– Até que ponto você ama seus semelhantes? – indagou Laura Whitstable com gravidade. – Boas ações não prestam sem a centelha interior. Não faça coisas sem entusiasmo só para dar tapinhas nas próprias costas! Nada, se me permite dizer, gera um resultado mais repulsivo. Se você gosta de visitar velhinhas doentes ou levar pirralhos malcriados para uma temporada na praia, não pense duas vezes e faça isso. Tem muita gente que gosta mesmo. Não, Ann, não se obrigue a fazer uma atividade. Lembre-se de que toda gleba de terra às vezes precisa de uma estação de pousio. Até aqui sua seara foi a maternidade. Não consigo imaginar você se tornando ativista política, nem artista, nem representante do serviço social. É uma mulher muito simples, Ann, mas muito boa. Espere. Mais nada. Tenha calma, fé e esperança, que você não perde por esperar. Algo que valha a pena vai surgir para preencher sua vida.

Depois de certa hesitação, Dame Laura acrescentou:

– Nunca teve um caso?

Ann corou.

– Não – respondeu, empertigando-se. – Acha... acha que eu devo?

Dame Laura soltou um bufo medonho, um som tremendo e explosivo que fez vibrar os cristais na mesa.

– Toda essa hipocrisia moderna! Na época vitoriana, com medo do sexo, o pessoal drapejava até as pernas da mobília! A sociedade escondia o sexo, tirava-o de vista. Não era saudável. Mas hoje em dia fomos parar no extremo oposto. Tratamos o sexo como algo que se encomenda ao farmacêutico. Como comprimidos à base de enxofre e penicilina. Moças vêm e me perguntam: "É melhor eu arrumar um amante?". Ou então: "Será que devo engravidar?". Dá a impressão de que ir para a cama com um homem é um dever sagrado, e não um prazer. Você não é dada a arroubos de paixão, Ann. Mas tem um imenso estoque de afeto e ternura. Isso pode incluir sexo, mas sexo não vem em primeiro lugar no seu caso. Se me pedisse para profetizar, eu diria que quando menos esperar vai se casar novamente.

– Ah, não. Não creio que eu seja capaz de fazer isso.

– Por que comprou o ramalhete de violetas e o prendeu no casaco? Você compra flores para a casa, mas não costuma usá-las na roupa. Estas violetas são simbólicas,

Ann. Comprou-as porque, no fundo, pressente a primavera... a segunda primavera chegando.

– O veranico de São Martinho, quer dizer – replicou Ann, com tristeza.

– Sim, se prefere chamar assim.

– Falando sério, Laura, essa ideia é muito bonita, mas só comprei as violetas para alegrar a vendedora, que parecia tão desanimada e infeliz...

– Isso é o que *você* pensa. Mas essa é só a razão superficial. Investigue o motivo verdadeiro, Ann. Aprenda a se *conhecer*. Essa é a coisa mais importante na vida: buscar o autoconhecimento. Minha nossa, já passam de duas horas. Tenho que me apressar. O que vai fazer hoje à noite?

– Sair para jantar com James Grant.

– O coronel Grant? Sim, é claro. Bom sujeito – comentou Dame Laura, com um brilho de malícia no olhar. – Ele anda atrás de você há um bom tempo, Ann.

Ann Prentice riu e enrubesceu.

– Ah, é só para não perder o hábito.

– Pediu você em casamento uma porção de vezes, não é mesmo?

– Sim, mas na verdade é só de brincadeira. Ah, Laura, será que talvez... eu devesse aceitar? Duas pessoas solitárias...

– Casamentos não combinam com a palavra *dever*, Ann! E antes só do que mal-acompanhada. Coitado do coronel Grant... Não que eu sinta mesmo pena dele. Um homem que insiste em pedir uma mulher em casamento e não consegue convencê-la é um homem que sente um prazer secreto em se dedicar a causas perdidas. Ele iria adorar ter participado da retirada de Dunquerque. Mas aposto que a Carga da Brigada Ligeira o deleitaria ainda mais! Como nós, britânicos, apreciamos nossas derrotas e fiascos... E como sempre nos envergonhamos de nossas vitórias!

Capítulo 2

I

Ann retornou ao seu apartamento para ser recebida pela fiel Edith com certa frieza.

— Teria um belo filé de linguado no almoço — informou ela, assomando à porta da cozinha. — *E* pudim de caramelo.

— Sinto muito. Almocei com Dame Laura. Liguei a tempo de avisar que não almoçaria em casa, não liguei?

— Não cheguei a fazer o peixe — admitiu Edith, a contragosto, do alto do porte ereto de granadeiro e com o invariável beicinho de desaprovação nos lábios. — Mas a senhora não é de ficar mudando os planos assim de veneta. Com a srta. Sarah eu não me espantaria. Depois que ela saiu encontrei aquelas luvas extravagantes que ela estava procurando. Enfiadas atrás do assento do sofá. Tarde demais.

— Que pena. — Ann apanhou o par de luvas tricotadas em lã de cores vivas. — Ela embarcou mesmo.

— Alegre e lampeira, posso apostar.

— Sim, a turma toda estava contente.

— Não sei se voltam assim tão contentes. Bem capaz de voltarem todos de muletas.

— Ora, Edith, não diga uma coisa dessas.

— Que perigo, esses resorts suíços. O cidadão quebra o braço ou a perna e depois não consertam direito. A fratura gangrena dentro do gesso e é o fim. E o cheiro não é nada bom, ainda por cima.

— Bem, vamos torcer para que não aconteça nada com Sarah — falou Ann, já acostumada às funestas manifestações de Edith, sempre enunciadas com boa dose de prazer.

– Este lugar nem vai parecer o mesmo sem a srta. Sarah por perto – disse Edith. – Vamos estranhar o silêncio.

– Vai lhe permitir um bom descanso, Edith.

– Descanso? – repetiu Edith, indignada. – E eu lá quero descansar? A abelha atarefada não tem tempo para tristezas, é o que minha mãe me dizia e é assim que tenho vivido. Com a srta. Sarah longe e sem a turminha dela aparecendo por aqui a todo santo minuto, vou conseguir colocar a mão na massa e fazer uma boa limpeza. Este lugar anda precisando.

– Tenho certeza de que o apartamento está um brinco, Edith.

– Isso é o que a senhora pensa. Mas as aparências não me enganam. Todas as cortinas estão praticamente pedindo para serem baixadas e bem sacudidas, e os lustres precisam de água... Ah! Há mil e uma coisas para fazer.

Os olhos de Edith faiscaram de aprazível expectativa.

– Chame alguém para ajudá-la.

– O quê? Eu? Nem pensar. Gosto de fazer as coisas do jeito certo, e hoje em dia é difícil achar uma faxineira que não seja tapeadora. A senhora tem coisas bonitas aqui, e é preciso mantê-las bonitas. Com essa história de ficar cozinhando para um monte de gente não consigo pôr a mão na massa do jeito que gostaria.

– Mas é sublime na cozinha, Edith. Sabe disso.

Um discreto sorriso de recompensa alterou a habitual expressão de intensa censura de Edith.

– Ah, cozinhar – disse ela sem cerimônias. – Não tem nada de difícil em *cozinhar*. Não é o que chamo de pôr a mão na massa, longe disso.

Voltando à cozinha, perguntou por cima do ombro:
– Que horas a senhora quer o chá?
– Ah, ainda não. Lá pelas quatro e meia.
– Se eu fosse a senhora tirava uma soneca. Daí vai estar bem-disposta para hoje à noite. É bom aproveitar esse pouco de paz enquanto é tempo.

Ann riu. Entrou na sala e deixou que Edith a acomodasse confortavelmente no sofá.

– Cuida de mim como se eu fosse uma garotinha, Edith.

– Bem, a senhora não era muito mais do que isso quando comecei a trabalhar para sua mãe, e desde então não mudou muito. O coronel Grant ligou. Avisou para não esquecer: Restaurante Mogador às oito horas. "Ela sabe", eu disse a ele. Mas o exagero é bem típico dos homens. Exagero, exagero, exagero... E os militares são os piores.

– Foi muito gentil da parte dele pensar que eu podia me sentir sozinha e me convidar para sair hoje à noite.

Edith sentenciou:

– Não tenho nada contra o coronel. Meio exagerado, mas é o tipo certo de cavalheiro. – Fez uma pausa e acrescentou: – No frigir dos ovos, a senhora podia conseguir coisa bem pior que o coronel Grant.

– O que foi que você disse, Edith?

Edith a fitou, imperturbável:

– Eu disse que existem homens piores... Humpf... Ainda bem que vamos ficar um tempo sem ver aquele tal do sr. Gerry agora que a srta. Sarah está viajando.

– Não gosta dele, Edith?

– Bem, gosto e desgosto, se é que a senhora me entende. Tem um jeitinho insidioso... Ninguém pode dizer que não. Mas não é o tipo para se engatar. Minha irmã Marlene se casou com um desses. Nunca dura no emprego mais do que seis meses, nunca. E nada do que acontece é culpa dele.

Edith saiu da sala; Ann reclinou a cabeça nas almofadas e fechou os olhos.

O som do tráfego entrava tênue e abafado pela janela fechada, um agradável zumbido como o de abelhas ao longe. Na mesa perto de Ann, um vaso de junquilhos exalava seu aroma no ar.

Ann sentiu-se serena e contente. Sarah faria falta, mas seria relaxante ficar sozinha por algumas semanas.

Que medo estranho sentira naquela manhã...

Ficou se perguntando quem será que James Grant havia convidado para o jantar.

II

O Mogador era um restaurantezinho à moda antiga, com comida e vinho de boa qualidade, onde reinava uma atmosfera serena.

Primeira do grupo a chegar, Ann encontrou o coronel Grant sentado na recepção, abrindo e fechando a tampa do relógio de bolso.

– Ah, Ann! – levantou-se de um salto para cumprimentá-la. – Aí está você. – O olhar dele percorreu com aprovação o pretinho básico e a gargantilha de pérolas. – É fabulosa sua combinação de beleza e pontualidade.

– Três minutos de atraso, não mais do que isso – sorriu Ann, levantando os olhos.

James Grant era alto, com rígida postura militar, cabelo grisalho cortado à escovinha e queixo resoluto.

Consultou o relógio de novo.

– Por que será que esse pessoal não aparece? Oito e quinze nossa mesa vai estar pronta e queremos tomar uns drinques primeiro. Xerez ou coquetel? Prefere xerez, não é?

– Sim, por favor. Quem são os outros?

– Os Massingham. Conhece?
– Claro.
– E Jennifer Graham. Ela é minha prima-irmã, mas não sei se eu já...
– Já me apresentou a ela uma vez, se bem me recordo.
– E o outro é Richard Cauldfield. Dia desses topei com ele por acaso. Não nos víamos havia anos. Passou a maior parte da vida na Birmânia. Está se sentindo um pouco deslocado de volta ao país.
– Sim, posso imaginar.
– Bom sujeito. História triste. A esposa morreu ao ter o primeiro filho. Era muito dedicado a ela. Demorou um bom tempo para superar. Sentiu que precisava ir embora imediatamente... Por isso foi morar na Birmânia.
– E a criança?
– Ah, morreu também.
– Que tristeza.
– Ah, os Massingham estão chegando.

A sra. Massingham, sempre aludida por Sarah como a "*mem-sahib*", logo veio na direção deles: sorriso faiscante, silhueta esguia, pele desbotada e ressequida pelos anos na Índia. O marido, um baixote gordinho, conversava em estilo *staccato*.

– Que bom revê-la – disse a sra. Massingham, apertando calorosamente a mão de Ann. – E que encanto sair para jantar bem-arrumada. Cada dia que passa é mais difícil sair trajada a rigor. Todo mundo diz: "Vai assim mesmo!". A vida de hoje é tão banal, e a gente é obrigada a fazer cada coisa! Parece que estou sempre com as mãos atoladas na pia! Sem dúvida está na hora de deixar este país. Estamos pensando no Quênia.

– Muita gente debandando – comentou o marido dela. – Saturados. Maldito governo.

– Ah, lá estão Jennifer – disse o coronel Grant – e Cauldfield.

Jennifer Graham, mulher alta de cara equina e uns 35 anos, relinchava em vez de rir. Richard Cauldfield era um quarentão com o rosto queimado de sol.

Sentou-se ao lado de Ann, e ela puxou conversa.

Há muito tempo na Inglaterra? O que tinha achado das coisas?

Exigiu um pouco de esforço para se habituar, respondeu ele. Tudo tão diferente em comparação a antes da guerra. Estivera procurando emprego – mas não estava fácil de conseguir, ainda mais para alguém da idade dele.

– Deve ser difícil mesmo. É meio paradoxal.

– Sim, afinal de contas, ainda faltam vários anos para eu completar meio século – abriu um sorriso irresistível, meio inocente. – Tenho um pequeno capital. Estou pensando em comprar um sítio no interior. Plantar uma horta. Ou criar frangos.

– Frangos, *não*! – exclamou Ann. – Várias pessoas que conheço já tentaram criar... Mas os frangos sempre acabam pegando uma ou outra doença.

– Pois é. Quem sabe a horticultura seja melhor. Não enriquece ninguém, mas é uma vida prazerosa.

Suspirou.

– A situação está bem instável. O futuro é duvidoso. Talvez se o governo mudasse...

Ann aquiesceu, duvidosa. A panaceia de sempre.

– Deve ser complicado escolher o caminho – disse ela. – E preocupante.

– Ah, eu não me preocupo. Não acredito em preocupação. Com fé em si mesmo e determinação na medida certa, é possível superar toda e qualquer dificuldade. Como um avião que nivela depois de um mergulho.

Era uma frase feita, e Ann falou com ceticismo:

– Tenho lá minhas dúvidas.
– Garanto a você que é verdade. Não tenho paciência com pessoas sempre choramingando pela má sorte.
– Ah, nisso somos dois – concordou Ann com tamanho fervor que ele ergueu as sobrancelhas de modo indagador.
– Fala como quem tem experiência.
– Sim. Um dos pretendentes da minha filha está sempre se queixando do mais recente infortúnio. Primeiro eu sentia pena, agora fico insensível e enfastiada.

Do outro lado da mesa, a sra. Massingham completou:
– Ficar contando histórias malfadadas só para inspirar pena *é* uma coisa tediosa.

O coronel Grant indagou:
– De quem estão falando? Do jovem Gerald Lloyd? Nunca vai chegar a lugar algum.

Richard Cauldfield disse baixinho para Ann:
– Então tem uma filha? E com idade suficiente para ter um pretendente!
– Ah, sim. Sarah está com dezenove anos.
– E você se dá bem com ela?
– Claro.

Ela notou uma instantânea expressão de dor perpassar o rosto dele e lembrou-se da história contada pelo coronel Grant.

"Richard Cauldfield era um solitário", pensou Ann.

Ele murmurou:
– É muito jovem para ter uma filha crescida...
– Esse é o comentário de praxe para se dizer a alguém de minha idade – disse Ann, com uma risada.
– Talvez. Mas estou sendo sincero. Seu marido está... – ele hesitou – morto?
– Sim, há bastante tempo.
– Por que não se casou de novo?

Poderia ter sido uma pergunta impertinente, mas o interesse real na voz dele evitou quaisquer insinuações daquela espécie. Outra vez, Ann sentiu que Richard Cauldfield era uma pessoa simples. Ele queria mesmo saber.

– Ah, porque... – ela parou. Em seguida, falou honesta e abertamente: – Eu amava muito meu marido. Depois que ele morreu, nunca me apaixonei por mais ninguém. E tinha Sarah, é claro.

– Sim – concordou Cauldfield. – Sim... Com você não podia ser diferente.

Grant levantou-se e sugeriu que passassem ao restaurante. À mesa redonda, Ann sentou-se entre o anfitrião e o major Massingham. Não teve outra oportunidade de um tête-à-tête com Cauldfield, que entabulava uma conversa meio enfadonha com a srta. Graham.

– Não acha que combinam? – murmurou o coronel ao ouvido dela. – Ele precisa de uma esposa, sabe.

Por algum motivo, a sugestão desagradou a Ann. Jennifer Graham, pois sim! Aquela voz esganiçada, aquela risada relinchante! Não era o tipo de mulher adequada para um homem como Cauldfield se casar.

Ostras foram servidas, e o grupo pôs-se a comer e a conversar.

– Sarah partiu essa manhã?

– Sim, James. Tomara que não falte neve.

– É meio duvidoso nessa época do ano. De qualquer modo, torço para que se divirta. Linda moça, a Sarah. A propósito, espero que o jovem Lloyd não tenha viajado junto...

– Ah, não, ele recém começou a trabalhar na firma do tio. Não pode sair de Londres.

– Ótimo. Precisa cortar o mal pela raiz, Ann.

– Hoje em dia é difícil fazer isso, James.

– Hum... Imagino que sim. De qualquer forma, conseguiu que ela viajasse por um tempo.

– Sim. Pensei que seria um bom plano.

– Não disse? Para boba você não serve, Ann. Vamos esperar que ela goste de algum outro rapaz por lá.

– Sarah ainda é muito nova, James. Não acho que esse namorico com Gerry Lloyd seja sério.

– Talvez não. Mas ela parecia muito interessada nele na última vez que a vi.

– É normal Sarah se interessar pelas pessoas. Ela sabe exatamente o que cada um tem que fazer e dá um jeito para que façam. É muito leal aos amigos.

– É uma boa menina. E muito atraente. Mas jamais será tão atraente como você, Ann. Ela faz um tipo mais difícil... Como é que chamam hoje em dia... Um osso duro de roer.

Ann sorriu.

– Não acho Sarah um osso tão duro. É só o jeito da geração dela.

– Talvez... Mas algumas dessas moças poderiam ter uma aula de charme com as mães.

Ele a olhava com afeto, e Ann pensou consigo, com súbito e raro entusiasmo: "James, querido. Como é atencioso comigo. Acha mesmo que sou perfeita. Por que não deixo de ser boba e aceito o que ele me oferece? Ser amada e cuidada com carinho...".

Infelizmente, naquele instante o coronel Grant começou a lhe contar a aventura de um de seus tenentes com a mulher de um major na Índia. História cheia de desdobramentos, já ouvida por ela em três oportunidades.

O entusiasmo carinhoso arrefeceu. Do outro lado da mesa observou Richard Cauldfield, avaliando-o. Meio autoconfiante demais, dogmático demais – não, não, corrigiu-se ela... Aquilo era apenas uma couraça defensiva que ele vestia contra um mundo estranho, talvez hostil.

Rosto triste, sem dúvida. Rosto solitário...

"Várias boas qualidades", pensou. Cavalheiro, honesto e rigorosamente justo. Perseverante, ao que tudo indicava, embora às vezes preconceituoso. Desacostumado tanto a achar graça das coisas quanto a acharem graça dele. O tipo de homem que vicejaria ao se sentir amado de verdade.

– E já pensou? – o coronel preparou o arremate triunfal de sua narrativa. – O tempo todo Sayce sabia de tudo!

Com um susto, Ann retornou a seus deveres imediatos e deu uma risada com toda a adequada aprovação.

Capítulo 3

I

Ann acordou na manhã seguinte e por um instante ficou se perguntando onde é que estava. Com toda a certeza, aquele contorno embaçado da janela deveria estar à direita, não à esquerda... A porta, o guarda-roupa...

Quando então se deu conta. Estivera sonhando: sonhando que estava de volta, menina, à velha casa da família em Applestream. Chegara repleta de empolgação e recebera as boas-vindas da mãe e da jovem Edith. Correra pelo jardim, soltando exclamações para isso e aquilo e enfim entrara na casa. Tudo continuava igual, o hall escuro desembocando na sala de visitas coberta de chita. Sua mãe, espantosamente, dissera "Hoje vamos tomar chá *aqui*" e a puxara pelo braço até outra porta que dava para uma sala desconhecida. Sala atraente, iluminada pelo sol, toda florida e colorida em chita. Alguém disse: "*Não sabia que estas salas existiam, não é? Ano passado que as encontramos!*". Havia mais salas novas, uma pequena escadaria e outras salas no andar de cima. Tudo tão cativante e animador.

Mesmo desperta, continuou meio imersa em sonho. Era a menina Ann, um ser no início da vida. Aqueles cômodos recém-descobertos! Já pensou? Todo esse tempo sem saber de sua existência! Quando tinham sido encontrados? Recentemente? Ou tempos atrás?

A realidade infiltrou-se devagar no confuso e prazeroso torpor onírico. Tudo um sonho, e um sonho tão feliz... Agora, entremeado à dor amena da nostalgia. Porque ninguém pode voltar ao passado. E como era esquisito que um sonho daqueles (sobre descobrir salas extras sem nada de extraordinário numa casa) criasse um êxtase tão inusitado! Ficou triste ao pensar que aquelas salas nunca tinham existido de verdade.

Ann ficou deitada na cama observando o contorno da janela ganhar forma. Devia ser bem tarde, nove horas no mínimo. As manhãs estavam tão sombrias naquela época... Àquela hora, Sarah devia estar despertando para o brilho do sol e a neve na Suíça.

Mas de certo modo Sarah nem parecia real naquele instante. Sarah estava longe, remota, nebulosa...

De real, só a casa em Cumberland, as chitas, a luz do sol, as flores – a mãe dela. E Edith, em respeitosa posição de sentido e (apesar do rosto jovem e lisinho) com a costumeira expressão de categórica censura.

Ann sorriu e chamou:

– Edith!

Edith entrou e abriu as cortinas.

– Muito bem – saudou, satisfeita. – A senhora ficou um bom tempo se espreguiçando na cama. Eu é que não ia incomodá-la. Está um diazinho chocho. Vai demorar até a neblina se dissipar.

Da janela vinha um brilho amarelo-fosco. Perspectiva não muito atraente, mas a sensação de bem-estar de Ann não se abalou. Ficou lá deitada, sorrindo consigo.

– O café da manhã está pronto. Vou trazer.

Edith estacou na saída do quarto, avaliando curiosamente a patroa.

– Parece de bem com a vida esta manhã, sabe. Pelo jeito se divertiu ontem à noite.

– Ontem à noite? – indagou Ann, meio vaga. – Ah, sim, sim. Diverti-me bastante. Edith, quando acordei tinha sonhado que estava em casa de novo. Você estava lá, era pleno verão e existiam novas salas na casa que a gente não conhecia.

– Ainda bem que não, eu que o diga – falou Edith.
– Já tinha sala o suficiente. Que casarão velho e tortuoso! E aquela cozinha! Só de pensar no quanto aquele fogão consumia de carvão! Sorte que na época era barato.

– Você estava bem novinha, Edith, e eu também.

– Ah, não podemos atrasar o relógio, não é mesmo? Não para tudo o que se quer. Aquele tempo está morto e enterrado.

– Morto e enterrado – repetiu Ann suavemente.

– Não que eu não esteja satisfeita comigo hoje. Tenho saúde e disposição, embora o pessoal diga que depois dos quarenta aumenta a chance de a gente desenvolver um tumor. Nos últimos tempos ando meio preocupada com isso.

– Estou certa de que você não tem nada disso, Edith.

– Ah, mas a gente nem nota. A gente só vê quando nos carregam à força ao hospital e nos abrem com o bisturi, e quase sempre já é tarde demais – e Edith saiu da sala com um deleite melancólico.

Voltou minutos depois com o desjejum de Ann numa bandeja: café com fatias de pão torrado.

– Prontinho, madame! Sente-se direito para eu colocar o travesseiro atrás de suas costas.

Ann levantou o olhar para ela e disse, de modo impulsivo:

– Como é querida comigo, Edith.

Edith sentiu as bochechas queimarem de vergonha.

– Só sei fazer as coisas, nada mais. E, de qualquer forma, alguém tem que cuidar da senhora. Não é uma daquelas damas com vontade de ferro. Como a tal de Dame Laura... Nem o Papa consegue convencê-la de algo.

– Dame Laura é famosa, Edith.

– Sei. Já a escutei falando no rádio. Mas só de olhar para ela a gente nota que é uma pessoa importante.

Esteve casada, também, pelo que ouvi falar. Por sinal, é divorciada ou viúva?

– Ah, ele morreu.

– Melhor coisa que poderia ter acontecido a ele, se me permite dizer. Ela não é bem o tipo que torna agradável a vida de um homem... Se bem que tem homem que gosta de ser pau-mandado e de satisfazer todas as vontades da mulher.

Edith caminhou em direção à porta, comentando:

– Não se apresse, querida. Descanse, curta a cama, tenha belos pensamentos e aproveite as férias.

"Férias", pensou Ann, divertindo-se. "Então é assim que ela chama?"

E, no entanto, de certa forma a definição tinha um quê de verdade. Era um interregno no tecido repetitivo de sua vida. Quem mora com a filha amada sempre convive com uma branda, mas dilacerante angústia. "Ela está feliz?" "A, B ou C são amigos adequados para ela?" "Algo deu errado na festa de ontem à noite. O que terá sido?"

Nunca se intrometera nem fizera perguntas. Logo percebeu que devia deixar Sarah livre para se calar ou conversar – livre para tirar lições da vida e escolher as amizades. Mas, por amá-la tanto, não conseguia esquecer os problemas da filha. A qualquer hora talvez ela precisasse de ajuda. Se viesse procurar a mãe, seja por conforto espiritual ou ajuda prática, ela precisava estar lá, de prontidão...

Às vezes, Ann dizia a seus botões: "Tenho que estar pronta para um dia perceber que Sarah está triste e mesmo assim me segurar para não falar nada, a menos que ela se abra comigo".

Ultimamente, o assunto que a preocupava era aquele moço amargo e lamuriante, Gerald Lloyd, e o crescente envolvimento dele com Sarah. Aquilo a aborrecia, apesar do alívio em saber que Sarah ficaria longe dele por ao menos três semanas, conhecendo outros rapazes.

Sim, com Sarah na Suíça, podia tirá-la da cabeça com alegria e relaxar. Relaxar ali em sua cama confortável e planejar o dia. Divertira-se bastante no encontro da última noite. Pobre James, tão gentil e ao mesmo tempo tão chato, o coitado! Aquelas histórias intermináveis! De fato, quando os homens chegam aos 45 anos de idade deveriam tomar a resolução de não mais contar histórias ou anedotas. Nem imaginam o desânimo dos amigos quando começam: "Não lembro se já contei, mas uma vez me aconteceu uma coisa interessante...".

Claro, alguém poderia dizer: "Sim, James, já contou três vezes". Mas com que cara o coitadinho ficaria? Não seria legal fazer isso com James.

Aquele outro homem, Richard Cauldfield... Bem mais novo que James, é claro. Mais cedo ou mais tarde, porém, *ele* pegaria a mania de ficar se repetindo...

Ficou pensando... Talvez sim... Mas ela pensava que não. Mais provável que se tornasse mandão e ansioso para ensinar coisas. Teria preconceitos, ideias preconcebidas. Teria de ser provocado, delicadamente provocado... Poderia ser meio ridículo às vezes, mas era mesmo querido... Solitário, muito solitário... Sentiu pena dele, perdido na vida londrina moderna e frustrada. Ficou se perguntando que tipo de trabalho ele conseguiria. As coisas não andavam tão fáceis. Provavelmente compraria uma fazendola ou uma granja de horticultura e se fixaria no interior.

Ficou imaginando se algum dia o veria de novo. Talvez ela convidasse James para jantar uma noite dessas. Sugeriria que trouxesse Richard Cauldfield. Seria uma boa ideia – estava na cara que ele era só. E ela convidaria outra mulher. E todos assistiriam a uma peça de teatro.

Que barulheira Edith fazia na sala ao lado! A impressão que se tinha era de que havia um exército de homens trabalhando. Batidas, pancadas, o zunido ocasional e estridente do aspirador. Edith devia estar se divertindo.

No instante seguinte, Edith abriu uma fresta na porta e espiou. A cabeça amarrada num pano de tirar pó exibia a augusta aparência de uma sacerdotisa executando um ritual de orgia.

— Não quer sair para almoçar, quem sabe? Errei sobre o nevoeiro. Já está limpando, e o dia vai ser bonito. Não que eu tenha me esquecido daquele filé de linguado. Não esqueci. Mas se está bom até agora, pode aguentar até de noite. Não dá para negar, essas geladeiras conservam mesmo, mas tiram o sabor das coisas... E tenho dito.

Ann olhou para Edith e caiu na risada.

— Está bem, está bem, vou sair para almoçar.

— Demore o tempo que quiser, é claro. *Eu* não me importo.

— Sim, Edith, mas não vá se matar. Por que não chamou a sra. Hopper para ajudar, se pretendia limpar o apartamento de cima a baixo?

— Sra. Hopper, Hopper! Melhor seria dizer sra. opa, opa! Na última vez que ela veio, deixei que limpasse o bonito guarda-fogo da lareira, aquele de bronze. Deixou todo engordurado. Lavar o piso, é só para isso que elas servem, e qualquer um pode fazer isso. Lembra aquele lindo guarda-fogo com grade, todo trabalhado em aço, que a gente tinha lá em Applestream? *Aquilo* tomava um bom tempo para limpar. Eu o deixava brilhando, com muito orgulho. A senhora até que tem uns móveis bonitos aqui. Polidos, ficam lindos. Pena que tem tanta mobília embutida.

— Diminui o trabalho.

— Muito parecido com hotel para o meu gosto. Quer dizer que vai sair? Ótimo. Vou tirar todos estes tapetes.

— Posso vir dormir em casa? Ou prefere que eu vá para um hotel?

— Ora, ora, srta. Ann, deixe de brincadeirinhas. A propósito, aquela panela de banho-maria que a senhora trouxe para casa não presta. Pra começar, é muito grande e tem formato ruim para mexer com a colher. Quero uma igualzinha à que eu tinha.

— Acho que não fabricam mais, Edith.

— Este governo — reclamou Edith, enojada. — E as travessas de porcelana que eu pedi? A srta. Sarah gosta de suflê servido nelas.

— Esqueci que você tinha me pedido para comprá-las. Não vai ser difícil achar.

— Muito bem. Já tem uma coisa para fazer.

— Puxa, Edith! — gritou Ann, exasperada. — Parece que sou uma menininha, e está me mandando ir brincar de bambolê.

— Com a srta. Sarah viajando, a senhora aparenta ser mais nova, tenho que admitir. Mas eu só estava sugerindo, madame... — Edith esticou o corpo ao máximo da altura e empertigou a carranca. — Se por acaso passar perto da Army & Navy Stores ou quem sabe da John Barker's...

— Está bem, Edith. Vá brincar de bambolê na sala.

— Onde já se viu — disse Edith, injuriada, e retirou-se.

As batidas e pancadas recomeçaram. Logo outro som adicionou-se a elas — a voz desafinada de Edith entoando uma canção especialmente melancólica:

Terra de dor e pesar,
Sem sol, sem luz, nem encanto.
Se o Teu sangue nos lavar,
Dignifica nosso pranto.

II

Ann entreteve-se no setor de porcelanas da Army & Navy Stores. Numa época de tantas coisas de fabricação displicente, era um alívio perceber que naquele país ainda se produzia porcelana, louça e cerâmica de boa qualidade.

Os proibitivos avisos "Produto para exportação" não impediram a apreciação dos utensílios dispostos nas prateleiras brilhantes. Ela migrou para as mesas que exibiam os saldos, em cujas imediações sempre havia compradoras de olhares aguçados prontas para mergulhar e pôr as garras em um item atrativo.

Mas neste dia quem teve sorte foi Ann. Achou um conjunto de café da manhã quase completo, com belas xícaras redondas em cerâmica marrom vítrea e decorada. Uma pechincha. E a compra foi efetivada na hora exata. Outra mulher se aproximou quando a atendente lhe pedia o endereço para tirar a nota e disse, empolgada:

– Quero levar isto.

– Desculpe, senhora, mas já está vendido.

Ann disse da boca para fora:

– Sinto muito – e se afastou, animada pela boa aquisição.

Também encontrara umas travessas para suflê, interessantes e do tamanho certo, mas de vidro, não de porcelana, e torceu para que Edith as aceitasse sem resmungar demais.

Do setor de porcelana, atravessou a loja até o setor de jardinagem. A floreira da janela da sacada estava se desintegrando, e ela queria encomendar outra.

Tratava do assunto com o vendedor quando uma voz atrás dela falou:

– Ora, bom dia, sra. Prentice.

Deu meia-volta e se deparou com Richard Cauldfield. O encanto dele ficou tão evidente que Ann não pôde deixar de sentir-se lisonjeada.

– Quem diria, encontrá-la aqui, assim! É mesmo uma coincidência adorável. Estava pensando na senhora, para falar a verdade. Sabe, ontem à noite, eu queria perguntar seu endereço e se eu poderia, talvez, aparecer para uma visitinha. Mas então pensei que talvez achasse isso uma grande insolência de minha parte. Deve ter muitos amigos, e...

Ann o interrompeu.

– Claro que deve me visitar. Estava inclusive pensando em convidar o coronel Grant para jantar e sugerir que trouxesse o senhor com ele.

– Mesmo? Verdade?

Era tão óbvia sua demonstração de ansiedade e de prazer que Ann sentiu pena dele. Coitado, deve ser solitário. Aquele sorriso feliz era mesmo infantil.

Ela disse:

– Estava encomendando uma floreira nova. Num apartamento, uma floreira no peitoril da janela é o mais próximo que se consegue de ter um jardim.

– Sim, imagino.

– O que está fazendo aqui?

– Vendo incubadoras...

– Ainda sonhando com frangos.

– Mais ou menos. Só estou dando uma olhada em tudo o que há de mais moderno em equipamentos de avicultura. Pelo jeito essa parafernália elétrica é a última sensação.

Rumaram à saída. Richard Cauldfield falou de súbito:

– Fico pensando... claro, talvez já tenha compromisso... se não gostaria de almoçar comigo... Isso se não tiver outros planos.

– Obrigada. Será um prazer. Para ser sincera, Edith, minha empregada, está se deliciando numa orgia de limpeza primaveril e decretou que eu não fosse almoçar em casa.

Richard Cauldfield considerou aquilo mais surpreendente do que engraçado.

– Isso é meio despótico, não é?

– Edith tem lá seus privilégios.

– De qualquer modo, não é recomendável paparicar os empregados.

"Ele está me censurando", pensou Ann, divertindo-se. Falou meigamente:

– Não tenho muitos empregados para paparicar. E, além disso, Edith é mais amiga do que empregada. Está comigo há muitos e muitos anos.

– Ah, entendo.

Sentiu-se levemente repreendido, no entanto, a impressão permanecia. Aquela dama linda e gentil estava sofrendo a tirania de uma empregada. Não era o tipo de mulher que consegue se impor sozinha. Natureza por demais doce e submissa.

Comentou vagamente:

– Limpeza de primavera? Nesta época?

– Na verdade, deveria ser feita em março. Mas minha filha está passando três semanas na Suíça, e apareceu a oportunidade. Quando ela está em casa há muito movimento.

– Sente a falta dela, imagino?

– Sim.

– Hoje em dia, as moças não gostam de ficar em casa. Creio que é a ansiedade para viver suas próprias vidas.

– Nem tanto. Isso já deixou de ser novidade.

– Ah. Que dia lindo, não acha? Quer atravessar o parque caminhando, ou ficaria cansada?

– Não, é claro que não. Eu ia sugerir isso.

Atravessaram a Victoria Street e enveredaram por um estreito passadiço, saindo enfim perto da estação do St. James's Park. Cauldfield levantou o olhar para as estátuas de Epstein.

– Vê algo nisso? É possível alguém chamar essas coisas de *Arte*?

– Hum... Acho que é possível. Sem dúvida.

– Com certeza *a senhora* não as aprecia?

– Pessoalmente não. Sou antiquada e continuo a gostar de escultura clássica e das coisas para as quais fui criada para gostar. Mas isso não quer dizer que meu gosto seja o certo. Acho que é preciso educar-se para apreciar novas formas artísticas. O mesmo com a música moderna.

– Música! Nem se pode chamar de música.

– Sr. Cauldfield, não acha que está sendo meio ultrapassado?

Ele virou a cabeça bruscamente para encará-la. Ela estava ruborizada, um pouco nervosa, mas mirou-o honestamente e não desviou o olhar.

– Estou? Talvez. Sim, quando ficamos um bom tempo longe, a tendência é voltarmos para casa e colocarmos defeito em tudo que não é exatamente como lembramos. – Ele sorriu de repente. – Tem que me dar um desconto.

Ann apressou-se em dizer:

– Ah, eu mesma sou incrivelmente antiquada. Sarah sempre caçoa de mim. Mas sinto que é uma pena quando... Como vou dizer? Quando as pessoas fecham a cabeça à medida que... bem, à medida que envelhecem. Em primeiro lugar, porque isso as torna cansativas... Sem falar que as priva de desfrutar coisas interessantes.

Richard caminhou calado por um tempo. Então falou:

– Soa tão absurdo ouvi-la falando em envelhecer. Há muito tempo não conhecia uma pessoa tão jovem.

Bem mais jovem que a maioria dessas moças escandalosas. Elas, sim, me assustam de verdade.

– Elas também me assustam um pouquinho. Mas sempre as acho muito simpáticas.

Haviam chegado ao St. James's Park. O sol estava completamente visível agora, e o dia estava quase quente.

– Aonde vamos?

– Olhar os pelicanos.

Com alegria, observaram os pássaros e conversaram sobre as várias espécies de aves aquáticas. Bem relaxado e à vontade, Richard comportava-se de modo juvenil e natural; uma companhia encantadora. Bateram papo, riram e sentiram-se incrivelmente felizes juntos.

De repente, Richard perguntou:

– Vamos nos sentar um pouco ao sol? Não vai ficar com frio, não é?

– Não. Está bem agradável.

Os dois sentaram-se num banco e admiraram o espelho da água. O colorido rarefeito do cenário lembrava uma gravura japonesa.

Ann comentou suavemente:

– Como Londres é bela. Nem sempre a gente se dá conta.

– Verdade. É quase uma revelação.

Permaneceram sentados em silêncio por um tempo, até que Richard falou:

– Minha esposa costumava dizer que Londres era o melhor lugar para se esperar a primavera. Dizia que os botões desabrochando, as amendoeiras e, com o tempo, os lilases ganham mais significado contra o fundo de tijolo e concreto. Dizia que no interior tudo acontece ao mesmo tempo e com muita grandiosidade para se prestar atenção nos detalhes. Mas num jardim dos subúrbios londrinos, a primavera vem da noite para o dia.

— Acho que ela estava certa.

Richard disse num esforço, sem olhar para Ann:

— Ela morreu... há muito tempo.

— Eu sei. O coronel Grant me contou.

Richard voltou o olhar para ela.

— Ele disse como ela morreu?

— Sim.

— Algo que nunca vou superar. Sempre vou ter a impressão de que a matei.

Ann titubeou um pouco e prosseguiu:

— Entendo como se sente. Na sua pele também me sentiria assim. Mas não é verdade, sabe.

— É verdade.

— Não. Não para ela... Não do ponto de vista feminino. A responsabilidade de assumir o risco é da mulher. Fica implícito... no amor dela. Sua esposa queria a criança, lembre-se. Ela queria o filho, não é?

— Ah, sim. Aline estava felicíssima com a gravidez. E eu também. Era uma moça forte e saudável. Não havia motivo para algo dar errado.

Novo silêncio.

Ann murmurou:

— Sinto muito... muito mesmo.

— Já ficou para trás.

— A criança também morreu?

— Sim. Foi melhor assim, sabe. Eu teria sentimentos contraditórios em relação a ela. Sempre lembraria o preço pago por sua vida.

— Conte como era sua esposa.

Sentados ali, sob o pálido sol invernal, ele falou sobre Aline. De como era bonita e alegre. E do jeito como se calava de repente quando ele perguntava no que ela estava pensando e por que estivera tão distraída.

Uma hora parou e disse, pensativo:

— Há anos que eu não falava dela.

E Ann incentivou-o, bondosamente:

– Continue.

Tudo fora rápido – rápido demais. Três meses de noivado e o casamento:

– O espalhafato de sempre... Na verdade não queríamos, mas a mãe dela insistiu.

Haviam passado a lua de mel na França, visitando os castelos do vale do Loire a bordo de um automóvel.

Ele acrescentou, sem relevância alguma:

– Ela ficava nervosa no carro, sabe. Repousava a mão sobre meu joelho. Parecia que isso a deixava mais segura; não sei por que ficava nervosa. Nunca sofreu um acidente. – Fez uma pausa e prosseguiu: – Às vezes, depois de tudo o que aconteceu, eu sentia a mão dela pousada em meu joelho quando dirigia lá nas estradas birmanesas. Imagine só... Parece inacreditável que ela tenha ido embora assim, de chofre... Ido embora da vida...

"Sim", pensou Ann, "esse adjetivo explica o que sentimos – inacreditável." Sentira o mesmo em relação a Patrick. Ele *tinha* que estar em algum lugar. Ele *tinha* que ser capaz de fazê-la sentir a sua presença. Não poderia ter ido assim, sem deixar nada para trás. Aquele abismo horrível entre mortos e vivos!

Richard continuava a falar. Contou sobre a casinha que compraram num beco sem saída, o arbusto de lilases e a pereira.

Quando a voz dele, áspera e sentida, chegou ao fim das frases hesitantes, ele repetiu, meditativo:

– Nem sei por que lhe contei tudo isso...

Mas ele sabia. Quando indagara com certo nervosismo se para ela estava bom almoçar no clube dele ("Eles têm uma espécie de anexo para senhoras, se não estou enganado... Ou prefere ir a um restaurante?"), e quando ela respondera que preferiria o clube, e os dois levantaram e começaram a caminhar em direção ao Pall

Mall, o motivo estava em sua cabeça, embora relutasse em reconhecê-lo.

Aquele havia sido o adeus a Aline, na beleza fria e sobrenatural do parque no inverno.

Ele a deixaria ali, à beira do lago, com os ramos desnudos das árvores mostrando as linhas góticas contra o céu.

Pela última vez, ele a trouxe à vida, na energia de sua juventude e na tristeza de seu destino. Elegia, réquiem, hino de louvor – talvez um pouco disso tudo.

Mas também funeral.

Deixou Aline lá no parque e caminhou pelas ruas de Londres com Ann.

Capítulo 4

– A sra. Prentice está? – indagou Dame Laura Whitstable.

– No momento, não. Mas calculo que não vai demorar. A senhora não quer entrar e esperar? Sei que ela iria gostar de vê-la.

Edith recuou respeitosamente para Dame Laura entrar.

A visitante disse:

– Vou esperar uns quinze minutos. Já faz um bom tempo que não nos falamos.

– Sim, madame.

Sem demora, Edith introduziu-a na sala e abaixou-se para acender a estufa. Dame Laura correu o olhar pela sala e deixou escapar uma exclamação.

– A mobília foi trocada de lugar, pelo que vejo. Esta mesa costumava ficar lá no canto. E o sofá, em posição diferente.

– A sra. Prentice achou que estava na hora de fazer um rearranjo – explicou Edith. – Entrei aqui um dia, desprevenida, e topei com ela empurrando e arrastando as coisas para lá e para cá. Ela disse: "Ah, Edith, não acha que a sala fica bem melhor assim? Abre mais espaço". Olha, confesso que não vi melhora alguma, mas claro que eu não ia dizer isso. As patroas têm lá suas manias. Tudo o que eu disse foi: "A senhora não vá se esforçar demais. Não tem nada pior para as vísceras do que ficar erguendo e carregando coisas. E depois que elas saem do lugar não voltam assim tão fácil". Sei do que estou falando. Aconteceu com a minha cunhada ao erguer uma dessas janelas-guilhotina. Presa ao sofá para o resto da vida.

– Talvez sem precisar – vaticinou Dame Laura, robustamente. – Ainda bem que passou a onda de que se deitar no sofá é o remédio para todos os males.

– Pois é, nem deixam mais a mulherada descansar trinta dias depois de dar à luz – comentou Edith, em tom de censura. – Obrigaram a minha sobrinha, coitada, a caminhar já no quinto dia depois do parto.

– A nossa espécie é bem mais saudável do que antigamente.

– Eu que o diga – redarguiu Edith, melancólica. – Quando criança eu tinha a saúde muito sensível. Ninguém pensava que eu conseguiria me criar. Sempre tinha desmaios e espasmos horríveis. E no inverno ficava toda azulada... O frio congelava o meu coração.

Desinteressada nos achaques do passado de Edith, Dame Laura esquadrinhava a nova arrumação da sala.

– A mudança foi para melhor – comentou. – A sra. Prentice tem toda a razão. Fico pensando por que será que não fez isso antes.

– Construção de ninho – ponderou Edith, significativamente.

– O quê?

– Construção de ninho. Já vi passarinhos fazendo. Correm para lá e para cá com gravetos nos bicos.

– Ah.

As duas mulheres se entreolharam. Sem qualquer mudança de atitude, uma relativa compreensão pareceu se estabelecer. Dame Laura perguntou, como quem não quer nada:

– Tem visto o coronel Grant ultimamente?

Edith balançou a cabeça.

– Pobre senhor – disse ela. – Se me perguntasse, eu diria que ele caiu do cavalo. Deu com os burros n'água – acrescentou, de modo explanatório.

– Ah... entendi.

– Era um bom sujeito – lamentou Edith, colocando-o no tempo pretérito de modo fúnebre, como se proferisse um epitáfio. – Enfim!

Enquanto saía da sala, ela comentou:

– Sei de alguém que não vai gostar da reorganização da sala: a srta. Sarah. Ela detesta mudanças.

Laura Whitstable ergueu as sobrancelhas salientes. Em seguida, puxou um livro da estante e folheou-o de modo aleatório.

Naquele instante, escutou uma chave sendo inserida, e a porta do apartamento se abriu. Ouviram-se duas vozes, a de Ann e a de um homem, animadas e contentes no pequeno hall.

A voz de Ann disse:

– Ah, correio. Hum... Chegou carta de Sarah.

Ela entrou na sala com a carta na mão e estacou numa indecisão momentânea.

– Laura! Que bom ver você. – Ela se dirigiu ao homem que a seguira sala adentro. – Sr. Cauldfield, Dame Laura Whitstable.

Dame Laura escrutinou-o instantaneamente.

Tipo convencional. Talvez teimoso. Confiável. Bom coração. Senso de humor, zero. Sensível, ao que tudo indicava. E caído de amores por Ann.

Começou a falar com ele à sua moda, sem cerimônias.

Ann murmurou:

– Vou pedir a Edith que nos traga o chá – e saiu da sala.

– Para mim não precisa, querida – avisou Dame Laura quando ela saía. – São quase seis da tarde.

– Bem, Richard e eu queremos chá, estivemos num concerto. O que vai querer?

– Conhaque com soda.

– Está bem.

Dame Laura falou:

– Fã de música, sr. Cauldfield?

– Sim. Em especial de Beethoven.

– Todos os ingleses gostam de Beethoven. Para ser sincera, ele me dá sono. Mas música não é o meu forte.

– Cigarro, Dame Laura? – Cauldfield abriu a cigarreira.

– Não, obrigada, só fumo charuto.

Ela acrescentou, mirando-o com argúcia:

– Ora, ora, você é o tipo de homem que às seis da tarde prefere tomar chá em vez de coquetel ou xerez?

– Não, acho que não. Na verdade, não sou muito fã de chá. Mas parece combinar com Ann, sei lá por quê... – calou-se. – Isso soou ridículo!

– De modo algum. Bem observado. Não que Ann não goste de coquetéis nem de xerez, até gosta, mas é essencialmente o tipo de mulher que fica mais bonita atrás da bandeja de chá... Em meio a um belo e antigo conjunto de chá de prata georgiana, com xícaras e pires de porcelana fina...

Richard ficou encantado.

– É exatamente o que eu penso!

– Conheço Ann há décadas. Gosto muito dela.

– Sei. Ela vive falando na senhora. E, é claro, o seu nome é comentado em outros meios.

Dame Laura abriu um sorrisinho contente.

– Ah, sim, sou uma das mulheres mais conhecidas da Inglaterra. Sempre participando de comitês, expondo minha opinião no rádio e baixando diretrizes para o bem da humanidade. No entanto, reconheço uma coisa: não importa o que a gente consiga realizar, isso é sempre muito pouco. E outra pessoa poderia ter feito melhor.

– Ah, o que é isso – protestou Richard. – Não é uma conclusão muito desanimadora?

– Não deveria ser. A humildade deve ser a causa do empenho.

– Acho que não concordo com a senhora.
– Não concorda?
– Não. Acho que se um homem (ou mulher, é claro) pretende realizar algo digno de nota, a primeira condição é acreditar em si próprio.
– Por que motivo?
– Ora, Dame Laura, com certeza...
– Sou meio antiquada. Prefiro que o ser humano *conheça* a si próprio e *acredite* em Deus.
– Conhecer e acreditar... Não estamos falando da mesma coisa?
– Vai me desculpar, são coisas bem diferentes. Uma de minhas teorias preferidas (completamente irrealizável, é claro, essa é a parte agradável das teorias) é a de que todo mundo deveria passar um mês por ano no meio do deserto. Acampado num oásis, é claro, com fornecimento irrestrito de tâmaras, ou sei lá o que as pessoas comem no deserto.
– Poderia ser até bem agradável – sorriu Richard. – Mas eu iria querer levar alguns clássicos da literatura universal.
– Mas aí é que está. Sem livros. A literatura vicia. Com comida e bebida à vontade, e nada, absolutamente *nada* para fazer, a pessoa teria, enfim, uma boa oportunidade de conhecer a si própria.

Richard sorriu, cético.

– Não acha que a maioria das pessoas se conhece muito bem?
– Claro que *não*. Ninguém tem tempo, nos dias de hoje, para reconhecer nada além de suas características mais agradáveis.
– Sobre o que vocês dois estão falando, afinal? – quis saber Ann, entrando com um drinque na mão. – Aqui está o conhaque com soda, Laura. Edith já vai trazer o chá.
– Estou explicando a teoria de meditação no deserto – contou Laura.

— Essa é uma das teses de Laura – riu-se Ann. – Sentar-se no deserto sem nada para fazer e descobrir como você é horrível!

— Todo mundo tem que ser horrível? – perguntou Richard, secamente. – Sei que os psicólogos vivem dizendo isso... Mas... Por que será?

— Porque se alguém só tem tempo para conhecer parte de si mesmo, como disse há pouco, acaba escolhendo a parte mais agradável – afirmou Dame Laura, sem pestanejar.

— Tudo muito bonito, Laura – retorquiu Ann –, mas depois que a pessoa senta no deserto e descobre o quão horrível ela é, que vantagem vai ter? Vai ser capaz de mudar?

— Não acho isso provável... Mas pelo menos dá à pessoa um parâmetro de como vai agir em certas circunstâncias e, ainda mais importante, *por que motivo* agirá daquele modo.

— Mas as pessoas não são perfeitamente capazes de imaginar o que fariam em determinada circunstância? Quero dizer, basta imaginar-se naquela situação.

— Ah, Ann, Ann! Pense em quanta gente ensaia o que vai dizer ao chefe, ao cônjuge ou ao vizinho quando encontrá-lo. A pessoa decora tudo na ponta da língua... Então, quando chega a hora H, parece que o gato comeu sua língua ou, então, sai tudo diferente! As pessoas que secretamente se consideram capazes de contornar toda e qualquer emergência são aquelas que acabam colocando os pés pelas mãos, enquanto aquelas com medo de serem inadequadas surpreendem a si próprias tirando de letra a situação.

— Sim, mas isso não é justo. Agora você está querendo dizer que as pessoas ensaiam conversas e ações com base nas respostas que *gostariam de ouvir*. Talvez saibam que aquilo não vai acontecer de verdade. Mas penso que, no fundo, a gente *sabe* qual será a reação da pessoa e qual... Bem, qual é o caráter dessa pessoa.

– Ah, minha filha – Dame Laura ergueu as mãos. – Então você pensa que conhece Ann Prentice... Fico pensando se conhece mesmo.

Edith entrou com o chá.

– Não me acho lá muito simpática – disse Ann, sorrindo.

– A carta de srta. Sarah – entregou Edith. – A senhora deixou no quarto.

– Ah, obrigada, Edith.

Ann pousou a carta ainda lacrada ao lado do prato. Dame Laura lançou um rápido olhar a ela.

Richard Cauldfield bebeu a xícara de chá com notável rapidez; em seguida, desculpou-se e retirou-se.

– Diplomacia – explicou Ann. – Pensa que vamos ficar mais à vontade para falar.

Dame Laura observou a amiga com atenção. Surpreendeu-se com as diferenças em Ann. A aparência bonita e discreta florescera numa espécie de esplendor. Laura Whitstable já vira aquilo acontecer antes e sabia a causa. Aquele brilho e aquela expressão feliz só podiam significar uma coisa: Ann estava apaixonada. Como era injusto, refletiu Dame Laura, que mulheres apaixonadas atingissem o máximo de sua beleza e homens apaixonados parecessem cordeiros deprimidos.

– Por onde tem andado ultimamente, Ann? – indagou.

– Ah, não sei. Por aí. Nada de mais.

– Richard Cauldfield é uma nova amizade, não é?

– Sim. Conheci-o há uns dez dias. No jantar com James Grant.

Contou para Dame Laura um pouco sobre Richard, arrematando com a inocente pergunta:

– Gosta dele, não gosta?

Laura, que ainda não se decidira se gostava ou não de Richard Cauldfield, retorquiu sem pestanejar:

– Sim, muito.

– Sabe, tenho a impressão de que ele teve uma vida triste.

Dame Laura já escutara muitas vezes aquela declaração. Reprimiu um sorriso e perguntou:

– Novidades de Sarah?

O rosto de Ann iluminou-se.

– Ah, Sarah está se divertindo a valer. A neve está perfeita, e ninguém fraturou nada até agora.

Mordaz, Dame Laura disse que Edith ficaria decepcionada. As duas riram.

– Esta carta é de Sarah. Não se importa se eu a abrir?

– Claro que não.

Ann rasgou o envelope e leu a sucinta carta. Com um riso carinhoso, passou a carta para Dame Laura.

Querida mãe: (Sarah escrevera)

A neve está uma perfeição. Todo mundo diz que é a melhor temporada do século. Lou fez o teste, mas por azar não foi aprovada. Roger me ensinou uma porção de coisas – tremenda bondade da parte dele, afinal, é um bambambã no mundo do esqui. Jane acha que ele está a fim de mim, mas não notei nada. Acho que é um prazer sádico em ver eu me embananar e aterrissar de ponta-cabeça nos montes de neve. Lady Cronsham está aqui com aquele asqueroso sul-americano. Eles são mesmo espalhafatosos. Fiquei meio caída por um dos guias (in-cri-vel-men-te lindo), mas por azar ele está acostumado com o assédio e me deu um gelo. Parece que dessa vez entrei numa fria.

E tudo bem por aí, querida? Espero que esteja saindo bastante com todos os namoradinhos. Não vá longe demais com o velho coronel, ele bem que arrasta a asinha para o seu lado! Como está o professor? Não andou lhe contando algum hábito matrimonial primitivo ultimamente?

Até breve, com amor da
Sarah.

Dame Laura devolveu a carta.

– É, Sarah parece estar se divertindo... Imagino que o professor seja aquele seu amigo arqueólogo?

– Sim, Sarah vive pegando no meu pé por causa dele. Eu bem que pensei em convidá-lo para almoçar, mas tenho andado tão ocupada...

– É, parece mesmo andar ocupada.

Ann dobrou a carta de Sarah. Murmurou num suspiro:

– Puxa vida.

– Por que o "puxa vida", Ann?

– Ah, acho que preciso lhe contar. Se bem que você já deve ter adivinhado. Richard Cauldfield me pediu em casamento.

– Quando foi isso?

– Hoje mesmo.

– E vai aceitar?

– Acho que sim... Por que digo isso? Claro que vou.

– Rápida no gatilho, Ann!

– Quer dizer que não o conheço tempo suficiente? Ah, mas nós dois estamos bem decididos.

– E sabe bastante sobre ele... por intermédio do coronel Grant. Estou muito feliz por você, minha querida. Parece muito feliz.

– Imagino que pareça uma grande tolice, Laura, mas eu o amo profundamente.

– Por que pareceria tolice? Está na cara que você o ama.

– E ele me ama.

– Isso também está na cara. Nunca em minha vida vi um homem com tanta cara de cordeirinho!

– Richard não tem cara de cordeirinho!

– Homens apaixonados *sempre* têm cara de cordeirinho. Parece uma lei da natureza.

– Mas gosta dele, Laura? – insistiu Ann.

Dessa vez, Laura Whitstable não respondeu tão rápido. Falou devagar:

– É um tipo de homem bem simples, sabe, Ann.

– Simples? Talvez. Mas isso não é bom?

– Pode gerar dificuldades. E é sensível... Ultrassensível.

– Observação perspicaz, Laura. Nem todo mundo percebe isso.

– Não sou "todo mundo". – Vacilou um instante e logo disse: – Já contou para Sarah?

– Não, claro que não. Contei a você. Foi hoje mesmo que aconteceu.

– O que eu quis dizer foi se você o mencionou nas cartas... Preparou o caminho, como se diz?

– Na verdade, não... – Fez uma pausa e acrescentou: – Vou escrever contando.

– Sim.

Outra vez Ann hesitou antes de falar:

– Acho que Sarah não vai se importar muito, o que acha?

– Difícil afirmar.

– Ela é sempre tão gentil comigo. Não tem noção do quanto a Sarah pode ser gentil... Até mesmo sem falar nada. Claro... Fico imaginando... – Ann lançou à amiga um olhar de súplica. – Talvez ela ache *esquisito*.

– Bem provável. Você se importa?

— Ah, *eu* não me importo. Mas Richard vai se importar.

— Sim... Bem, Richard vai ter que administrar, não é? Mas com certeza eu contaria tudo a Sarah antes de ela voltar. Vai dar tempo para se acostumar com a ideia. Quando imaginam se casar, a propósito?

— Richard quer se casar o quanto antes. E não há mesmo nenhum motivo para esperar, não é?

— Nenhum. O quanto antes vocês se casarem, melhor, eu diria.

— É uma felicidade incrível... Richard acaba de conseguir um emprego... na Hellner Bros. Ele conheceu um dos sócios júnior da empresa na Birmânia, na época da guerra. Que sorte, não?

— Minha querida, tudo parece se encaminhar bem. — Repetiu, em tom suave: — Estou muito contente por você.

Levantando-se, Laura Whitstable aproximou-se de Ann e a beijou.

— Ora, vamos lá, por que essa testa franzida?

— É Sarah, apenas... Espero que ela não se importe.

— Querida Ann, que vida está vivendo: a sua ou a dela?

— A minha, é claro, mas...

— Se Sarah se importar, deixe que se importe! Vai acabar superando. Ela ama você, Ann.

— Sei disso.

— É muito inconveniente ser amado. Quase todo mundo descobre isso mais cedo ou mais tarde. Quanto menos pessoas nos amam, menos sofremos. Sorte minha que a maioria das pessoas não vai com a minha cara, e o resto sente por mim apenas uma divertida indiferença.

— Laura, isso não é verdade. Eu...

— Até logo, Ann. E não obrigue o seu Richard a dizer que gosta de mim. Ele me abominou à primeira vista. Não vai ter a mínima consequência.

Naquela noite, num jantar público, o erudito cavalheiro sentado à mesa de Dame Laura decepcionou-se quando, ao término do relato sobre uma inovação revolucionária na terapia por choques eletroconvulsivos, notou o olhar perdido dela.

– Não escutou o que eu disse! – exclamou ele em tom desaprovador.

– Sinto muito, David. Estava pensando em mãe e filha.

– Ah, um estudo de caso – ele a fitou com expectativa.

– Não, não um estudo de caso. Amigas.

– É uma dessas mães possessivas, imagino?

– Não – respondeu Dame Laura. – Neste caso, a possessiva é a filha.

Capítulo 5

I

– Bem, Ann, minha querida – falou Geoffrey Fane. – Com certeza dou meus parabéns... Ou sei lá o que se diz numa ocasião dessas. Ahn... hum... Ele é, se me permite dizer, um sujeito de sorte... Sim, um sujeito de muita sorte. Já fui apresentado a ele, ou não? O nome me é estranho.

– Não, eu o conheci há poucas semanas.

O professor Fane espiou-a brandamente por cima dos óculos, como era seu costume.

– Minha nossa – reprovou ele. – Não é repentino demais? Impulsivo demais?

– Não, acho que não.

– No povo Matawayala, a corte dura no mínimo um ano e meio...

– Deve ser um povo muito cauteloso. Pensei que os selvagens obedeciam aos impulsos primitivos.

– Os Matawayala estão longe de serem selvagens – rebateu Geoffrey Fane, com um quê de horror na voz. – Têm uma cultura distinta. Os ritos matrimoniais são curiosos e intricados. Na véspera da cerimônia, os amigos da noiva... ahn... hum... Pensando bem, acho que é melhor não entrar em detalhes. Mas é mesmo deveras interessante e parece sugerir que, antigamente, o ritual sagrado de casamento da sacerdotisa chefe... Mas vamos deixar isso para lá. Agora, o presente de casamento. O que vai querer de presente de casamento?

– Não precisa mesmo me dar presente de casamento, Geoffrey.

– Utensílios de prata são a praxe, não? Lembro-me de ter comprado uma caneca de prata... Não, não, isso foi para um batizado... Colheres, talvez? Ou um porta-torradas? Ah, já sei, um vaso de rosas. Mas, Ann, minha querida, sabe *algo* desse cidadão? Quero dizer, recebeu o aval de amigos em comum, coisas assim? Pois a gente lê cada coisa extraordinária...

– Ele não me apanhou no cais, e eu não fiz seguro de vida a favor dele.

Ansioso, Geoffrey Fane observou-a de novo e ficou aliviado ao notar que ela estava rindo.

– Tudo bem, tudo bem. Fiquei com medo que estivesse zangada comigo. Mas todo o cuidado é pouco. E como a mocinha aceitou?

O rosto de Ann anuviou-se por um instante.

– Escrevi para Sarah... Ela está na Suíça, sabe... Mas não recebi resposta. Claro, ela teve pouco tempo para responder, mas eu esperava que... – ela se calou.

– É difícil lembrar de responder cartas. Para mim é cada vez mais difícil. Fui convidado a ministrar uma série de palestras em Oslo em março. Tinha intenção de responder. Esqueci por completo. Encontrei a carta ontem... No bolso de um casaco velho.

– Bem, ainda há tempo – consolou-o Ann.

Geoffrey Fane volveu os olhos azul-claros para ela com tristeza.

– Mas o convite era para março do ano passado, minha querida Ann.

– Puxa vida... Mas, Geoffrey, como conseguiu deixar uma carta todo esse tempo no bolso do casaco?

– Era um casaco de estimação. Uma das mangas estava quase se desprendendo. Isso o deixou desconfortável de vestir. Eu... ahn... err... Tirei o casaco de uso.

– Alguém precisa cuidar de você, Geoffrey.

– Prefiro que *ninguém* cuide de mim. Uma época tive uma governanta muito diligente, cozinheira fabulosa, mas uma dessas obcecadas por organização. Chegou ao cúmulo de jogar no lixo minhas anotações sobre os fazedores de chuva de Bulyano. Perda irreparável. A desculpa que deu foi de que os papéis estavam no baldinho do carvão... Mas eu disse para ela: "O balde de carvão não é cesta de lixo, sra. ..., sra. ..." sei lá qual era o nome dela. Mulheres, receio eu, não têm senso de proporção. Dão uma importância patética à limpeza e a executam como se fosse um ritual.

– Certas pessoas dizem que é um ritual, não dizem? Laura Whitstable (conhece ela, é claro) me deixou horrorizada com o significado sinistro que pareceu imputar às pessoas que lavam o pescoço duas vezes por dia. Parece que quanto mais sujo você é, mais puro o coração!

– Ver... dade? Bem, preciso ir andando – suspirou. – Vou sentir sua falta, Ann, nem consigo expressar o quanto vou sentir sua falta.

– Mas não está me perdendo, Geoffrey. Não vou embora. Richard trabalha em Londres. Tenho certeza de que vai gostar dele.

Geoffrey Fane suspirou de novo.

– Não será a mesma coisa. Não, não: quando uma bela mulher se casa com outro homem... – ele apertou a mão dela. – Significou muito para mim, Ann. Quase me aventurei a desejar... Mas não, isso nunca poderia ter acontecido. Um velho ranzinza como eu... Não, você ficaria entediada. Mas lhe admiro demais, Ann, e lhe desejo toda a felicidade do mundo. Sabe do que me lembro quando penso em você? Daqueles versos de Homero.

Citou com deleite uma longa passagem em grego.

– Isso – concluiu radiante.

– Obrigada, Geoffrey – disse Ann. – Não sei o que significa...

– Significa que...

– Não, não me conte. Não pode ser tão bonito como é sonoro. Que linguagem musical é a grega! Até logo, querido Geoffrey, e obrigada... Não esqueça o chapéu... Este não é o seu guarda-chuva, é a sombrinha de Sarah... e... Espere um pouco... Aqui está sua pasta.

Fechou a porta da frente depois que ele saiu.

Edith enfiou a cabeça no vão da porta da cozinha.

– Indefeso como um bebê, não é? – perguntou. – Não que ele seja gagá. Tem lá sua inteligência, me parece. Se bem que, para mim, aquelas tribos de nativos a que ele tanto dá valor têm cérebros indecentes. Coloquei aquela estatueta de madeira que ele deu para a senhora no fundo do armário da roupa de cama. Falta o sutiã e a folha de figueira. Mas o professor mesmo não tem um só pensamento pecaminoso na cabeça. E nem é assim tão velho.

– Tem 45 anos.

– Não disse? É todo esse conhecimento que o fez perder cabelo do jeito que ele perdeu. O cabelo de meu sobrinho caiu todinho numa febre. Ficou careca que nem ovo. Cresceu de novo logo depois. Chegaram duas cartas.

Ann apanhou-as.

– De volta ao remetente? – o rosto dela crispou-se. – Ah, Edith, é minha carta para Sarah. Que imbecil eu fui. Coloquei o nome do hotel, mas esqueci o endereço. Não sei o que está acontecendo comigo ultimamente.

– Eu sei – afirmou Edith de modo significativo.

– Faço as coisas mais idiotas... Esta outra é de Dame Laura... Ah, como ela é querida... Tenho que ligar para agradecer.

Passou à sala de estar e discou.

– Laura? Acabo de receber sua carta. É mesmo muito amável. Não há nada que eu gostaria mais do que um Picasso. Sempre quis ter um Picasso só meu.

Vou pendurá-lo em cima do aparador. Como é atenciosa. Ah, Laura, fiz uma estupidez! Escrevi para Sarah contando tudo para ela... E agora minha carta voltou. Coloquei só Hotel des Alpes, Suíça. Consegue *imaginar* uma burrice dessas?

A voz profunda de Dame Laura falou:

– Hum... Interessante.

– Como assim, interessante? O que você quer dizer?

– Exatamente o que eu disse.

– Conheço esse tom de voz. Está insinuando algo. Dando a entender que, no fundo, eu não queria que Sarah recebesse minha carta ou coisa parecida. É aquela sua irritante tese de que todos os equívocos são na verdade intencionais.

– Essa tese não é minha em especial.

– Bem, de qualquer forma, não é verdade! Aqui estou eu, com Sarah chegando depois de amanhã, e ela não sabe de nada. Vou precisar contar tudo para ela pessoalmente, o que vai ser bem mais constrangedor. Simplesmente não sei por onde começar.

– Sim, você que criou essa situação por não querer que Sarah recebesse a carta.

– Mas eu queria que ela recebesse. Não seja tão impertinente.

Escutou-se uma risadinha de escárnio do outro lado da linha.

Ann retorquiu zangada:

– De qualquer modo, é uma teoria sem pé nem cabeça! A propósito, Geoffrey Fane acabou de sair daqui. Encontrou um convite para dar uma palestra em Oslo em março, só que do ano passado! Então, para você, ele esqueceu o evento porque quis?

– Ele queria palestrar em Oslo? – inquiriu Dame Laura.

— Imagino que... Bem, não sei.

Dame Laura murmurou "interessante" numa voz maliciosa e desligou.

II

Richard Cauldfield comprou um buquê de narcisos silvestres na floricultura da esquina.

Estava com a cabeça leve. Depois das primeiras dúvidas, estava se adaptando à rotina do novo trabalho. Merrick Hellner, o chefe, era simpático – e a amizade entre eles, iniciada na Birmânia, demonstrou solidez na Inglaterra. O serviço não era técnico. Cargo administrativo burocrático em que a experiência na Birmânia e no Oriente vinha a calhar. Richard não era nenhuma sumidade, mas era escrupuloso e aplicado, e bom-senso não lhe faltava.

Dos primeiros desalentos do retorno à Inglaterra ele já se esquecera. Era como iniciar vida nova de velas enfunadas sob o sol radiante. Trabalho apropriado, empregador afável e compreensivo e a perspectiva de, em breve, casar-se com a mulher amada.

Todos os dias ele voltava a se maravilhar pelo fato de Ann gostar dele. Como era querida, meiga e atraente! Às vezes, porém, quando sem querer adotava um tom meio autoritário, ele a flagrava mirando-o com um sorriso travesso nos lábios. Não costumava ser caçoado, e a princípio não tinha certeza se gostava ou não daquilo – mas no fim teve que admitir: partindo de Ann, ele conseguia tolerar e até mesmo gostar.

Quando Ann dizia "Como somos pretensiosos, não é, querido?", ele primeiro franzia a testa, depois ria junto e comentava:

— Acho que eu estava sendo meio mandão.

E uma vez dissera a ela:

– É muito boa para mim, Ann. Me torna mais humano.

Ela respondera na mesma hora:

– Somos bons um para o outro.

– Não há muito que eu possa fazer por você... A não ser cuidar e tomar conta de você.

– Não cuide demais de mim. Não incentive minhas fraquezas.

– Suas fraquezas? Não tem nenhuma.

– Ah, sim, eu tenho, Richard. Gosto de agradar as pessoas. Não gosto de provocar nem de irritar ninguém. Não gosto de brigas... nem de rebuliços.

– Graças a Deus! Eu odiaria uma esposa brigona sempre pegando no meu pé. Já vi algumas, pode acreditar! É a coisa que mais admiro em você, Ann: o gênio sempre doce e meigo. Meu bem, como seremos felizes!

Ela reforçara com doçura:

– Sim, acho que vamos.

E ela pensou que Richard havia mudado bastante desde a noite em que o conhecera. Não tinha mais aquela postura agressiva de alguém sempre na defensiva. Tornara-se, nas palavras dele mesmo, bem mais humano. Mais seguro de si e, por isso, mais tolerante e amigável.

Com o buquê na mão, Richard entrou no prédio. O apartamento de Ann ficava no terceiro andar. Subiu de elevador após receber o simpático cumprimento do porteiro, que já o conhecia bem de vista.

Edith abriu a porta para ele e, do fim do corredor, escutou a voz de Ann chamando meio sem fôlego:

– Edith... Edith, viu a minha bolsa? Não sei onde é que ela foi parar.

– Boa tarde, Edith – saudou Cauldfield ao entrar.

Ele nunca ficava completamente à vontade na presença de Edith e tentava mascarar o fato com uma simpatia extra que não soava natural.

– Boa tarde, senhor – respondeu Edith, respeitosa.

– Edith... – a voz de Ann ergueu-se premente do quarto. – Não me ouviu? *Venha logo!*

Ela apareceu no corredor bem quando Edith informou:

– É o sr. Cauldfield.

– Richard? – Ann aproximou-se dele no corredor, com expressão de surpresa.

Conduziu-o à sala de estar, dizendo por cima do ombro a Edith:

– *Tem que* encontrar aquela bolsa. Veja se não a deixei no quarto de Sarah.

– Só não perde a cabeça porque está grudada – falou Edith ao se retirar.

Richard franziu o cenho. A liberdade de expressão de Edith ofendia seu senso de decoro. Empregados não falavam assim quinze anos atrás.

– Richard... Eu não lhe esperava hoje. Pensei que viria almoçar amanhã.

Ela parecia espantada, um pouco inquieta.

– Amanhã parecia tão longe – falou ele, sorrindo. – Trouxe isto.

Ao entregar os narcisos silvestres para ela e ouvir a exclamação de prazer, de súbito notou a profusão de flores na sala. Um pote de jacintos na mesinha perto da lareira, vasos de tulipas e mais narcisos.

– Parece muito festiva – comentou.

– Claro. Sarah chega hoje de viagem.

– Ah, sim... Sim, é mesmo. Tinha esquecido.

– Ah, Richard.

O tom dela era de reprovação. Verdade, ele esquecera. Sabia perfeitamente o dia que ela chegaria, mas os dois haviam ido ao teatro na noite passada e nenhum deles comentara o assunto. Mas já fora debatido e resolvido: na tardinha da chegada de Sarah, ela teria Ann só para si. Ele, por sua vez, viria almoçar no dia seguinte para conhecer a futura enteada.

— Desculpe, Ann. Foi um lapso de memória mesmo. Parece muito empolgada — acrescentou Richard, com um leve toque de desaprovação.

— Bem, o retorno ao lar é sempre especial, não acha?

— Acho que sim.

— Estou saindo neste instante para esperá-la na estação — olhou o relógio de relance. — Ah, tem tempo ainda. De qualquer modo, creio que o trem vindo do porto vai chegar atrasado, como de costume.

Edith marchou sala adentro, carregando a bolsa de Ann.

— No armário das roupas de cama... Lá que a senhora deixou.

— Claro... Quando eu estava procurando aquelas fronhas. Colocou os lençóis verdes na cama de Sarah? Não esqueceu?

— Desde quando eu esqueço?

— E lembrou dos cigarros?

— Sim.

— E Toby e Jumbo?

— Sim, sim, sim.

Meneando a cabeça com indulgência, Edith retirou-se da sala.

— Edith — chamou Ann outra vez, entregando-lhe os narcisos silvestres. — Ponha num vaso, certo?

— Será difícil achar um sobrando! Mas pode deixar que dou um jeito.

Pegou as flores e saiu.

Richard comentou:

— Parece uma criança de tão animada, Ann.

— Bem, é tão adorável pensar em rever Sarah!

Ele acrescentou meio para alfinetar, mas com leve severidade:

— Há quanto tempo não a vê... Três semanas?

— Sei que sou patética — sorriu Ann, com sinceridade —, mas amo muito Sarah. Não iria querer o contrário, não é?

— Claro que não. Mal posso esperar para conhecê-la.

— É tão impulsiva e afetuosa... Tenho certeza de que vão se dar bem.

— Estou certo que sim.

Acrescentou, ainda sorrindo:

— Ela é sua filha... Com certeza é uma pessoa meiga.

— Que coisa mais querida de se ouvir, Richard — pousando as mãos nos ombros dele, ela ergueu o rosto e o encarou. — Querido Richard... — sussurrou ao beijá-lo na boca — vai ter paciência, não vai, meu amor? Quero dizer... Entende que o fato de estarmos de casamento marcado pode ser um choque para ela? Se ao menos eu não tivesse sido tão tola com aquela carta.

— Não se preocupe à toa, meu bem. Pode confiar em mim, sabe disso. Sarah pode estranhar no começo, mas vamos convencê-la de que é uma ótima ideia. Fique certa de que nada do que ela disser vai me ofender.

— Ah, ela não vai *dizer* nada. Sarah é muito bem-educada. Mas detesta qualquer tipo de mudança.

— Anime-se, querida. Afinal, ela não tem como levantar objeção contra os proclamas do casamento, ou tem?

Ann não respondeu ao gracejo. Continuava com a expressão tensa.

— Se ao menos eu tivesse escrito logo...

Richard disse, com um riso franco:

— Parece uma garotinha flagrada roubando a geleia! Vai ficar tudo bem, querida. Sarah e eu logo seremos amigos.

Ann fitou-o, em dúvida. A alegre confiança de Richard não surtira o efeito desejado. Seria preferível que ele estivesse um pouco mais nervoso.

Richard continuou:

– Meu bem, *não* deixe as coisas te preocuparem tanto assim!

– Em geral não deixo – defendeu-se Ann.

– Mas está deixando. Está aí, toda assustada... Quando a coisa toda é perfeitamente simples e sem mistério.

Ann respondeu:

– É que estou meio... Bem, *encabulada.* Não sei bem o que dizer, como explicar.

– Por que não dizer apenas: "Sarah, este é Richard Cauldfield. Vamos nos casar daqui a três semanas".

– Assim, curta e grossa? – Ann riu, meio sem querer. Richard riu junto.

– Não é a melhor maneira?

– Talvez – ela hesitou. – Não percebe? Vou me sentir... tão incrivelmente tola.

– Tola? – Richard recebeu o comentário com severidade.

– A gente se sente mesmo tola ao contar que vai se casar para a filha já adulta.

– Não consigo entender por quê.

– Imagino que seja porque, de modo inconsciente, os jovens consideram que já deixamos essas coisas de lado. Somos muito *velhos* para eles. Pensam que amar (se apaixonar, quero dizer) é monopólio da juventude. É bem provável que achem ridículo o fato de uma pessoa de meia-idade se apaixonar e se casar.

– Não há nada de ridículo nisso – disse Richard, mordaz.

– Não para *nós,* porque *somos* de meia-idade.

Richard franziu o cenho. A voz dele, quando tomou a palavra, transparecia um leve toque de rispidez.

– Olhe, Ann, sei que você e Sarah são muito dedicadas uma à outra. Imagino que a moça possa se sentir amarga e ciumenta em relação a mim. Entendo, é natural, e estou pronto a fazer concessões por conta disso. Imagino que, no começo, ela vai torcer o nariz para mim... Mas com o tempo vai entender. Vai perceber que você tem o direito de viver uma vida própria e encontrar sua própria felicidade.

Um leve rubor pintou as bochechas de Ann.

– Sarah não vai invejar a minha "felicidade", como você a chama – retorquiu ela. – Não existe nada sórdido nem mesquinho em Sarah. Ela é a criatura mais generosa do mundo.

– A verdade é que está se preocupando à toa, Ann. Se é como diz, Sarah vai ficar muito contente com o fato de nos casarmos. Isso vai deixá-la mais livre para tocar a vida dela.

– Tocar a vida dela – Ann repetiu a frase, com desprezo. – Convenhamos, Richard, você fala como o personagem de uma novela vitoriana.

– A verdade é que vocês, mães, nunca querem que o filhote abandone o ninho.

– Está enganado, Richard... Redondamente enganado.

– Não quero deixá-la irritada, meu bem, mas às vezes até mesmo a afeição materna mais pura pode se tornar maléfica. Eu me lembro de quando era mais jovem. Gostava muito do pai e da mãe, mas viver com eles muitas vezes era um suplício. Sempre ficavam no meu pé, perguntando aonde eu ia e se ia demorar muito. "Não esqueça de levar a chave." "Cuidado para não fazer barulho quando entrar." "Na última vez se esqueceu de desligar a luz do hall." "O quê?! Vai sair esta noite *outra vez*? Parece que nem valoriza o nosso lar depois de tudo que fizemos por você." – Fez uma pausa. – Eu *realmente* valorizava o nosso lar... Mas, minha nossa, como queria me sentir livre!

– Entendo isso tudo, é claro.

– Por isso, não deve se sentir magoada se acontecer de Sarah ambicionar mais independência do que você imagina. Hoje em dia abriu-se um leque de profissões para as moças, não esqueça.

– Sarah não é o tipo de moça que deseja seguir uma profissão.

– Isso é o que você diz... Mas lembre-se de que a maioria das jovens tem emprego.

– Isso é mais uma questão de necessidade econômica, não acha?

– Como assim?

Ann explicou impaciente:

– Está quinze anos defasado, Richard. Uma época havia todo um modismo de "tocar a própria vida" e "ganhar o mundo". As moças ainda fazem isso, mas o glamour se perdeu. Com imposto de renda, imposto sobre a herança e toda a carga tributária, é mais do que conveniente que a moça treine para exercer uma profissão. Sarah não tem um talento especial. Tem bom conhecimento de línguas modernas e está fazendo um curso de decoração floral. Uma amiga nossa tem uma floricultura e vai conseguir um estágio para Sarah. Acho que ela vai gostar... Mas é um emprego e nada mais. É inútil encher a boca com esse discurso grandioso de independência. Sarah adora o nosso lar e se sente perfeitamente feliz aqui.

– Sinto muito se a deixei chateada, Ann, mas...

Ele se calou ao ver Edith enfiar a cabeça no recinto. No rosto dela percebia-se a satisfação de quem escutara mais do que tencionava admitir.

– Sem querer interromper, mas a senhora sabe que horas são?

Ann relanceou o olhar ao relógio.

– Ainda tem bastante tempo... Opa, mas é a mesma hora de quando olhei a última vez! – Aproximou o relógio do ouvido. – Richard... O relógio parou. Que horas são mesmo, Edith?

– A senhora está vinte minutos atrasada.

– Minha nossa... Vou perder a chegada dela. Mas trens do porto sempre chegam atrasados, não é? Cadê minha bolsa? Ah, aqui está. Hoje é fácil pegar um táxi, graças a Deus. Não, Richard, não precisa me acompanhar. Fique aqui e tome chá conosco. Sim, faça isso. Estou falando sério. Acho que é melhor assim. Verdade. *Preciso* ir.

Retirou-se apressada. A porta da frente bateu. O casaco de pele que ela vestia roçara no vaso e derrubara duas tulipas. Edith abaixou-se para apanhá-las e recolocou-as com cuidado no vaso, dizendo:

– Tulipas são as flores prediletas da srta. Sarah... Sempre foram... Ainda mais as cor de malva.

Richard não escondeu uma certa irritação:

– Parece que aqui tudo gira em torno da srta. Sarah.

Edith mirou-o com um olhar rápido. O rosto dela permaneceu imperturbável – com ar de reprovação. Disse em sua voz monótona e fria:

– Ah, ela tem um jeitinho encantador, a srta. Sarah. Isso ninguém pode negar. Mas já notei uma coisa: existem moças que deixam tudo atirado, esperando que tudo seja arrumado conforme sua vontade, que deixam a gente superocupada ajeitando o que elas bagunçam... E mesmo assim não há nada no mundo que a gente não faça por elas! E tem moças que não dão trabalho algum, sempre tudo bonitinho, nada de trabalho extra... Mas são sem graça e não nos conquistam do mesmo jeito.

Diga à vontade o quanto este mundo é injusto. Só políticos lunáticos falam de fatias iguais para todos. Uns comem o filé, e os outros roem o osso, é assim que as coisas funcionam.

Ficou andando pela sala enquanto falava, ajeitando objetos e sacudindo almofadas.

Richard acendeu um cigarro. Comentou, em tom agradável:

– Trabalha com a sra. Prentice há um bom tempo, não é, Edith?

– Há mais de vinte anos. Vinte e dois, para ser mais exata. Fui trabalhar na casa da mãe dela antes de a srta. Ann se casar com o sr. Prentice. Ele era um homem bonito, se era!

Richard fitou-a com mordacidade. Seu ego ultrassensível pareceu notar uma suave ênfase no "ele".

Comentou:

– A sra. Prentice contou que vamos nos casar em breve?

Edith assentiu com a cabeça.

– Não que seja da minha conta – retorquiu.

Richard disse meio acanhado, com estilo empolado devido à timidez:

– Eu... eu gostaria que nos tornássemos bons amigos, Edith.

Edith respondeu, melancólica:

– Assim espero, senhor.

Richard continuou em tom formal:

– Receio que isso signifique trabalho extra para você, mas podemos contratar ajuda externa...

– Não gosto dessas diaristas. Quando as coisas só dependem de mim consigo me orientar. Sim, ter um homem na casa muda as coisas. Para começar, as refeições.

– Não chego a ser um bom garfo – Richard garantiu.

– É o *tipo* de refeição – explicou Edith. – Cavalheiros não se adaptam a bandejas.

– Mulheres se adaptam a elas até demais.

– Pode ser – admitiu Edith. Numa voz peculiarmente sombria, acrescentou: – Mas também não vou negar que a presença de um homem anima o ambiente.

Richard sentiu-se quase plenamente agradecido.

– É muita bondade sua, Edith – falou com afeição.

– Ah, pode confiar em mim, senhor. Não vou abandonar a sra. Prentice. Não a deixaria por nada nesse mundo. E, de qualquer modo, nunca foi do meu feitio abandonar o barco quando há turbulência à vista.

– Turbulência? O que quer dizer com turbulência?

– Ventanias.

De novo, Richard repetiu a palavra que ela dissera.

– Ventanias?

Edith o encarou com olhar destemido.

– Ninguém pediu meu conselho – disse ela. – Não sou de dar conselho sem que me peçam, mas só vou dizer uma coisa. Talvez fosse melhor se a srta. Sarah retornasse e encontrasse vocês dois casados, se é que o senhor me entende.

A campainha da frente tocou, e quase de imediato o botão foi pressionado repetidas vezes.

– E eu sei muito bem quem é – falou Edith.

Saiu em direção ao hall. Quando ela abriu a porta, duas vozes se ouviram, uma masculina e outra feminina. Risos e exclamações.

– Edith, minha velha – era uma voz jovem, com a tessitura grave de contralto. – Cadê a mãe? Venha, Gerry. Largue os esquis na cozinha.

– Na minha cozinha, nem pensar.

– Cadê a mãe? – repetiu Sarah Prentice, entrando na sala de estar e falando sobre o ombro.

O esplendor e a exuberante vitalidade da moça alta e morena pegaram Richard Cauldfield de surpresa. Tinha visto fotografias de Sarah no apartamento, mas uma foto nunca consegue representar vida. Esperara uma versão mais jovem de Ann – uma versão mais durona e moderna –, mas o mesmo tipo. Contudo, Sarah Prentice lembrava a alegria e o charme do pai. Sua mera presença exótica e ansiosa pareceu transformar toda a atmosfera do apartamento.

– Uau, que tulipas lindas! – exclamou, curvando-se sobre o vaso. – Elas têm aquele cheirinho cítrico que resume tão bem a primavera. Eu...

Seus olhos se arregalaram quando ela ergueu o corpo e deu de cara com Cauldfield.

Ele deu um passo à frente e disse:

– Meu nome é Richard Cauldfield.

Sarah trocou um forte aperto de mãos e indagou, educadamente:

– Está esperando minha mãe?

– Na verdade, ela acabou de sair para encontrar você... Deixe-me ver, há uns cinco minutinhos.

– Que pateta, a querida! Por que Edith não a avisou do horário? Edith!

– O relógio dela parou de funcionar.

– Esses relógios da mãe... Gerry... Gerry, cadê você?

Um rapaz de rosto bonito e tristonho apareceu por um instante, segurando uma valise em cada mão.

– Gerry, o robô humano – observou ele. – Onde deixo essas malas, Sarah? Por que esses flats não têm porteiros?

– Temos. Mas eles somem de vista se você chega com bagagem. Pode levá-las até o meu quarto, Gerry. Ah, este é o sr. Lloyd. Senhor... ahn...

– Cauldfield – completou Richard.

Edith entrou. Sarah abraçou-a e tascou um beijo nela.

– Edith, como é adorável ver seu rosto velho e birrento.

– Rosto birrento, pois sim – disse Edith, indignada. – E chega de me beijar, srta. Sarah. Deveria conhecer melhor o seu lugar.

– Não fique tão braba, Edith. Sabe que está encantada em me ver. Como tudo parece limpo! Nada mudou. As chitas e a caixa de conchinhas da mamãe... Ah, trocaram o sofá de posição. E a mesa. Costumava ficar ali.

– Sua mãe diz que assim dá mais espaço.

– Eu quero como era antes. Gerry... Gerry, cadê você?

Gerry Lloyd voltou à sala:

– Qual o problema agora?

Sarah já estava empurrando a mesa. Richard fez menção de ajudá-la, mas Gerry falou alegremente:

– Não se incomode, senhor. Onde quer colocar isso, Sarah?

– No lugar de sempre. Ali.

Depois de trocarem a mesa de lugar e carregarem de volta o sofá à posição antiga, Sarah suspirou e disse:

– Melhor assim.

– Não tenho tanta certeza – criticou Gerry, dando um passo para trás.

– Bem, eu tenho – rebateu Sarah. – Gosto de tudo como era antes. Senão lar não é lar. Onde está a almofada com os passarinhos, Edith?

– Na lavanderia.

– Ah, então tudo bem. Tenho que olhar meu quarto.

Parou no vão da porta e ordenou:

– Prepare uns drinques, Gerry. Ofereça um ao sr. Coalfield. Sabe onde achar tudo.

– Deixa comigo – Gerry olhou para Richard. – O que vai tomar? Gim, laranja e brandy? Ou *pink gin*?

Richard fez um gesto de decisão repentina.

– Não, muito obrigado. Não se incomode. Tenho que ir andando.

– Não vai esperar a sra. Prentice? – Gerry tinha modos gentis e encantadores. – Acho que ela não vai demorar. Quando descobrir que o trem já chegou, vai voltar na mesma hora.

– Obrigado, mas tenho que ir. Diga à sra. Prentice que o... ãhn... compromisso original fica valendo... para amanhã.

Despediu-se de Gerry com um aceno de cabeça e saiu rumo ao hall. No corredor, escutou do quarto a voz de Sarah falando numa avalanche de palavras com Edith.

"Melhor não ficar agora", pensou. O plano original deles era o plano certo. Ann contaria a Sarah naquela noite, e amanhã ele viria para almoçar e começar a fazer amizade com a futura enteada.

Estava perturbado porque Sarah não era como ele a imaginara. Ele a imaginara superprotegida por Ann, dependente de Ann. Sua beleza, energia e autocontrole haviam-no deixado perplexo.

Antes, mera abstração; agora, realidade.

Capítulo 6

Sarah retornou à sala atando um vestido confortável em brocado.

– Não via a hora de tirar aquele traje de esqui. Estou louca para tomar um banho. Como são sujos esses trens! Aprontou meu drinque, Gerry?

– Prontinho.

Sarah aceitou o copo.

– Obrigada. Aquele homem foi embora? Ainda bem.

– Quem era ele?

– Nunca vi mais gordo – riu Sarah. – Deve ser mais um desses admiradores que a mamãe arranja por aí.

Edith entrou na sala para fechar as cortinas, e Sarah perguntou:

– Quem era ele, Edith?

– Um amigo de sua mãe, srta. Sarah – respondeu Edith.

Deu um puxão com força nas cortinas e foi para a próxima janela.

Sarah comentou alegremente:

– Estava mesmo na hora de eu voltar para casa e escolher os amigos da mãe.

Edith respondeu:

– Humpf – e puxou a segunda cortina. Em seguida emendou, mirando Sarah com olhos severos: – Não foi com a cara dele?

– Não, não fui.

Edith resmungou algo e saiu da sala.

– Que foi que ela disse, Gerry?

– Acho que ela disse que era uma pena.

– Que estranho.

– Soou enigmático.

– Ah, sabe como é a Edith. Por que a mãe não chega logo? Por que ela tem que ser tão distraída?

– Ela não costuma ser distraída. Pelo menos eu não diria isso.

– Foi muita gentileza sua ir me receber, Gerry. Sinto muito não ter escrito, mas sabe como é a vida. Como é que você conseguiu sair mais cedo do escritório para me apanhar na estação Victoria?

Depois de um breve silêncio, Gerry respondeu:

– Ah, não foi assim tão difícil, levando em conta as circunstâncias.

Sarah endireitou-se no sofá e fitou-o com atenção.

– Gerry Lloyd, o que andou aprontando?

– Nada. Quero dizer, as coisas não têm ido muito bem.

Sarah disse em tom acusativo:

– Prometeu que iria ter paciência e controlar o seu gênio.

Gerry franziu a testa.

– Sei disso, querida, mas não tem ideia do que tenho que aguentar. Puxa vida, o sujeito volta para casa de um lugar infernal como a Coreia, mas onde pelo menos a maioria das pessoas é legal, e acaba enjaulado num ganancioso escritório no centro de Londres. Não tem ideia de como é o tio Luke. Gorducho, resfolegante, com os olhos inquietos de um porco. "É ótimo ter você trabalhando conosco, garoto." – Gerry, bom imitador, chiou as palavras de modo melífluo e asmático. – "Hum... ahn... espero que agora, com o fim de toda essa agitação, você venha para o escritório e hum.. ahn... arregace as mangas e ponha mãos à obra. Estamos... hum... com falta de pessoal... Eu não estou mentindo quando digo que existem... ahn... ótimas perspectivas... se estiver mesmo interessado em trabalhar duro. Claro que vai ter que começar de baixo. Nada de... ahn... favorecimentos... esse é o meu lema. Passou um bom tempo sem fazer nada sério, agora vamos ver se é capaz de encarar o trabalho para valer."

Ele se levantou e caminhou pela sala.

– Sem fazer nada sério... É assim que aquele paquiderme chama o meu serviço na ativa do Exército. Como eu gostaria de vê-lo sendo alvejado por um soldado comunista chinês! Sanguessugas abastados com os traseiros amassados em seus escritórios... Só pensam em acumular dinheiro e mais dinheiro...

– Ah, sossegue o pito, Gerry – criticou Sarah, impaciente. – Seu tio só não tem imaginação. De qualquer modo, foi você mesmo quem disse que precisava arrumar um emprego e ganhar uma grana. Talvez não seja assim tão agradável, mas qual é a alternativa? Na verdade, você tem sorte de ter um tio rico no centro financeiro de Londres. A maioria das pessoas daria o mindinho para estar em seu lugar!

– E adivinha por que ele é rico? – indagou Gerry. – Porque está nadando no dinheiro que deveria ser meu. Se o meu tio-avô não tivesse deixado a grana para ele e sim para meu pai, o irmão mais velho...

– Isso tudo não importa – retrucou Sarah. – De qualquer forma, ia sobrar muito pouco quando chegasse a sua hora de herdar o dinheiro. Sem falar que metade ficaria com o governo como imposto sobre a herança.

– Mas não é justo o que ele fez. Não concorda?

– Nada é justo, nunca – afirmou Sarah. – Mas não adianta ficar se queixando. Principalmente porque isso o torna uma pessoa tediosa. A gente se cansa de ouvir uma pessoa sempre choramingando pela má sorte.

– Não está sendo muito compreensiva, Sarah.

– Não. Sabe, acredito na franqueza absoluta. Tome uma atitude e peça demissão desse emprego ou então pare de reclamar e simplesmente agradeça a boa estrela de ter um tio magnata com asma e olhos suínos no centro financeiro. Opa, acho que enfim minha mãe chegou.

Ann recém abrira a porta da frente com sua chave. Entrou apressada na sala.

– Sarah, querida!

– Mãe... Até que enfim – Sarah envolveu a mãe num largo abraço. – Por onde andava?

– É meu relógio. Tinha parado.

– Bem, Gerry estava me esperando, pelo menos.

– Oi, Gerry, não tinha visto você.

Ann cumprimentou-o com vivacidade, embora por dentro estivesse aborrecida. Desejara tanto que aquela história com Gerry acabasse...

– Deixe-me dar uma olhada em você, querida – disse Sarah. – Que elegância. Chapéu novo, não é? Está linda, mamãe.

– Você também. E que cor bonita!

– Sol na neve. Edith não escondeu a decepção por eu não ter chegado toda enfaixada. Bem que ia gostar de me ver com uns ossos quebrados, não é, Edith?

Edith, que trazia a bandeja do chá, não respondeu de modo direto.

– Trouxe três xícaras – retrucou. – Se bem que eu acho que a srta. Sarah e o sr. Lloyd não vão querer nada, afinal, já tomaram gim.

– Faz parecer tão dissoluto, Edith – rebateu Sarah. – De qualquer modo, oferecemos àquele fulano. Quem é ele, mãe? Um nome tipo Cauliflower.

Edith disse a Ann:

– O sr. Cauldfield avisou que não pôde esperar. Vai vir amanhã conforme combinado.

– Quem é Cauldfield, mãe, e por que ele tem de vir amanhã? Com certeza não queremos a presença dele.

Ann apressou-se em dizer:

– Aceita outro drinque, Gerry?

– Não, obrigado, sra. Prentice. Tenho de ir agora. Tchau, Sarah.

Sarah acompanhou-o até o hall. Ele sugeriu:

– Que tal um cinema hoje à noite? Está passando um filme francês interessante no Academy.

– Ah, que divertido. Não... Melhor não. Afinal, é minha primeira noite após meu retorno. Acho que o melhor é ficar com a mãe. A coitadinha pode ficar chateada se eu não der bola para ela.

– Sarah, você é uma filha boa demais.

– Bem, a mãe é muito querida comigo.

– Ah, sei que é.

– Faz um monte de perguntas, claro. Tipo, quem conheci e o que a pessoa faz. Mas no geral, em se tratando de mães, ela é mesmo muito sensata. Sabe duma coisa, Gerry? Se eu vir que está tudo bem, ligo mais tarde.

Sarah voltou à sala e começou a beliscar o bolo.

– A especialidade de Edith – observou. – Incrivelmente saboroso. Não sei como ela consegue os ingredientes para fazê-lo. Bem, mãe, agora me conte o que tem feito. Tem saído com o coronel Grant e com os outros amigos, tem se divertido?

– Não... Quer dizer, sim, de certa forma...

Ann parou. Sarah olhou fixamente para ela.

– Algo a incomoda, mãe?

– Incomodar? Não. Por quê?

– Parece toda esquisita.

– Pareço?

– Mãe, tem algo no ar. Parece mesmo bastante estranha. Vamos, conte para mim. Nunca vi alguém com ar tão culpado. Vamos, mãe, o que andou aprontando?

– Nada mesmo. Quero dizer... Ah, Sarah, querida... Precisa acreditar que não vai fazer diferença nenhuma. Tudo será igual, apenas...

A voz de Ann fraquejou e sumiu. "Que covarde eu sou", pensou consigo. "Por que uma filha nos deixa tão tímida em relação às coisas?"

Neste ínterim, Sarah estivera perscrutando-a. De repente, começou a sorrir da maneira mais amigável.

– Entendo... Vamos, mãe, confesse. Está tentando me dizer com delicadeza que eu vou ganhar um padrasto?

– Ah, Sarah – ofegou Ann, aliviada. – *Como* adivinhou?

– Não foi tão difícil assim. Nunca vi alguém tão ansiosa. Achou que eu me importaria?

– Acho que sim. E não se importa? De verdade?

– Não – respondeu Sarah, com seriedade. – Para ser sincera, acho que tem toda a razão. Afinal de contas, o pai morreu há dezesseis anos. Você tem que ter alguma espécie de vida sexual antes que seja tarde. Está bem na idade que o pessoal chama de perigosa. E é conservadora demais para só ter um caso.

Ann lançou para a filha um olhar de desamparo. Pensou no quão diferente tudo estava acontecendo em comparação ao que havia imaginado.

– Sim – assentiu Sarah. – Com você *tem* de ser casamento.

"Bebê doce e patético", pensou Ann, mas tomou o cuidado de não verbalizar nada parecido.

– Continua linda – prosseguiu Sarah, com a devastadora lisura da juventude. – Isso porque tem pele boa. Mas ficaria bem mais bonita se fizesse as sobrancelhas.

– Gosto de minhas sobrancelhas – retorquiu Ann, teimosa.

– É incrivelmente atraente, mãezinha – elogiou Sarah. – O que mais me surpreende é que isso não tenha acontecido antes. Por sinal, quem é o felizardo? Tenho três palpites. O primeiro é o coronel Grant, o segundo o professor Fane e o terceiro aquele polonês melancólico de nome impronunciável. Mas tenho certeza de que é o coronel Grant. Água mole em pedra dura, tanto bate até que fura.

Ann disse sem fôlego:

– Não é James Grant. É... Richard Cauldfield.

– Quem é Richard Cauld... Mãe, não me diga que é aquele homem que esteve aqui agora há pouco?

Ann balançou a cabeça afirmativamente.

– Mas não pode fazer isso, mãe. Ele é todo pretensioso e desagradável.

– Ele não é nem um pouco desagradável – retrucou Ann bruscamente.

– Puxa, mãe, podia conseguir coisa bem melhor.

– Sarah, não sabe o que está falando. Eu... eu gosto muito dele.

– Quer dizer que o ama? – indagou Sarah, francamente incrédula. – Ou melhor, que está *apaixonada* por ele?

De novo, Ann fez que sim com a cabeça.

– Sabe – prosseguiu Sarah –, não consigo entender tudo isso.

Ann endireitou os ombros.

– Nem teve tempo de falar com Richard – disse. – Quando conhecê-lo melhor, tenho certeza de que vai gostar muito dele.

– Ele parece tão agressivo.

– É pura timidez.

– Bem – concluiu Sarah –, o funeral é seu, é claro.

Mãe e filha ficaram sentadas em silêncio por alguns instantes. As duas estavam constrangidas.

– Sabe, mãe – Sarah quebrou o silêncio –, precisa mesmo de alguém para tomar conta de você. É só eu viajar por algumas semanas que você vai e me faz uma idiotice dessas.

– Sarah! – irrompeu Ann, com raiva. – Está sendo indelicada.

– Me desculpe, mãe, mas acredito na franqueza absoluta.

– Bem, acho que eu não acredito.

– Há quanto tempo isso está acontecendo? – quis saber Sarah.

Ann deu uma risada involuntária.

– Puxa, Sarah, está parecendo o pai careta de um drama vitoriano. Conheci Richard há três semanas.

– Onde?

– Com James Grant. James o conhece há décadas. Ele acabou de voltar da Birmânia.

– Ele tem dinheiro?

Aquilo deixou Ann ao mesmo tempo irritada e magoada. Que ridículo o comportamento da filha, tão incisiva em suas perguntas. Controlando a irritação, informou em voz seca e irônica:

– Tem renda independente e todas as condições de me sustentar. Trabalha na Hellner Bros., grande empresa do centro financeiro. Puxa, Sarah, qualquer um pensaria que *eu* sou a filha, e não o contrário.

Sarah disse, com seriedade:

– Bem, alguém tem de cuidar de você, mãezinha. É totalmente incapaz de tomar conta de si própria. Gosto muito de você e não quero vê-la fazendo bobagem. Solteiro, divorciado ou viúvo?

– Perdeu a esposa há muitos anos. Morreu dando à luz o primeiro filho, e a criança também morreu.

Sarah suspirou e meneou a cabeça.

– Agora percebi tudo. Foi assim que ele conseguiu. Você sempre se derrete com uma história chorosa.

– Não seja ridícula, Sarah!

– Ele tem irmãs, mãe... esse tipo de coisa?

– Não creio que tenha parentes próximos.

— Isso é uma benção, pelo menos. Tem casa? Onde vão morar?

— Aqui, eu acho. Espaço não falta, e ele trabalha em Londres. Não vai se importar mesmo, não é, Sarah?

— Ah, *eu* não vou me importar. Só estou pensando em você.

— Querida, é muita bondade sua. Mas realmente sei cuidar de minha vida. Tenho certeza de que Richard e você vão se dar muito bem.

— Quando planejam se casar?

— Daqui a três semanas.

— Três semanas? Ah, não podem se casar assim tão rápido!

— Não há nenhum motivo para esperar.

— Ah, por favor, mãezinha. Espere mais um pouco. Dê-me um tempo para... para me acostumar com a ideia. Por favor, mãe.

— Não sei... Vamos ter que estudar isso...

— Seis semanas. Marque para daqui a seis semanas.

— Nada está decidido ainda. Richard vem almoçar conosco amanhã. Você... Sarah... Vai ser educada com ele, não vai?

— Claro que vou ser educada com ele. O que é que você acha?

— Obrigada, meu bem.

— Anime-se, mãe, não há nada com que se preocupar.

— Estou certa de que vocês dois vão se dar muito bem — afirmou Ann, sem convicção.

Sarah ficou em silêncio.

Ann insistiu, outra vez tomada de raiva:

— Pode ao menos tentar...

— Já disse que não se preocupe — reiterou Sarah. E acrescentou, pouco depois: — Quer que eu fique em casa hoje à noite?

– Por quê? Pretende sair?

– Pretendia, mas não queria deixar você sozinha, mãe.

Ann sorriu para a filha, reafirmando o velho relacionamento.

– Ah, não vou me sentir só. Para falar a verdade, Laura me convidou para uma palestra...

– Como vai a velha briguenta? Incansável como sempre?

– Ah, sim, não muda nunca. Eu tinha dito que não iria, mas está em tempo de ligar e avisar que vou.

Poderia, com a mesma facilidade, ligar para Richard... Mas descartou a alternativa. Melhor ficar longe de Richard até que ele e Sarah se encontrassem no dia seguinte.

– Então está bem – falou Sarah. – Vou ligar para Gerry.

– Ah, é com Gerry que vai sair?

Sarah disse em tom de desafio:

– Sim. Algum problema?

Mas Ann não quis aceitar o desafio. Respondeu, em tom meigo:

– Só queria saber...

Capítulo 7

I

– Gerry?

– Sim, Sarah?

– Na verdade, não estou a fim de ver este filme. Podemos bater um papo em algum lugar?

– Claro. Que tal irmos a um restaurante?

– Ah, nem pensar. Edith me entupiu de comida.

– Então vamos a um pub.

Lançou um olhar rápido a ela e ficou se perguntando o que a teria aborrecido. Só depois de estarem acomodados com drinques na mesa foi que Sarah se animou a falar. Despejou de chofre:

– Gerry, a mãe vai se casar de novo.

– Caramba! – exclamou ele, com sincera surpresa. Em seguida, indagou: – Tinha alguma informação sobre isso?

– Como teria? Ela só o conheceu depois que eu viajei.

– Não perderam tempo.

– Nem me fale. Em certos aspectos, minha mãe não tem um pingo de juízo!

– Quem é ele?

– O homem que estava lá hoje à tarde. O nome dele é Cauliflower ou coisa parecida.

– Ah, *aquele* homem.

– Sim. Não concorda que é mesmo intolerável?

– Bem, não prestei muita atenção nele – respondeu Gerry, considerando o assunto. – Me pareceu um tipo comum.

– É o homem errado para minha mãe. Errado até o tutano dos ossos.

– Creio que ela seja a melhor pessoa para julgar isso – comentou Gerry brandamente.

– Não, não é. O problema é que a mãe é *fraca*. Sente pena das pessoas. Mamãe precisa de alguém capaz de cuidar dela.

– Pelo jeito ela também pensa assim – sorriu Gerry.

– Não tem graça, Gerry, o assunto é sério demais. Cauliflower é o tipo errado para mamãe.

– Bem, isso não é problema seu.

– Tenho de cuidar dela. Sempre tive essa sensação. Conheço bem mais a vida do que ela, e sou duas vezes mais resistente.

Gerry não contestou. Em linhas gerais, concordava com a afirmação. No entanto, ficou preocupado.

Disse, devagar:

– Em todo caso, Sarah, se ela quer se casar de novo...

Sarah atalhou com rapidez:

– Ah, concordo plenamente com *isso*. Mamãe *tem de* se casar de novo. Eu disse isso a ela. Sabe, ela sente falta de uma vida sexual. Mas Cauliflower não, definitivamente não.

– Pensa que... – Gerry calou-se indeciso.

– Penso o quê?!

– Que você pode... bem, sentir o mesmo em relação a alguém? – Gerry ficou meio nervoso, mas conseguiu dizer o que pensava. – Afinal de contas, não tem como saber ao certo se Cauliflower é o tipo errado para ela. Mal e mal trocou duas palavras com ele. Não acha que talvez, na verdade, você esteja – precisou tomar coragem para completar a frase, mas ele se esforçou: – ahn... com ciúmes?

Sarah revoltou-se na mesma hora.

– Ciúmes? *Eu*? Quer dizer essa história de padrasto? Meu bom Gerry! Não disse a você faz tempo (antes de ir para a Suíça) que a mãe precisava se casar de novo?

– Sim. Mas uma coisa é falar da boca para fora – ponderou Gerry, num lampejo de percepção. – Quando as coisas acontecem de verdade é bem diferente.

– Não tenho natureza ciumenta – retorquiu Sarah. – Só estou pensando na felicidade da mãe – acrescentou, de modo virtuoso.

– Se eu fosse você não ficava metendo o bedelho na vida alheia – vaticinou Gerry.

– Mas é minha própria *mãe*.

– Bem, ela deve saber melhor do que ninguém o que está fazendo.

– Estou dizendo, mamãe é *fraca*.

– De qualquer forma – concluiu Gerry –, não há nada que você possa fazer a respeito.

Para ele, Sarah estava fazendo muito barulho por nada. Estava cansado dos assuntos de Ann; queria falar sobre si mesmo.

Disse, abruptamente:

– Estou pensando em cair fora.

– Cair fora do escritório de seu tio? Ah, Gerry.

– Não aguento mais. Não posso chegar quinze minutos atrasado que já é motivo para um escarcéu.

– Bem, nos escritórios a pontualidade é essencial, não é?

– Cambada de boçais tacanhos! Sempre às voltas com o livro-razão; obcecados por dinheiro dia sim e outro também.

– Mas Gerry, se pedir demissão, o que vai fazer?

– Ah, vou encontrar algo – respondeu Gerry, despreocupado.

– Já tentou um monte de coisas – comentou Sarah, com ceticismo.

– Quer dizer que sempre acabo no olho da rua? Bem, desta vez não vou esperar para ser despedido.

– Mas Gerry, falando sério, acha isso prudente? – Sarah fitou-o com ansiedade interessada, quase maternal. – Quero dizer, ele é seu tio e praticamente único parente, e você me disse que ele é podre de rico.

– E se eu me comportar direitinho ele pode me deixar todo o dinheiro dele? Acho que é isso que você quer dar a entender.

– Bem, você vive choramingando que aquele seu tio-avô não colocou seu pai no testamento.

– Se ele tivesse um pingo de decência e senso de família eu não precisaria ficar me rebaixando para esses magnatas do centro financeiro. Este país está podre até o cerne. Estou pensando seriamente em zarpar de uma vez por todas.

– Morar no estrangeiro?

– Sim. Num país com *oportunidades*.

Os dois ficaram calados, conjeturando uma vida de oportunidades nebulosas.

Sarah, que sempre tinha os pés mais no chão do que Gerry, foi mordaz:

– Vai conseguir fazer algo sem capital? Não dispõe de muito capital, não é?

– Sabe que não. Ah, há um leque de atividades possíveis.

– Bem, que atividade pode fazer na prática?

– Precisa ser tão negativa, Sarah?

– Desculpe. Só quis dizer que você não tem qualquer tipo de treinamento.

– Sei lidar com gente e gosto da vida ao ar livre. Não nasci para ficar enclausurado entre as quatro paredes de um escritório.

– Ah, Gerry – suspirou Sarah.

– Qual o problema?

– Sei lá. A vida parece tão complicada. Todas essas guerras deixaram as coisas tão inseguras...

Os dois entreolharam-se com melancolia.

Então Gerry disse, magnânimo, que daria uma nova chance ao tio dele. Sarah aplaudiu a decisão.

– Melhor eu ir para casa agora – falou ela. – A mãe está voltando da palestra.

– Qual o assunto da palestra?

– Não sei. "Para onde vamos e por quê?" Uma baboseira desse tipo.

Ergueu-se.

– Obrigada, Gerry – despediu-se. – Me ajudou bastante.

– Tente não ser preconceituosa, Sarah. Se sua mãe gosta desse sujeito e vai se casar com ele, é o que importa.

– Se mamãe for feliz com ele, está tudo bem.

– Afinal de contas, você vai se casar (imagino eu) qualquer dia desses...

Falou isso evitando o olhar dela. Sarah mirou distraída a sua bolsa.

– Quem sabe um dia – murmurou ela. – Não que a ideia me atraia em especial...

Uma agradável perturbação pairou no ar entre os dois...

II

Ann sentiu-se aliviada no almoço do dia seguinte. Sarah comportava-se maravilhosamente. Saudou Richard com simpatia e entabulou uma conversa educada durante a refeição.

Sentiu orgulho da jovem filha de rosto vívido e modos delicados. Devia saber que podia confiar em Sarah – Sarah nunca a decepcionaria.

O que queria mesmo era que Richard aproveitasse e mostrasse suas melhores qualidades. Estava nervoso, percebeu isso. Ansioso por causar boa impressão. E, como acontece nesses casos, a própria ansiedade falou contra ele. Sua atitude era didática, quase empolada. Na ânsia de parecer à vontade, deu a impressão de dominar o ambiente. O próprio respeito que Sarah demonstrava acentuou aquela impressão. Foi exageradamente convencido em suas asserções e pareceu indicar que nenhuma outra opinião era válida. O fato afligiu Ann, que conhecia tão bem a natureza modesta dele.

Mas como Sarah perceberia isso? Via o pior de Richard, e era tão importante que visse o melhor... Aquilo deixou a própria Ann nervosa e pouco à vontade, e isso, ela logo percebeu, irritou Richard.

Depois da refeição, o café foi trazido, e ela se retirou sob a alegação de que precisava fazer um telefonema. Havia uma extensão no quarto dela. Esperava que, a sós com Sarah, Richard ficasse mais à vontade e revelasse mais sua verdadeira personalidade. A pessoa realmente irritante era ela. Assim que se retirasse do recinto, as coisas fluiriam.

Após servir o café e entregá-lo a Richard, Sarah disse alguns clichês bem-educados, e a conversação minguou.

Richard retesou o corpo. A honestidade, julgava ele, era a melhor opção. No geral, impressionara-se favoravelmente com Sarah. Ela não demonstrara sinal de hostilidade. A chave era mostrar o quão bem ele entendia a posição dela. Antes de chegar, havia ensaiado o que queria dizer. Como quase tudo que se repassa de antemão, proferiu as palavras de modo insípido e artificial. Para tentar se fazer à vontade, adotou uma benevolência presunçosa bem distante de sua penosa e real timidez.

– Veja bem, minha jovem, tenho que lhe dizer umas coisinhas.

– Pois não? – Sarah volveu seu atraente, mas naquele instante inexpressivo rosto na direção dele.

Ela esperou com polidez, e Richard ficou mais nervoso ainda.

– Só quero dizer que entendo perfeitamente seus sentimentos. Deve ter achado tudo isso uma surpresa. Você e sua mãe sempre foram tão íntimas... É mais do que natural ficar ressentida ao ver outra pessoa entrando na vida dela. A tendência é sentir um pouco de amargura e de ciúmes.

Sarah apressou-se em dizer, em tom formal e agradável:

– Fique certo de que não.

Incauto, Richard não percebeu que aquilo era, de fato, um aviso.

E continuou:

– Como falei, isso é perfeitamente normal. Não vou apressá-la. Pode ser fria comigo à vontade. Quando achar que estiver pronta para sermos amigos, vou estar pronto para fazer a minha parte. Você tem que pensar é na felicidade de sua mãe.

– Penso nisso, e como – afirmou Sarah.

– Até aqui, ela fez tudo por você. Agora é hora de *ela* ser levada em conta. Quer que ela seja feliz, tenho certeza. E você tem de se lembrar de uma coisa: tem sua própria vida para tocar... Uma vida toda pela frente. Tem os próprios amigos, os próprios anseios e ambições. Se você se casar ou seguir uma carreira, sua mãe vai ficar sozinha. Isso significaria imensa solidão para ela. Está na hora de colocá-la em primeiro lugar.

Fez uma pausa. Pensou que havia se expressado muito bem.

A voz de Sarah, educada, mas com uma insolência subliminar quase imperceptível, cortou suas autocongratulações.

— Costuma fazer discursos com frequência? — inquiriu ela.

Perplexo, ele questionou:

— Por quê?

— Acho que você daria um ótimo orador — murmurou Sarah.

Ela se recostou na poltrona, admirando as próprias unhas. O fato de que estavam pintadas de um vermelho vivíssimo, moda detestada por ele, aumentou a irritação de Richard. Então reconheceu que enfrentava hostilidade.

Com esforço, manteve a calma. Por isso, falou em tom quase complacente.

— Talvez eu estivesse dando um pouco de sermão, minha filha. Mas queria alertá-la para detalhes que talvez você ainda não tenha avaliado. E posso lhe garantir uma coisa: a sua mãe não vai gostar menos de você só porque gosta de mim, sabe.

— É mesmo? É muita bondade sua me dizer isso.

O clima de hostilidade agora não deixava dúvidas.

Se Richard tivesse abandonado suas precauções, poderia ter dito apenas:

— Estou fazendo uma confusão terrível, Sarah. Sou tímido e infeliz e por isso não sei me expressar, mas estou incrivelmente apaixonado por Ann e quero que você goste de mim se estiver a seu alcance.

Se dissesse isso, talvez conseguisse romper as barreiras defensivas de Sarah, já que no fundo ela era uma criatura generosa.

Mas, em vez disso, o tom dele endureceu.

— Os jovens — sentenciou — têm a propensão de ser egoístas. Não costumam pensar no bem dos outros, só em si mesmos. Mas você tem de pensar na felicidade de sua mãe. Ela tem o direito de viver uma vida própria e o direito de abraçar a felicidade quando a encontra. Ela precisa de alguém para cuidar dela e protegê-la.

Sarah ergueu o olhar e o encarou diretamente. A expressão nos olhos dela o deixou confuso. Era inflexível e tinha um quê de calculista.

– Concordo em gênero, número e grau – falou ela, de modo inesperado.

Ann retornou à sala bastante nervosa.

– Sobrou café? – indagou.

Sarah serviu uma xícara com cuidado. Levantou-se e entregou a xícara para a mãe.

– Pronto, mãe – disse ela. – Voltou bem na hora. Terminamos nossa conversinha.

Ela saiu da sala. Ann fitou Richard com olhos indagadores. Ele estava com o rosto bem vermelho.

– A sua filha – disse ele – enfiou na cabeça que não quer gostar de mim.

– Tenha paciência com ela, Richard. Por favor, tenha paciência.

– Não se preocupe, Ann, estou perfeitamente preparado para ter paciência.

– Sabe, para ela foi um choque.

– Imagino.

– No fundo, Sarah tem o coração amoroso. É uma filha adorável, sem dúvida.

Richard não respondeu. Considerava Sarah uma moça abominável, mas obviamente não poderia dizer isso à mãe dela.

– Tudo vai dar certo – afirmou, de modo tranquilizador.

– Tenho certeza que sim. É só dar tempo ao tempo.

Os dois estavam tristes e não sabiam mais o que dizer.

III

Sarah tinha ido ao quarto dela. Com o olhar perdido, começou a tirar roupas do armário e a espalhá-las sobre a cama.

Edith entrou.

– O que está fazendo, srta. Sarah?

– Ah, olhando minhas coisas. Talvez precisem de limpeza. Ou de algum tipo de remendo ou costura.

– Já cuidei disso tudo. Não precisa se preocupar.

Sarah não respondeu. Edith relanceou o olhar para ela. Viu lágrimas aflorando nos olhos de Sarah.

– Ora, ora, não leve tão a sério.

– Ele é detestável, Edith, detestável. Como é que a mãe foi escolher justo ele? Ah, está tudo arruinado, estragado... Nada mais vai ser como antes!

– Ânimo, srta. Sarah. Não adianta nada se amofinar. Em boca fechada não entra mosca. O que não tem remédio, remediado está.

Sarah deu uma risada frenética.

– É melhor prevenir do que remediar! Pedra que rola não cria limo! Ah, me deixe em paz, Edith. Por favor, me deixe em paz.

Edith abanou a cabeça de modo compassivo e se retirou, fechando a porta.

Sarah chorou como criança dilacerada pela dor. Como criança, enxergava trevas em tudo, sem nada para aplacar a escuridão.

Entre um soluço e outro, sussurrava:

– Ah, mãe, mãe, *mãe*...

Capítulo 8

I

– Ah, Laura, como é bom ver você!

Laura Whitstable sentou-se na cadeira de espaldar reto e alto. Ela nunca se sentava de modo indolente.

– Bem, Ann, como vão as coisas?

Ann suspirou.

– Sarah está sendo bastante difícil, receio.

– Bem, isso era esperado, não era?

Laura Whitstable falou com jovialidade displicente. Mas observou Ann com certa apreensão.

– Parece meio abatida, minha amiga.

– Sei. Não durmo bem e tenho enxaqueca.

– Não leve as coisas tão ao pé da letra.

– É fácil dizer isso, Laura. Não tem ideia do que tem sido a convivência. – Era visível a tensão de Ann. – Sarah e Richard não podem ficar a sós por um minuto que brigam.

– Sarah está com ciúmes, é evidente.

– Receio que sim.

– Bem, como eu disse, isso era esperado. Sarah mal saiu dos cueiros. Todas as crianças ficam ressentidas quando as mães dedicam tempo e atenção para outra pessoa. Certamente estava preparada para isso, Ann?

– De certo modo. Se bem que Sarah sempre pareceu tão desapegada e adulta... Assim mesmo, como você disse, eu estava preparada para isso. Só não estava preparada para o ciúme de Richard em relação a Sarah.

– Você esperava que Sarah se comportasse de modo infantil, mas pensava que Richard conseguiria agir com sensatez?

– Sim.

– É um homem essencialmente inseguro. Alguém mais autoconfiante só acharia graça e mandaria Sarah plantar batatas.

Ann esfregou a testa num gesto exasperado.

– Laura, é verdade. Nem imagina o inferno que tem sido! Os dois discutem pelas coisinhas mais idiotas e daí me olham para ver que lado eu tomo.

– Interessante.

– Interessante para você... Mas para mim não tem graça alguma.

– E que lado você *acaba* tomando?

– De preferência, nenhum. Mas às vezes...

– Sim, Ann?

Ann ficou calada um instante e em seguida falou:

– Sabe, Laura, Sarah é mais esperta do que Richard em tudo.

– Mais esperta em que sentido?

– Bem, a atitude de Sarah é sempre muito correta... Exteriormente. Bem-educada, sabe, e tudo mais. Mas ela sabe como atingir Richard. Ela o deixa... atormentado. Daí ele explode e perde o bom-senso. Ah, por que será que eles não conseguem se gostar?

– Pelo jeito existe uma antipatia natural e genuína entre eles, creio eu. Não concorda? Ou acha que é apenas ciúmes de você?

– Receio que esteja certa, Laura.

– Que tipo de coisa eles discutem?

– As coisas mais bobas. Por exemplo, lembra que mudei a mobília de lugar, troquei a posição da mesa e do sofá? Então Sarah arrumou de novo como costumava ser, porque ela odeia alterações... Bem, um belo dia Richard disse, de supetão: "Acho que você prefere a mesa lá no canto, Ann". Falei que pensava mesmo, que dava mais espaço. Daí Sarah disse: "Bem, eu gosto do jeito que sempre foi". E Richard rebateu logo naquele tom arrogante que ele usa às vezes: "Não está em jogo o que *você* gosta, Sarah, e sim o que sua mãe gosta". E em seguida levou a mesa para lá e me disse: "É assim que você quer, não é?". Então meio que fui obrigada a responder: "Sim". E ele se virou para Sarah e comentou: "Alguma objeção, garota?". Daí Sarah olhou para ele e falou em tom baixinho e bem-educado: "Ah, quem tem que decidir é minha mãe. Eu não apito nada". E sabe, Laura, embora eu estivesse apoiando Richard, no fundo fiquei com pena de Sarah. Ela ama o nosso lar e todas as coisas da casa... E Richard nem tenta entender como ela se sente. Ai, meu Deus! Não sei o que fazer.

– Sim, é difícil para você.

– Será que aos poucos a coisa vai melhorar?

Ann lançou um olhar de esperança à amiga.

– Eu não contaria com isso.

– Puxa vida, animar a gente não é o seu forte, Laura!

– Não vejo vantagem em ficar se iludindo com contos de fadas.

– É mesmo indelicado da parte dos dois. Tinham que se dar conta do quanto isso está me deixando infeliz. De fato, estou me sentindo *doente*.

– Autocomiseração não vai resolver nada, Ann. Nunca resolve.

– Mas estou tão infeliz...

– Eles também, querida. Tenha pena deles. Sarah, coitadinha, anda irremediavelmente triste... E imagino que Richard também.

– Ai, meu Deus! E como estávamos tão felizes juntos até Sarah chegar!

Dame Laura ergueu as sobrancelhas de leve. Calou-se por um minuto. Em seguida falou:

– Vão se casar... quando?

– Treze de março.

– Daqui a duas semanas. Adiaram... Por quê?

– Sarah me implorou. Alegou que daria mais tempo para se acostumar com a ideia. Insistiu tanto que acabei cedendo.

– Sarah... Entendo. E Richard ficou chateado?

– Chateado? Ficou furioso! Não para de dizer que Sarah é uma menina mimada. Laura, acha que isso é verdade?

– Não, não acho. Apesar de todo o seu amor por Sarah, você nunca passou a mão na cabeça dela. E até aqui Sarah sempre demonstrou um respeito sensato por você... Pelo menos, até onde qualquer criatura egoísta consegue demonstrar.

– Laura, acha que devo...

Ela parou.

– Que deve o quê?

– Ah, deixa para lá. Mas às vezes sinto que não suporto mais isso...

Interrompeu a fala ao escutar o barulho da porta da frente se abrindo. Sarah entrou na sala e pareceu contente em ver Laura Whitstable.

– Laura! Não sabia que estava aqui.

– Como vai minha afilhada?

Sarah aproximou-se e beijou-a com a bochecha corada e fria de quem chega da rua.

– Estou bem.

Balbuciando algo, Ann saiu da sala. O olhar de Sarah a acompanhou. Quando o olhar dela voltou-se e encontrou o de Laura, Sarah ficou vermelha de culpa.

Laura Whitstable balançou a cabeça com vigor.

– Sim, a sua mãe andou chorando.

Sarah assumiu uma expressão virtuosa e revoltada.

– Bem, a culpa não é *minha*.

– Não é? Gosta de sua mãe, não gosta?

– Adoro a mãe. Sabe que sim.

– Então por que deixá-la triste?
– Mas não sou eu. Não faço *nada*.
– Você briga com Richard, não briga?
– Ah, *isso*! Não há como evitar! Ele é insuportável! Se ao menos a mãe percebesse o quanto ele é insuportável! Acho mesmo que um dia ela vai se dar conta.

Laura Whitstable disse:

– Por que você *precisa* tentar ajeitar a vida dos outros, Sarah? Quando eu era jovem, os pais eram acusados de se meter na vida dos filhos. Hoje em dia, parece que as coisas se inverteram.

Sarah sentou-se no braço da cadeira de Laura Whitstable. Sua atitude era a de quem vai contar um segredo.

– Mas estou muito preocupada – cochichou. – Ela não vai ser feliz com ele, sabe.

– Não é da sua conta, Sarah.

– Mas não consigo deixar de me *importar* com isso. Não quero ver a mamãe triste. E ela vai ser. A mamãe é tão... tão incapaz de cuidar de si própria... Precisa de alguém para tomar conta dela.

Laura Whitstable envolveu as duas mãos bronzeadas de Sarah entre as suas. Falou com uma energia que desconcertou Sarah, deixando-a atenta e até mesmo um pouco alarmada.

– Agora me escute, Sarah. Preste atenção. *Tenha cuidado*. Tenha *muito cuidado*.

– O que quer dizer?

De novo Laura foi enfática.

– Tenha muito cuidado para não deixar sua mãe fazer algo de que venha a se arrepender o resto da vida.

– É justamente isso o que eu...

Laura atalhou.

– Quem avisa amigo é. Ninguém mais vai lhe avisar. – De modo súbito e prolongado, inalou o ar pelo nariz. – Sinto algo no ar, Sarah, e vou ser bem sincera. *É o cheiro de uma oferenda queimada...* E não gosto de oferendas queimadas.

Antes que pudessem dizer algo mais, Edith abriu a porta e anunciou:

– O sr. Lloyd.

Sarah levantou-se num pulo.

– Oi, Gerry. – Ela se virou para Laura Whitstable. – Este é Gerry Lloyd. Minha madrinha, Dame Laura Whitstable.

Gerry trocou um aperto de mãos e disse:

– Escutei a senhora no rádio ontem à noite.

– Que gratificante.

– Fazendo a segunda palestra da série "Como permanecer vivo hoje em dia". Fiquei impressionado.

– Não brinque – retorquiu Dame Laura, sorrindo com os olhos.

– É verdade. Parece que a senhora tem resposta para tudo.

– Ah – respondeu Dame Laura. – É sempre mais fácil ensinar alguém a receita de um bolo do que acertá-la sozinho. É também mais prazeroso. Mas não faz bem para o caráter. Tenho plena consciência: a cada dia que passa, fico mais asquerosa.

– Não fica, não – protestou Sarah.

– Fico sim, meu bem. Quase cheguei ao ponto de dar bons conselhos às pessoas... Pecado imperdoável. Com licença, preciso falar com a sua mãe, Sarah.

II

Assim que Laura Whitstable deixou a sala, Gerry falou:

– Vou-me embora do país, Sarah.

Sarah encarou-o, abalada.

– Ah, Gerry, quando?

– Quase imediatamente. Na próxima quinta.

– Para onde?

– África do Sul.

– Mas fica tão longe – gritou Sarah.

– Fica longe, sim.

– Vai demorar anos e anos para voltar!

– É provável que não.

– O que vai fazer por lá?

– Cultivar laranjas. Estou indo com dois sócios. Vai ser divertido.

– Ah, Gerry, *tem* de ir?

– Bem, estou saturado deste país. É insípido e esnobe demais. Não me serve, e eu não sirvo para ele.

– E quanto a seu tio?

– Ah, cortamos relações. Mas a tia Lena foi camarada: ela me deu um cheque e uma pomada para mordida de cobra.

Ele abriu um sorrisinho.

– Mas por acaso entende alguma coisa de citricultura, Gerry?

– Não entendo bulhufas, mas acho que a gente logo pega o jeito.

Sarah suspirou.

– Vou sentir a sua falta...

– Não creio que vá sentir... Não por muito tempo. – Gerry falou de modo ríspido, evitando cruzar o olhar com o dela. – Se o cara está morando no outro lado do mundo, as pessoas logo se esquecem dele.

– Não, não esquecem...

Relanceou o olhar para ela.

– Não mesmo?

Sarah meneou a cabeça.

Os dois desviaram o olhar, envergonhados.

– Foi divertido... sairmos juntos – falou Gerry.

– Sim...

– Tem gente que prospera cultivando laranjas.

– Espero que sim.

Gerry acrescentou, escolhendo as palavras a dedo:

– Acho que é uma vida bem agradável... Para uma mulher, quero dizer. Clima ameno, um monte de empregados e tudo mais.

– Sim.

– Mas suponho que você vai se casar com algum outro sujeito...

– Ah, não – Sarah balançou a cabeça. – Casar-se cedo é um erro enorme. Só vou pensar em me casar daqui a um século.

– Fala isso, mas um desses porcarias vai fazê-la mudar de ideia – murmurou Gerry, melancólico.

– Sou fria por natureza – tranquilizou-o Sarah.

Permaneceram em pé, encabulados, sem olhar um para o outro. Então Gerry, com o rosto pálido, balbuciou, numa voz estrangulada:

– Sarah, querida, sou louco por você. Sabe disso?

– É louco por mim?

Devagar, meio relutantes, os dois se aproximaram. Os braços de Gerry envolveram a cintura dela. Tímida e sonhadoramente, os dois se beijaram...

"Estranho estar tão sem jeito", pensou Gerry. Sempre fora extrovertido e tivera incontáveis experiências com mulheres. Mas nesse caso não se tratava de "mulheres", e sim da sua querida e única Sarah.

– Gerry.

– Sarah...

Os dois se beijaram de novo.

– Não vai esquecer, querida, vai? Todos os momentos encantadores que passamos juntos... E tudo mais?

– Claro que não vou.
– Vai me escrever?
– O meu forte não é escrever cartas.
– Mas me escreva. Por favor, querida. Vou estar tão solitário...

Sarah afastou-se dele e deu uma risadinha hesitante.

– Não vai estar solitário. Vai conhecer um monte de garotas.

– Um monte de feiosas, isso sim. Mas algo me diz que só vou mesmo é encontrar laranjas.

– É melhor me mandar uma caixa de vez em quando.

– Vou, sim. Ah, Sarah, por você faço qualquer coisa.

– Muito bem, então trabalhe duro. Transforme a sua velha fazenda de laranjas num sucesso.

– Sim. Juro que sim.

Sarah suspirou.

– Queria tanto que você não fosse justo agora – falou ela. – É tão bom ter você por perto para desabafar...

– Como vai Cauliflower? Estão se dando melhor agora?

– Não, não estamos. Brigamos como cão e gato. Mas – havia triunfo em sua voz – acho que estou vencendo, Gerry!

Gerry mirou-a, pouco à vontade.

– Quer dizer que sua mãe...

Sarah balançou a cabeça em afirmação triunfante.

– Está começando a ver o quanto ele é insuportável.

Gerry pareceu ainda menos à vontade.

– Sarah, eu gostaria que você, de alguma forma...

– Não enfrentasse Cauliflower? Vou enfrentá-lo com unhas e dentes! Não vou desistir. Mamãe *precisa* ser salva.

– Seria bom não interferir, Sarah. Sua mãe deve saber muito bem o que quer.

– Já lhe disse outras vezes: minha mãe é fraca. Tem pena das pessoas, e o bom-senso vai por água abaixo. Estou impedindo que ela faça um casamento infeliz.

Gerry reuniu toda a sua coragem.

– Bem, ainda acho que é puro ciúme.

Sarah lançou-lhe um olhar furioso.

– Está bem! Se é isso o que você pensa! É melhor ir embora, então.

– Não fique brava comigo. Deve saber o que está fazendo.

– Claro que sei – completou Sarah.

III

Ann estava em seu quarto, sentada defronte à penteadeira, quando Laura Whitstable entrou.

– Está se sentindo melhor agora, querida?

– Sim. Foi mesmo muita estupidez de minha parte. Não devo deixar essas coisas me darem nos nervos.

– Um rapaz acabou de chegar. Gerald Lloyd. É aquele que...

– Sim. O que achou dele?

– Sarah está apaixonada por ele, é claro.

Ann pareceu perturbada.

– Ai, meu Deus, tomara que não.

– Dizer "tomara" não adianta nada.

– Não pode se tornar algo sério, sabe.

– Ele é assim tão inadequado?

Ann suspirou.

– Receio que sim. Nunca dura em emprego algum. É atraente. Impossível não gostar dele, mas...

– Não tem estabilidade?

— A impressão que se tem é de que ele nunca vai progredir em *lugar algum*. Sarah não para de dizer o quanto ele é azarado, mas não acho que seja só isso – prosseguiu.
— Sarah também conhece vários bons partidos.
— E acha-os sem graça, aposto. Moças boas e capazes (e Sarah é mesmo muito capaz) sempre se atraem por zeros à esquerda. Parece lei da natureza. Devo confessar que eu mesma achei o rapaz atraente.
— Até você, Laura?
— Tenho lá minhas fraquezas femininas, Ann. Boa noite, querida. E boa sorte para você.

IV

Richard chegou ao apartamento pouco antes das oito. Ele combinara jantar lá com Ann. Sarah iria jantar fora e dançar. Pintava as unhas na sala quando ele chegou. Havia um aroma de acetona no ambiente. Ela ergueu os olhos e disse:
— Olá, Richard.

E retomou a operação. Richard observou-a, irritado. Estava consternado consigo mesmo pela crescente antipatia que devotava a Sarah. As intenções dele haviam sido tão boas; vira a si mesmo na posição de um padrasto bondoso, amigo e flexível, quase dedicado. Preparara-se para enfrentar a desconfiança de Sarah no começo, mas imaginara-se superando com facilidade preconceitos infantis.

Em vez disso, parecia-lhe que era Sarah e não ele quem estava no comando da situação. A altivez e a antipatia impassíveis com que ela o tratava perfuravam sua pele sensível, ferindo-o e humilhando-o. Richard nunca fora muito senhor de si; a atitude de Sarah baixava ainda mais a sua autoestima. Todos os seus esforços, primeiro para apaziguá-la, depois para subjugá-la, haviam sido desastrosos. Ele sempre parecia dizer ou fazer a coisa errada. Por trás da aversão dele por Sarah, crescia também uma irritação com Ann. Ann devia apoiá-lo. Ann devia chamar a atenção de Sarah e colocá-la no devido lugar, Ann devia ficar ao lado dele. Os esforços dela para encarnar a conciliadora, para ficar em cima do muro, incomodavam-no. Aquela postura não levava a nada, e Ann tinha de se dar conta disso!

Sarah esticou uma das mãos para secar, girando-a para cima e para baixo.

Ciente de que era melhor ficar quieto, Richard não se conteve e comentou:

– Parece que mergulhou os dedos em sangue. Não entendo por que as moças de hoje têm de pintar as unhas nessas cores espalhafatosas.

– Não entende?

Procurando um terreno mais firme, Richard continuou:

– Me encontrei com o seu amigo Lloyd hoje à tardinha. Ele me contou que vai para a África do Sul.

– Embarca quinta-feira.

– Vai ter de arregaçar as mangas se quiser ser bem-sucedido por lá. Não é lugar para quem não gosta de trabalho.

– Imagino que saiba tudo sobre a África do Sul?

– Todos esses lugares são parecidos. Precisam de homens com estômago.

Sarah retorquiu:

– Não falta estômago a Gerry. – E acrescentou: – Se é que você *faz questão* de usar essa palavra.

– O que há de errado?

Sarah ergueu a cabeça e mirou-o com frieza.

– Acho nojento, só isso – falou.

O rosto de Richard ficou vermelho.

– É uma pena que sua mãe não tenha lhe criado para ter melhores maneiras – observou.

– Fui rude? – os olhos dela se arregalaram numa expressão inocente. – Sinto muito.

Aquela desculpa exagerada não melhorou em nada a situação.

Ele indagou de súbito:

– Cadê sua mãe?

– Trocando de roupa. Vai estar aqui num minuto.

Sarah abriu a bolsa e estudou o seu rosto com minúcia. Começou a retocar a maquiagem, renovar o batom, passar lápis nas sobrancelhas. Na verdade, tinha se maquiado há pouco tempo. Seus atos agora eram premeditados para irritar Richard. Sabia que ele nutria uma estranha e antiquada aversão a presenciar mulheres retocarem a maquiagem em público.

Tentando fazer graça, Richard observou:

– Vamos, Sarah, não sobrecarregue.

Ela baixou o espelho que segurava e retorquiu:

– Como assim?

– Quero dizer na pintura e no pó de arroz. Na verdade, os homens não gostam de excesso de maquiagem. Posso lhe garantir. Simplesmente vai ficar parecendo...

– Uma prostituta, é isso que quer dizer?

Richard rebateu com raiva:

– Não foi isso que eu disse.

– Mas foi isso que insinuou. – Sarah enfiou o estojinho de maquiagem de volta na bolsa. – Seja como for, que diabos você tem a ver com isso?

– Olhe aqui, Sarah...

– O que ponho no meu rosto é problema meu. Não é da sua conta, seu intrometido de uma figa.

Sarah tremia de raiva, quase chorando.

Richard perdeu completamente o controle. Gritou para ela:

– Vai ser mal-humorada assim no quinto dos infernos. Megerinha intragável!

Naquele instante, Ann entrou. Parou no vão da porta e disse, com desânimo:

– Ai, meu Deus, o que foi *desta vez*?

Sarah passou por ela sem dizer nada e saiu da sala. Ann olhou para Richard.

– Eu só disse que ela põe muita maquiagem no rosto.

Ann soltou um cruciante e exasperado suspiro.

– Puxa, Richard, deveria ter um pouco mais de tato. Por acaso isso é assunto seu?

Richard andava para lá e para cá com raiva.

– Ah, ótimo. Se você quer que sua filha saia parecendo uma prostituta...

– Sarah não parece uma prostituta – afirmou Ann bruscamente. – Que coisa mais horrível de se dizer. Todas as moças usam maquiagem hoje em dia. Tem ideias tão antiquadas, Richard.

– Antiquado! Ultrapassado! Não me tem em alta conta, não é mesmo, Ann?

– Ah, Richard, temos de brigar? Não percebe que, ao dizer o que disse sobre Sarah, está na verdade *me* criticando?

– Não posso dizer que a considero uma mãe particularmente criteriosa. Não se Sarah for a amostra de seu modo de criar uma filha.

– Isso é uma coisa cruel de se falar e uma inverdade. Não há nada de errado com Sarah.

Richard afundou no sofá.

– Deus ajude o homem que se casa com a mãe de uma filha única – disse ele.

Os olhos de Ann se encheram de lágrimas.

– Você sabia sobre Sarah quando me pediu em casamento. Contei a você o quanto eu a amava e o quanto ela significava para mim.

– Não sabia que você era viciada nela! O dia todo é Sarah, Sarah e mais Sarah!

– Ai, meu Deus – disse Ann. Aproximou-se de Richard e sentou-se a seu lado. – Richard, procure ser sensato. Eu achava que Sarah pudesse ter ciúmes de você... Mas não que você teria ciúmes de Sarah.

– Não tenho ciúmes de Sarah – falou Richard, emburrado.

– Tem, sim, meu amor.

– Você sempre põe Sarah em primeiro lugar.

– Puxa vida. – Ann recostou-se desanimada e fechou os olhos. – Realmente não sei o que fazer.

– Onde eu entro? Em lugar algum. Simplesmente não tenho voz ativa. Adiou nosso casamento... só porque Sarah pediu...

– Eu quis dar a ela um pouco mais de tempo para se acostumar com a ideia.

– Ela está mais acostumada com a ideia agora? Ela passa o tempo todo fazendo tudo o que está ao seu alcance para me irritar.

– Sei que ela está sendo difícil, mas, sinceramente, Richard, você exagera um pouco. A coitadinha da Sarah mal abre a boca e você logo perde as estribeiras.

– Coitadinha da Sarah. Coitadinha da Sarah. Está vendo? É isso o que você pensa!

– Afinal de contas, Richard, Sarah é pouco mais que uma criança. Não dá para levar a mal. Mas você é um homem maduro...

Richard falou de repente, abrindo o coração:

– É porque eu te amo tanto, Ann...

– Ah, meu querido.

– Éramos tão felizes juntos... Antes de Sarah voltar para casa.

– Eu sei...

– E agora... A toda hora sinto que estou perdendo você.

– Mas não está me perdendo, Richard.
– Ann, meu bem, ainda me ama?
Ann respondeu com súbita paixão:
– Mais do que nunca, Richard. Mais do que nunca.

V

O jantar foi um sucesso. Edith esmerou-se, e o apartamento, sem a influência tempestuosa de Sarah, voltou a ser o cenário pacífico de outrora.

Richard e Ann conversaram, riram, recordaram situações, e para os dois aquilo foi uma paz agradável e bem-vinda.

Só depois de terem retornado à sala de visitas e terminado o café com licor beneditino foi que Richard disse:

– Que noite maravilhosa. Tão pacífica. Ann, meu bem, se pudesse ser sempre assim...

– Mas será, Richard.

– Nem você acredita no que está falando, Ann. Sabe, tenho repensado certas coisas. A verdade é uma coisa desagradável, mas precisa ser encarada. Com toda a franqueza, receio que Sarah e eu nunca vamos nos dar bem. Se nós três vivermos juntos, a vida vai ser intolerável. De fato, só há uma coisa a fazer.

– O que quer dizer?

– Trocando em miúdos, Sarah precisa sair daqui.

– Não, Richard. Isso é impossível.

– Quando as moças estão insatisfeitas em casa, vão embora e moram sozinhas.

– Sarah tem apenas dezenove anos, Richard.

– Existem locais onde moças podem morar. Pensões. Ou aluga-se um quarto numa casa de família.

Ann meneou a cabeça enfaticamente.

– Não percebe o que está sugerindo. Está sugerindo que para me casar de novo eu renegue a minha filha... Que eu coloque minha filha para fora de casa.

– Moças gostam de independência e de morar sozinhas.

– Sarah não. Não importa se ela quer ou não morar sozinha. Este é o lar dela, Richard.

– Bem, a *mim* parece uma solução perfeita. Podemos supri-la com uma boa mesada para ela se sustentar... Eu mesmo posso contribuir. Ela não precisa ficar economizando. Vai ser feliz por conta própria, e nós seremos felizes por conta própria. Não consigo ver nada errado nesse plano.

– Está partindo do pressuposto de que Sarah vai ser feliz por conta própria?

– Ela vai gostar. Estou lhe dizendo, moças gostam de independência.

– Não sabe nada sobre moças, Richard. Tudo em que está pensando é no que *você* quer.

– Estou sugerindo uma alternativa a meu ver perfeita.

Ann falou devagar:

– Você disse antes do jantar que coloco Sarah em primeiro lugar. De certo modo, Richard, isso é verdade... Não é uma questão de quem eu amo mais. Mas quando eu comparo vocês dois... Sei que são os interesses de Sarah que têm de vir antes dos seus. Porque, veja bem, Richard, Sarah está sob a minha responsabilidade. Só vou ter cumprido com essa responsabilidade quando Sarah se tornar mulher feita... E ela *não é* uma mulher feita ainda.

– Mães nunca querem que os filhos cresçam.

– Isso às vezes é verdade, mas honestamente não penso que se aplique a mim e a Sarah. O que eu vejo, você também pode ver: Sarah é ainda muito jovem e indefesa.

Richard bufou com desdém.

– Indefesa!

– Sim, foi exatamente isso o que eu disse. É insegura de si, insegura em relação à vida. Quando estiver pronta para enfrentar o mundo, vai *querer* ir... Daí vou estar pronta para apoiá-la. Mas ela *não* está pronta.

Richard suspirou e disse:

– É inútil discutir com mães.

Ann concluiu, com firmeza inesperada:

– Não vou renegar minha filha e colocá-la para fora de casa. Fazer isso contra a vontade dela seria maldade.

– Bem, se está tão certa disso...

– Ah, estou. Mas, Richard, meu amor, tenha um pouco de paciência. Não percebe? Não é *você* o intruso, é Sarah! E ela sente isso. Mas sei que, com o tempo, ela vai aprender a ser sua amiga. Pois ela me ama de verdade, Richard. E, no fim, ela não vai querer me ver infeliz.

Richard fitou-a com um sorriso levemente zombeteiro.

– Minha doce Ann, que otimista incurável você é.

Ela se aproximou do círculo do seu abraço.

– Richard, querido... Eu te amo... Ah, meu bem, como eu queria não estar com enxaqueca...

– Vou pegar uma aspirina...

Ocorreu-lhe que toda conversa que tinha com Ann agora terminava em aspirina.

Capítulo 9

I

Durante dois dias reinou uma calmaria inesperada e bem-vinda. Ann reanimou-se. Afinal de contas, as coisas não estavam assim tão ruins. Com o tempo, como ela dissera, tudo se ajeitaria. A súplica que fizera a Richard havia sido bem-sucedida. Em uma semana os dois seriam marido e mulher – e depois disso, parecia-lhe, a vida entraria nos eixos. Sarah certamente deixaria de ficar tão ressentida com Richard e encontraria mais interesse em assuntos não domésticos.

– Hoje me sinto bem melhor – comentou com Edith.

Ocorreu-lhe que um dia sem enxaqueca era quase um fenômeno.

– Depois da tempestade vem a bonança, como se diz – concordou Edith. – Parecem cão e gato, a srta. Sarah e o sr. Cauldfield. Dá para se dizer que pegaram implicância um com o outro.

– Mas acho que Sarah está começando a superar, não acha?

– Eu não ficaria me iludindo com falsas esperanças se fosse a senhora – respondeu Edith, em tom sombrio.

– Mas não pode continuar sempre assim?

– Não apostaria nisso.

"Edith, sempre melancólica", pensou Ann. Adorava prever catástrofes.

– Ultimamente as coisas têm melhorado – insistiu ela.

– Ah, isso porque o sr. Cauldfield tem vindo aqui principalmente nas horas do dia em que a srta. Sarah está na floricultura, e ela tem a mãe só para ela às tardinhas. Além do mais, ela anda às voltas com essa história do sr. Gerry ir para o estrangeiro. Mas, assim que se casar, a senhora vai ter a srta. Sarah e o sr. Cauldfield juntos de novo. E a senhora no meio. Eles vão fazer picadinho da senhora, ah, se vão!

– Ai, Edith.

O desalento agarrou Ann. Triste metáfora.

Mas era exatamente assim que se sentia.

Falou, desesperadamente:

– Não suporto mais. Odeio escândalos e brigas, sempre odiei.

– É verdade. A senhora sempre viveu tranquila e protegida. Essa é a maneira adequada para a senhora.

– Mas o que é que posso fazer? O que você faria, Edith?

Edith respondeu, com deleite:

– Não adianta se amofinar. Aprendi isso desde criancinha. "*A vida é um vale de lágrimas.*"

– Isso é tudo o que pode sugerir para me consolar?

– Essas coisas são enviadas para nos testar – sentenciou Edith. – Se ao menos a senhora fosse uma daquelas damas que apreciam um arranca-rabo! Muitas gostam. A segunda esposa de meu tio, por exemplo. O que ela mais gosta é de se meter numa discussão. Tem língua de víbora... Mas, pronto: se a briga termina, não guarda rancor e não pensa mais no assunto. Renova o ar, por assim dizer. Para *mim*, é por causa do sangue irlandês. A mãe dela veio de Limerick. Eles não fazem por mal, mas não perdem a oportunidade de entrar numa briga. A srta. Sarah tem um pouco disso. O sr. Prentice tem ascendência irlandesa, lembro que a senhora me contou. Ela gosta de soltar fogo pelas ventas, a srta. Sarah, mas nunca uma jovem teve coração tão bom. Se me perguntasse, diria que vai ser ótimo o sr. Gerry ir para a

África do Sul. Ele não baixa a poeira em emprego algum e nunca vai se estabelecer. A srta. Sarah pode conseguir coisa melhor.

– Meu medo é que ela gosta dele, Edith.

– Não se preocupe. O pessoal costuma dizer que *longe dos olhos, perto do coração*, mas minha tia Jane costuma acrescentar: "de outro alguém". *O que os olhos não veem, o coração não sente* é provérbio mais verdadeiro. Agora, não se preocupe com ela nem com ninguém mais. Aqui está o livro que a senhora pegou na biblioteca e queria tanto ler. Vou lhe trazer uma boa xícara de café e alguns biscoitos. Divirta-se enquanto pode.

A sugestão levemente sinistra das duas últimas palavras foi ignorada por Ann. Ela ironizou:

– Sabe animar a gente, Edith.

Na quinta-feira Gerry Lloyd partiu, e Sarah retornou para casa aquela noite e teve um bate-boca violento com Richard.

Ann deixou-os e procurou guarida em seu quarto. Deitou-se no escuro, as mãos sobre os olhos, os dedos pressionando a testa latejante. Lágrimas escorreram-lhe pela face.

Repetidas vezes disse, baixinho:

– Não aguento mais... Não aguento mais...

Então ouviu Richard quase gritando o fim de uma frase ao sair tempestuosamente da sala de estar:

– ...e sua mãe não pode ficar sempre fugindo com a desculpa de uma de suas eternas enxaquecas.

Em seguida se ouviu a porta da frente batendo.

Os passos de Sarah soaram no corredor, lentos e vacilantes rumo ao quarto dela. Ann chamou:

– Sarah.

A porta se abriu. A voz de Sarah, levemente culpada, perguntou:

– Tudo escuro?

– Minha cabeça dói. Acenda o abajur do canto.

Sarah obedeceu. Aproximou-se devagar da cama, o olhar desviado. Algo em seu jeitinho desconsolado e infantil tocou o coração de Ann, embora há poucos minutos estivesse sentindo raiva da filha.

– Sarah – disse Ann. – Precisa fazer isso?

– Fazer o quê?

– Brigar com Richard o tempo todo? Não tem um pingo de sentimento por mim? Não percebe o quanto isso me deixa infeliz? Não quer a minha felicidade?

– Claro que quero a sua felicidade. É justamente *por isso*!

– Não entendo você. Faz me sentir péssima. Às vezes, tenho a sensação de que não vou conseguir continuar... Está tudo tão diferente...

– Sim, está tudo tão diferente. Ele estraga tudo. Quer que eu saia daqui. Não vai deixar ele me mandar embora, vai?

Ann enraiveceu-se.

– Claro que não. Quem sugeriu uma coisa dessas?

– Ele. Agora há pouco. Mas não vai deixar, vai? Parece um pesadelo. – De súbito, as lágrimas de Sarah irromperam. – Tudo degringolou. Tudo. Desde que cheguei da Suíça. Gerry foi embora... É provável que nunca mais o veja. E você se voltou contra mim...

– Não me voltei contra você! Não fale essas coisas.

– Ah, mãe... mãe.

Num gesto repentino, a garota pôs-se de joelhos ao lado da cama e desatou a chorar, incontrolavelmente.

Repetia de vez em quando uma só palavra: "Mãe"...

II

Na bandeja do café da manhã de Ann havia um bilhete de Richard.

> *Querida Ann:*
> *As coisas não podem continuar desse jeito. Precisamos elaborar algum plano. Creio que vai acabar descobrindo que Sarah é mais acessível do que você imagina. Do sempre seu,*
> *Richard.*

Ann franziu o cenho. Richard estava sendo otimista e tentando se enganar? Ou a explosão de Sarah na noite anterior havia sido em grande parte histérica? Bem possível. Ann tinha certeza: Sarah estava sofrendo toda a angústia do primeiro amor e do primeiro adeus à pessoa amada. No fim das contas, já que a antipatia nutrida por Richard era tanta, talvez ela fosse mais feliz longe de casa...

Seguindo um impulso, Ann pegou o telefone e discou o número de Laura Whitstable.

– Laura? É Ann.

– Bom dia. É uma ligação bem cedo do dia.

– Ah, não sei mais o que fazer. Minha cabeça não para de doer, e me sinto doente. As coisas não podem continuar assim. Quero pedir um conselho.

– Não dou conselhos. Não há nada mais perigoso.

Ann fez que não ouviu.

– Escute, Laura, acha que... talvez... seria uma coisa boa... se... se Sarah fosse morar sozinha... Quero dizer, dividir um apartamento com uma amiga... ou algo nesse estilo?

Houve um silêncio do outro lado da linha, e então Dame Laura indagou:

– É isso o que ela quer?
– Bem... não... não exatamente. Quero dizer, é só uma *ideia*.
– Quem sugeriu? Richard?
– Bem... sim.
– Muito sensato.
– Pensa que é sensato? – questionou Ann, ansiosa.
– Sensato do ponto de vista de Richard. Ele sabe o que quer... e corre atrás.
– Mas o que *você* pensa?
– Já lhe disse, Ann, não dou conselhos. O que Sarah acha disso?

Ann hesitou.
– Não cheguei a discutir o assunto com ela... ainda.
– Mas provavelmente tem alguma ideia do que ela pensa.

Ann respondeu, com bastante relutância:
– Acho que neste momento ela não gostaria.
– Ah!
– Mas talvez eu devesse, na verdade, insistir?
– Para quê? Para curar suas enxaquecas?
– Não, não – gritou Ann, horrorizada. – Pensando apenas na felicidade dela.
– Como soa altruísta! Sempre desconfio de sentimentos nobres. Quer explicar melhor?
– Bem, fiquei me perguntando se talvez eu não seria um tipo de mãe pegajosa. Será que não seria mesmo bom para Sarah afastar-se de mim? Para que possa desenvolver a própria personalidade.
– Sim, sim, moderníssimo.
– Sabe, falando sério, acho que talvez ela possa *aceitar* a ideia. No começo achei que não, mas agora... Ah, por favor, diga qual sua opinião!
– Minha pobre Ann.
– Por que diz "Minha pobre Ann"?

– Perguntou qual era a minha opinião.
– Não está ajudando, Laura.
– E nem quero ajudar, no sentido a que você se refere.
– Sabe, Richard está ficando mesmo difícil de lidar. Ele me escreveu uma espécie de ultimato hoje de manhã... Só falta agora me pedir para escolher entre ele e Sarah.
– E quem você escolheria?
– Ai, Laura, não. Não foi isso que eu quis dizer. Acho que as coisas não vão chegar a esse ponto.
– Pode ser que cheguem.
– Ah, você é irritante, Laura. Nem ao menos tenta ajudar.

Ann bateu o telefone no gancho, com raiva.

III

Às seis horas daquela tarde, Richard Cauldfield ligou.

Edith atendeu ao telefone.

– A sra. Prentice está?

– Não, senhor. Ela saiu para ir àquele tal comitê, em prol de um asilo ou coisa parecida. Vai chegar perto das sete horas.

– E a srta. Sarah?

– Recém chegou. Quer falar com ela?

– Não. Vou passar aí.

A passo firme e constante, Richard percorreu a distância entre seu flat com serviço completo de hotel e os blocos de apartamento de Ann. Passara a noite em claro e enfim tomara a resolução definitiva. Embora demorasse um pouco para tomar uma decisão, depois de tomá-la, aferrava-se a ela obstinadamente.

As coisas não poderiam continuar como estavam. Primeiro Sarah e depois Ann teriam de compreender isso. Aquela moça estava deixando a mãe esgotada com seus faniquitos e sua teimosia! A pobre e carinhosa Ann. Mas os pensamentos dele quanto a ela não eram totalmente amorosos. De modo quase despercebido, sentia certo ressentimento em relação a Ann. Ela sempre fugia da raia usando artifícios femininos... Enxaquecas e colapsos nervosos sempre que um combate se acirrava...

Ann precisava enfrentar as coisas!

Essas duas mulheres... Toda aquela tolice feminina *tinha* de parar!

Tocou a campainha, foi recebido por Edith e entrou na sala. Segurando um copo junto à lareira, Sarah virou-se na direção dele.

– Boa noite, Richard.

– Boa noite, Sarah.

Sarah murmurou, num esforço:

– Sinto muito, Richard, por ontem à noite. Talvez eu tenha sido meio grosseira.

– Está tudo bem – Richard abanou a mão, como quem perdoa fácil. – Não se fala mais nisso.

– Aceita um drinque?

– Não, obrigado.

– Receio que a mãe vai demorar um pouquinho. Ela foi para...

Ele atalhou:

– Está tudo bem. Foi para falar com você que eu vim.

– Comigo?

Os olhos de Sarah escureceram e estreitaram-se. Ela avançou e sentou-se, observando-o com desconfiança.

– Quero colocar as cartas na mesa com você. Parece claro como água que é impossível continuar como estamos. Todas essas brigas e picuinhas. Em primeiro lugar, não é justo com sua mãe. Você gosta de sua mãe, tenho certeza.

– Claro – respondeu Sarah, sem emoção alguma.

– Então, cá entre nós, precisamos dar um tempo a ela. Daqui a uma semana ela e eu vamos nos casar. Quando voltarmos da lua de mel, que tipo de vida será a nossa, os três morando sob o mesmo teto?

– Um belo inferno, eu diria.

– Está vendo? Até você reconhece. Mas quero logo dizer que não coloco toda a culpa em você.

– Isso é muito nobre de sua parte, Richard – falou Sarah.

O tom dela era honesto e educado. Ele ainda não conhecia Sarah bem o suficiente para captar o sinal de alerta.

– Pena que a gente não se dê bem. Para ser franco, você não gosta de mim.

– Se quer colocar nesses termos, é verdade, não gosto.

– Tudo bem. De minha parte, não morro de amores por você.

– Nem pintada a ouro você gostaria de mim – disse Sarah.

– Ah, não exagere – volveu Richard –, eu não me expressaria assim.

– Eu, sim.

– Bem, vamos colocar desta forma: não temos empatia um pelo outro. Não me importa muito se você gosta ou não de mim. Vou me casar com sua mãe, não com você. Tentei fazer amizade com você, mas você não quis... Temos de encontrar uma solução. Estou disposto a fazer o que estiver a meu alcance de outras maneiras.

Sarah disse, suspicaz:

– Que outras maneiras?

– Já que você não vai suportar a vida aqui nesta casa, vou fazer de tudo para ajudá-la a tocar a vida em outro lugar, onde será bem mais feliz. Assim que Ann for minha esposa, estou preparado para sustentar a casa completamente. Vai ter dinheiro de sobra para você. Um apartamento bonito e pequeno numa boa vizinhança, que você possa dividir com uma amiga. Mobiliá-lo e tudo mais... Bem conforme o seu gosto.

Os olhos dela estreitaram-se ainda mais, e Sarah comentou:

– Como é generoso, Richard.

Ele não suspeitou de ironia. No fundo, se dava os parabéns. Afinal de contas, a coisa era bem simples. A moça sabia muito bem onde lhe apertava o sapato. A coisa toda se ajeitaria de modo bem amigável.

Sorriu para ela, bem-humorado.

– Bem, não gosto de ver as pessoas tristes. E me dei conta, coisa que sua mãe não foi capaz, de que os jovens sempre anseiam por seguir seu rumo próprio e conquistar independência. Você vai ser bem mais feliz sozinha do que vivendo como cão e gato aqui.

– Quer dizer que é essa a sua sugestão?

– É uma ideia ótima. Satisfaz todo mundo.

Sarah deu uma gargalhada. Richard virou a cabeça bruscamente.

– Não vai se livrar de mim assim tão fácil – disse Sarah.

– Mas...

– Não vou embora, estou dizendo. Não vou...

Nenhum dos dois escutou a chave de Ann girando na porta da frente. Ela empurrou a porta da sala e se deparou com os dois trocando olhares. Sarah tremia toda e repetia histericamente:

– Não vou... não vou... não vou...

– Sarah...

Os dois se viraram bruscamente. Sarah correu para a mãe.

– Mãezinha, mãezinha, não vai deixar ele me mandar embora, vai? Morar num apartamento com uma amiga. *Detesto* amigas. Não quero morar sozinha. Quero ficar com você. Não me mande embora, mamãe. Não... não.

Ann apressou-se em tranquilizá-la:

– Claro que não. Está tudo bem, querida. – Para Richard ela dirigiu-se, mordaz: – O que andou dizendo para ela?

– Só fiz uma sugestão de pleno bom-senso.

– Ele me detesta e quer que você me deteste também.

Àquela altura, Sarah estava em prantos. Uma menina histérica. Ann falou de modo rápido e reconfortante:

– Não, não, Sarah, não seja ridícula.

Ela fez um sinal para Richard e disse:

– Vamos falar nisso outra hora.

– Não, não vamos. – Richard empinou o nariz e apontou o queixo para a frente. – Vamos falar nisso aqui e agora. Vamos colocar as coisas em pratos limpos de uma vez por todas.

– Ah, por favor. – Ann deu um passo à frente, a mão na testa, e sentou-se no sofá.

– Não adianta escapar com uma enxaqueca, Ann! O problema é: quem vem em primeiro lugar, eu ou Sarah?

– Não é esse o problema.

– Eu digo que é! Tudo isso tem de ser resolvido de uma vez por todas. Não aguento mais.

O tom elevado da voz de Richard entrou na cabeça de Ann, reverberando com uma dor aguda e penetrante em cada nervo fragilizado. A reunião do comitê fora cansativa, ela chegara em casa exausta, e agora sua vida lhe parecia um fardo insuportável.

Disse, baixinho:

– Não posso falar com você agora, Richard. Realmente não posso. Não suporto mais.

– Estou dizendo que temos de chegar a um acordo. Ou Sarah sai daqui, ou eu.

Um arrepio tênue percorreu o corpo de Sarah. Ela ergueu o queixo, encarando Richard.

– Meu plano é bem sensato – disse Richard. – Já expliquei a Sarah. Ela não parecia ter nada contra até que você entrou.

– Não vou embora – repetiu Sarah.

– Minha boa menina, você pode vir e ver sua mãe sempre que quiser, não pode?

Sarah voltou-se num frenesi para Ann, ajoelhando-se ao lado dela.

– Mamãe, mamãe, vai me renegar? Não vai, não é? Você é minha mãe.

Um rubor surgiu no rosto de Ann. Ela disse, com firmeza repentina:

– Não vou pedir à minha única filha para deixar a casa dela, a menos que ela assim o deseje.

Richard gritou:

– Ela desejaria... Se não fosse para me irritar.

– Esse é bem o tipo de coisa que *você* pensaria! – esbravejou Sarah.

– Dobre a língua – bradou Richard.

Ann levou as mãos à cabeça.

– Não consigo suportar isso – disse ela. – Estou avisando vocês dois, não consigo suportar...

Sarah gritou, suplicante:

– Mãe...

Richard dirigiu-se a Ann com raiva:

– Não adianta, Ann. Você e suas enxaquecas! Vai ter de escolher de uma vez por todas.

– Mãe! – Sarah agarrou-se a Ann como uma criança assustada. – Não deixe que ele a jogue contra mim. Mãe... não deixe que ele...

Ainda pressionando a cabeça com as mãos, Ann disse:

– Não aguento mais. É melhor ir embora, Richard.

– O quê? – ele a fitou.

– Por favor, vá. Me esqueça... É inútil...

Outra vez a raiva o dominou. Disse, sombrio:

– Tem noção do que está dizendo?

Ann disse, abstraída:

– Quero paz... Não consigo continuar...

Sarah sussurrou de novo:

– Mãe...

– Ann... – murmurou Richard, a voz repleta de dor incrédula.

Ann gritou, desesperada:

– É inútil... É *inútil*, Richard.

Sarah dirigiu-se a ele com fúria infantil:

– Vá embora – ordenou –, não queremos você, está ouvindo? Não queremos você...

O triunfo em seu rosto teria sido horrendo se não fosse tão pueril.

Ele não deu atenção a ela. Fitava Ann.

Falou, muito calmamente:

– Tem certeza do que está falando? Eu... não vou voltar.

Numa voz fatigada, Ann respondeu:

– Eu sei... Apenas... não é para ser, Richard. Adeus...

Ele caminhou devagar para fora da sala.

Sarah gritou:

– Mãezinha! – e enterrou a cabeça no colo da mãe.

Maquinalmente, Ann fez cafuné na cabeça da filha, mas com o olhar cravado na porta pela qual Richard recém saíra.

Um instante depois, escutou o barulho da porta da frente se fechando, numa batida decisiva.

Sentiu a mesma frieza que sentira aquele dia na estação Victoria, junto a um enorme desconsolo...

Naquele instante, Richard descia as escadas, cruzava o pátio do condomínio e ganhava a rua...

Saía da vida dela...

LIVRO DOIS

Capítulo 1

I

Pela janela do ônibus da Airways, Laura Whitstable olhou com afeto as ruas familiares de Londres. Estivera longe da cidade um bom tempo, a serviço de uma Comissão Real que envolvera uma fascinante e demorada volta ao mundo. As rodadas finais de negociação nos Estados Unidos haviam sido movimentadas. Dame Laura palestrara, presidira, almoçara, jantara e tivera dificuldade de encontrar tempo para tratar de assuntos pessoais.

Bem, agora tudo acabara. Estava em casa de novo, com a valise cheia de anotações, estatísticas e documentos importantes, sem falar na perspectiva de mais trabalho intenso nos preparativos para a publicação.

Dona de grande vitalidade e colossal resistência física, a expectativa do trabalho seduzia-lhe mais do que a expectativa do lazer. Mas, ao contrário de muitas pessoas, ela não se orgulhava disso; às vezes, admitia de modo inesperado que essa preferência poderia ser considerada mais fraqueza do que virtude. Pois o trabalho era, dizia ela, uma das vias preferenciais para fugir de si próprio. E viver consigo, sem subterfúgios, com humildade e alegria, era alcançar a verdadeira harmonia da vida.

Laura Whitstable concentrava-se numa coisa de cada vez. Não era dada a escrever cartas mandando notícias para os amigos. Quando estava longe, estava longe – não só física como mentalmente.

Tomava o cuidado de enviar cartões-postais coloridos para o staff doméstico, que se ofenderia se ela assim não o fizesse. Mas as amizades mais íntimas sabiam que a primeira notícia recebida de Laura seria uma voz grave e áspera anunciando ao telefone que estava de volta.

Era bom estar em casa, pensou Laura pouco depois, ao correr os olhos pela sala aconchegante e masculina e escutar com ouvidos moucos o relatório desapaixonado e melancólico de Bassett sobre as pequenas catástrofes domésticas ocorridas na sua ausência.

Dispensou Bassett com um derradeiro "Fez muito bem em me contar" e afundou na enorme e gasta poltrona de couro. Mirou a pilha de cartas e revistas na mesinha, mas não deu bola para elas. Tudo o que exigia certa urgência havia sido resolvido por sua competente secretária.

Acendeu um charuto e recostou-se na poltrona com os olhos semicerrados.

O fim de uma etapa, o começo de outra...

Relaxou, deixando a engrenagem cerebral desacelerar e adquirir novo ritmo. Os colegas da comissão... Os problemas surgidos... Especulações... Pontos de vista... Ianques famosos... Os amigos norte-americanos... Suave e inexoravelmente, todos foram perdendo a nitidez, desaparecendo...

Londres, as pessoas com quem precisava falar, os mandachuvas a quem pretendia intimidar, os ministros que planejava incomodar, as medidas que tencionava tomar, os relatórios que deveria escrever... Tudo veio com clareza à sua mente. A próxima missão, as exaustivas tarefas diárias...

Mas, antes disso, um interregno, um tempo para baixar a poeira. Relacionamentos e deleites pessoais. Os amigos particulares para visitar, o interesse renovado em seus problemas e alegrias. O comparecimento aos lugares prediletos, todos os mil e um prazeres da vida íntima e privada. Entregar os suvenires que trouxera... As feições austeras suavizaram-se, e ela sorriu. Nomes perpassaram seu cérebro. Charlotte... O jovem David... Geraldine e a criançada... O velho Walter Emlyn... Ann e Sarah... O professor Parkes...

Desde sua partida, o que havia acontecido a eles?

Pegaria um trem para visitar Geraldine em Sussex, depois de amanhã, caso fosse conveniente. Pegou o telefone, fez a ligação, marcou dia e hora. Depois telefonou ao velho professor Parkes. Apesar de cego e quase surdo, pareceu vender saúde e bom humor, ansioso por uma arrebatada controvérsia com a velha amiga Laura.

O próximo número para o qual ligou foi o de Ann Prentice.

Edith atendeu.

– Mas que surpresa, madame. Há quanto tempo, hein? Li uma notícia sobre a senhora no jornal, isso mesmo, uns dois meses atrás. Não, sinto muito, a sra. Prentice não está em casa. De uns tempos para cá, sai quase todas as noites. Sim, a srta. Sarah saiu também. Sim, madame, aviso a sra. Prentice que a senhora ligou e já está de volta.

Refreando o desejo de comentar que seria difícil ligar se não estivesse de volta, Laura desligou e começou a discar um novo número.

Ao longo das conversas seguintes, enquanto agendava novos encontros, Laura Whitstable relegou ao fundo da mente um detalhe que prometeu a si mesma reexaminar mais tarde.

Só depois de se deitar seu cérebro analítico ficou se perguntando o que será que Edith dissera que a surpreendera. Demorou um tempo, mas enfim matou a charada. Edith dissera que Ann tinha saído e que ultimamente saía quase todas as noites.

Laura franziu a testa, porque achava que Ann deveria ter mudado bastante os hábitos. Seria natural que Sarah saísse para fazer festa toda santa noite. As moças saem. Mas Ann fazia o tipo recatado... Um jantar especial... Um cineminha de vez em quando... Ou uma peça de teatro... Mas não uma vida noturna rotineira.

Deitada na cama, Laura Whitstable ficou um tempo pensando em Ann...

II

Foi só duas semanas depois que Dame Laura tocou a campainha do apartamento de Ann Prentice.

Edith abriu a porta, e sua carranca amenizou-se bem de leve, revelando estar contente.

Ficou de lado para Dame Laura entrar.

– A sra. Prentice está se arrumando para sair – comunicou. – Mas sei que ela quer vê-la.

Introduziu Dame Laura na sala e, com passos pesados, enveredou pelo corredor rumo ao quarto de Ann.

Laura correu o olhar pela sala com certa surpresa. Toda transformada – dificilmente a teria reconhecido como a mesma sala, e por um breve instante divertiu-se com a ideia de ter ido ao apartamento errado.

Alguns poucos itens da mobília original permaneciam, mas agora havia um bar de canto completo. O novo *décor* era uma versão atualizada do império francês, com elegantes cortinas de cetim listradas e doses generosas de ouropel. Na parede, pinturas minimalistas. Mais parecia o cenário de uma produção teatral do que a sala de uma residência.

Edith enfiou a cabeça no recinto e disse:

– A sra. Prentice não vai demorar, madame.

– Metamorfose completa – comentou Dame Laura, olhando ao redor.

– Custou os olhos da cara – censurou Edith. – E uma dupla de mocinhos esquisitos tratou de tudo. A senhora nem iria acreditar.

– Ah, sim, eu iria – disse Dame Laura. – Bem, pelo jeito fizeram um bom trabalho.

– Gosto não se discute – desdenhou Edith.

– É preciso acompanhar a modernidade, Edith. A srta. Sarah deve ter gostado muito.

– Ah, não é o estilo de srta. Sarah. Não é do tipo que gosta de mudanças. Nunca foi. Não lembra, madame? Nem deixava a gente virar o sofá para o outro lado! Não: toda essa loucura é coisa da sra. Prentice.

Dame Laura ergueu as sobrancelhas de leve. Outra vez, teve a impressão de que Ann Prentice deveria ter mudado bastante. Mas, naquele instante, passos se aproximaram pelo corredor, e Ann em pessoa surgiu apressada, de braços abertos.

– Laura, querida, que maravilha. Estava ansiosa para vê-la.

Deu um beijo rápido e mecânico em Laura. A amiga estudou-a com surpresa.

Sim, Ann Prentice era outra mulher. O cabelo, originalmente de um castanho dourado com um ou outro fio grisalho, havia sido pintado com hena e cortado na última moda. As sobrancelhas estavam delineadas, e o rosto, caramente maquiado. Usava um vestido de festa curto, enfeitado com um bizarro bordado de cristais. Os movimentos inquietos e calculados, para Laura Whitstable, constituíam a mudança mais significativa. Pois o sossego suave e sem pressa era a principal característica da Ann Prentice de dois anos atrás.

Agora ela se movia pela sala, falando, impacientando-se com bagatelas e mal esperando a pessoa responder.

– Faz um tempão... Quase um século... Claro que de vez em quando eu lia sobre você no jornal. Que tal é a Índia? Pelo jeito, foi alvo dos holofotes lá nos States! Deve ter comido do bom e do melhor... Bifes suculentos e tudo mais? Quando voltou?

– Quinze dias atrás. Eu liguei. Você tinha saído. Edith deve ter se esquecido de avisar.

– Coitada da Edith. A memória dela não é mais a mesma. Mas acho que me falou, sim, eu é que planejei retornar a ligação mas... Sabe como é que são as coisas – falou Ann, dando uma risadinha. – É tanta correria.

– Não era de seu feitio viver na correria, Ann.

– Não? – indagou Ann, meio vaga. – Parece impossível evitar. Tome um drinque, Laura. Gim, tônica e limão?

– Não, obrigada. Nunca tomo coquetéis.

– Claro. Conhaque com soda é sua bebida. Aqui está – serviu o drinque, entregou-o a Laura e voltou para pegar um para si.

– Como vai Sarah? – quis saber Dame Laura.

Ann disse, vagamente:

– Ah, ótima e alegre. A gente mal se vê. Cadê o gim? Edith! Edith!

Edith entrou.

– Por que não temos gim?

– Não veio ainda – disse Edith.

– Eu já lhe disse que sempre temos que ter uma garrafa reserva. Que coisa mais desagradável! É obrigação *sua* providenciar que não falte bebida na casa.

– Bebida não falta na casa, valha-me Deus – disparou Edith. – Tem até demais, no meu ponto de vista.

– Chega, Edith – gritou Ann com raiva. – Vá comprar mais.

– O quê? Agora?

– Sim, agora.

Enquanto Edith saía, com olhar sombrio, Ann falou, irritada:

– Ela esquece tudo. Não tem mais jeito!

– Bem, não se estresse à toa, querida. Venha cá, sente-se aqui e me conte o que anda fazendo.

– Não há muito para contar – riu Ann.

– Vai sair? Estou atrapalhando?

– Ah, não, não. Meu amigo vai passar aqui para me pegar.

– O coronel Grant? – perguntou Dame Laura, sorrindo.

– O coitado do James? Ah, não. Eu pouco tenho visto ele ultimamente.

– Mas por quê?

– Esses velhotes são mesmo terrivelmente chatos. James é um amor, eu sei... Mas aquelas histórias intermináveis... A sensação que tenho é de que não aguento mais. – Ann deu de ombros. – É péssimo reconhecer isso... Mas é verdade!

– Não me contou sobre Sarah. Ela tem namorado?

– Ah, um monte. Faz muito sucesso com os homens, ainda bem. Realmente, eu não suportaria ter uma filha sem graça.

– Nenhum jovem em especial?

– Bem... É difícil afirmar. A mãe sempre é a última a saber, não é?

– E aquele moço, o Gerald Lloyd... O que a deixava preocupada?

– Ah, foi para a América do Sul ou coisa que o valha. Isso já está superado, graças a Deus. Quem diria, você se lembrar disso!

– Lembro-me das coisas que envolvem Sarah. Gosto muito dela.

– Bondade sua, Laura. Sarah está bem. Sabe como ninguém ser egoísta e cansativa... Mas creio que é da idade. Ela vai chegar daqui a pouco e...

O telefone tocou, e Ann interrompeu a conversa para atender.

– Alô? Ah, é você, querido... Ora, é claro, eu adoraria... Sim, mas tenho de consultar minha agenda... Ah, que droga, não sei onde ela está... Com certeza... Quinta-feira... No *Petit Chat*... Sim, não é mesmo? Engraçado o jeito como Johnnie caiu desmaiado... Claro, todo mundo estava meio alto... Sim, concordo...

Pôs o fone no gancho, dizendo para Laura com uma ponta de satisfação na voz que desmentia as palavras:

– Este telefone! Não para de tocar o dia inteiro.

– É o hábito deles – concordou Laura Whitstable, lacônica.

Acrescentou:

– Pelo jeito anda levando uma vida bem alegre, não é mesmo, Ann?

– Ficar vegetando não dá, meu bem... Ah, acho que Sarah está chegando.

Escutaram a voz de Sarah no hall:

– Quem? Dame Laura? Ah, que maravilha!

Ela escancarou a porta da sala e entrou. Laura Whitstable ficou impressionada com a sua beleza. O inadequado toque de potranca travessa desaparecera: diante dela agora estava uma jovem de extraordinária sensualidade, com raro encanto no rosto e nas formas.

Radiante de prazer, Sarah beijou a madrinha com afeto.

– Laura, querida, que agradável. Está linda com esse chapéu. Quase imperial com um leve toque de militante tirolês.

– Menina impertinente – disse Laura, sorrindo para ela.

– Estou falando sério. Você é mesmo uma personalidade, não é, querida?

– E você, uma jovem lindíssima!

– Ah, isso é mérito da maquiagem cara.

O telefone tocou, e Sarah atendeu.

– Alô? Quem é? Sim, ela está. É para você, mãe... Como sempre.

Enquanto Ann apanhava o telefone, Sarah sentou-se no braço da cadeira de Laura.

– O telefone toca o dia todo para a mãe – disse, com um sorriso.

Ann disse bruscamente:

– Fique quieta, Sarah, não consigo ouvir. Sim... Bem, acho que sim... Mas semana que vem minha agenda está cheia... Vou consultar. – Virando-se, ordenou: – Sarah, vá pegar minha agenda. Deve estar no criado-mudo ao lado da cama...

Sarah saiu da sala. Ann continuou a falar ao telefone.

– Bem, é claro que sei o que quer dizer... Sim, esse tipo de coisa é complicado... Mesmo, querido? Bem, de minha parte cansei de Edward... Eu... ah, aqui está minha agenda. Sim... – Pegou a agenda das mãos de Sarah, virando as páginas. – Não, sexta-feira não dá... Sim, depois do jantar posso emendar... Muito bem, nos encontramos nos Lumley Smith... Ah, sim, concordo. Ela é uma maria vai com as outras.

Repôs o fone no gancho e exclamou:

– Este telefone! Vai me deixar louca...

– Adora isso, mãe. E adora sair para se divertir, sabe que adora. – Sarah virou-se para Dame Laura e indagou: – Não acha que a mãe está elegantíssima com o novo corte de cabelo? Rejuvenesceu uma década.

Ann disse com um riso meio forçado:

– Sarah não vai me deixar afundar numa honrada meia-idade.

– Ora, mãe, sabe que gosta de fazer festa. Ela tem muito mais amigos homens do que eu, Laura, e raramente volta para casa antes do amanhecer.

– Não seja ridícula, Sarah – repreendeu-a Ann.

– Quem vai ser hoje à noite, mãe? Johnnie?

– Não, Basil.

— Ah, bom proveito. Acho Basil o fim da picada.

— Besteira — disse Ann, enfática. — É muito bem-humorado. E quanto a você, Sarah? Vai sair?

— Sim, Lawrence vem me buscar. Tenho de me apressar e trocar de roupa.

— Vá, então. E Sarah... *Sarah*... Não deixe suas coisas atiradas por aí. A estola... e as luvas. E pegue aquele copo. Vai acabar quebrando.

— Está bem, mãe, sem escândalo.

— Alguém tem de fazer escândalo. Você nunca arruma nada. Vou ser sincera, às vezes não sei como suporto isso! Não... Leve as coisas com você!

Enquanto Sarah se retirava, Ann suspirou de modo exasperado.

— Puxa, essas moças enlouquecem a gente. Não tem ideia de como Sarah é difícil!

Laura mirou a amiga de soslaio.

Notara um toque de mau gênio e irritação genuínos na voz de Ann.

— Não fica cansada de tanta vida social, Ann?

— Claro que fico... Morta de cansada. Mas é preciso fazer algo para se entreter.

— Antigamente você não tinha dificuldade para se entreter.

— Sentar em casa com um bom livro e fazer a refeição numa bandeja? Superei aquela época sem graça. Agora, ganhei novo fôlego. Aliás, Laura, foi você mesma quem usou essa expressão pela primeira vez. Não está feliz ao ver que se tornou realidade?

— Não me referia exatamente à vida social.

— Claro que não, querida. Você se referia a escolher alguma atividade útil. Mas nem todo mundo consegue ser uma personalidade pública como você, tremendamente científica e compenetrada. Gosto de ser faceira.

— E do que Sarah gosta? Também gosta de ser faceira? Como está a menina? Feliz?

— Claro. Ela tem se divertido bastante.

Ann falou com leveza e despreocupação, mas Laura Whitstable franziu o cenho. Quando Sarah saíra da sala, Laura ficara perturbada com um ar fugaz de profundo desânimo no rosto da moça. Era como se por um átimo a máscara de alegria tivesse caído – e, por trás do sorriso, Laura pensou ter vislumbrado incerteza e algo parecido com sofrimento.

Sarah *estava* feliz? Ann claramente pensava que sim. E Ann devia saber.

"Não fique imaginando coisas, mulher", repreendeu-se Laura Whitstable, em pensamento.

Mas, sem querer, sentiu-se inquieta e perturbada. Havia algo de errado na atmosfera do apartamento. Ann, Sarah, até mesmo Edith – todas tinham plena consciência disso. Todas, pensou Laura, tinham algo a esconder. A sombria expressão de censura de Edith, a inquietude e os modos artificiais e nervosos de Ann, a frágil estabilidade de Sarah... Havia algo errado em algum lugar.

A campainha tocou, e Edith, com o rosto mais severo do que nunca, anunciou o sr. Mowbray.

O sr. Mowbray lançou-se sala adentro. Não há outro termo para descrever a ação. Era o salto esvoaçante de um inseto alegre. Dame Laura imaginou que daria um bom intérprete para Osric: jovem e de maneiras afetadas.

— Ann! – exclamou. – Estreou o vestido! Meu Deus, é um sucesso re-tum-ban-te!

Ele deu um passo para trás, a cabeça inclinada, examinando o vestido de Ann, enquanto ela o apresentava para Dame Laura.

Caminhou na direção dela, exclamando com empolgação:

– Um broche de camafeu. Absolutamente *a-do-rá-vel*! Amo de paixão camafeus. Eles mexem comigo!

– Basil tem uma queda por tudo que é joia vitoriana – explicou Ann.

– Minha queridinha, eles tinham imaginação. Aqueles medalhões divinos, divinos! O cabelo de duas pessoas todo trançado em caracóis, salgueiros ou cântaros. Hoje em dia não conseguem mais fazer aquelas esculturas capilares. É uma arte perdida. E flores de cera (sou fissurado por flor de cera!) e pequenas mesas de papel machê. Ann, preciso levá-la para ver uma mesa realmente celestial! Equipada com as caixas de chá originais. Terrivelmente cara, mas vale a pena.

Laura Whitstable avisou:

– Tenho de ir. Não quero retê-los.

– Fique e fale com Sarah – pediu Ann. – Vocês mal conversaram. E Lawrence Steene vai demorar um pouco para chegar.

– Steene? Lawrence Steene? – perguntou Dame Laura, mordaz.

– Sim, o filho de *Sir* Harry Steene. Pedaço de mau caminho.

– Ah, pensa isso, querida? – falou Basil. – Para mim, ele sempre soou um tanto *melodramático*... Meio parecido com um filme B. Mas parece que todas as mulheres ficam doidinhas por ele.

– Ele é podre de rico – disse Ann.

– Sim, tem isso também. A maioria dos ricos não tem um pingo de charme. Se bem que não é justo alguém ter dinheiro e charme.

– Bem, acho que é melhor a gente ir – falou Ann. – Vou ligar, Laura, para combinarmos uma conversa mais calma outra hora.

Beijou Laura de um jeito delicadamente artificial e saiu com Basil Mowbray.

Dame Laura escutou a voz de Basil no hall dizendo:

– Que antiguidade fenomenal ela é... Tão divinamente sisuda. Por que não me apresentou a ela antes?

Sarah entrou poucos minutos depois.

– Não fui rápida? Apressei-me e mal e mal retoquei a maquiagem.

– Que vestido lindo, Sarah.

Sarah rodopiou. O vestido verde-água acetinado moldava-se às elegantes curvas de seu corpo.

– Gostou? Saiu os olhos da cara. Onde está a mãe? Saiu com Basil? Ele é terrível, não acha? Mas também divertido e asqueroso. Faz uma espécie de culto a mulheres mais velhas.

– Quem sabe ele considera que vale a pena – comentou Dame Laura, com severidade.

– Como é irônica... E como sempre está com a razão, também! Mas, afinal de contas, a mãe precisa ter *alguma* diversão. Ela tem se divertido loucamente, a pobrezinha. E está mesmo atraente, não acha? Puxa vida, envelhecer deve ser terrível!

– É bem confortável, posso lhe assegurar – retorquiu Dame Laura.

– Para você está tudo bem... Mas nem todo mundo consegue ser uma pessoa famosa! Que andou fazendo todos esses anos em que não nos vemos?

– Na maior parte do tempo, tráfico de influência. Interferindo na vida alheia e convencendo-os do quão fácil, agradável, boa e feliz a vida deles seria se fizessem exatamente o que digo para fazerem. Em outras palavras: sendo inoportuna de forma dominadora.

Sarah deu uma risada carinhosa.

– Não quer me dizer como faço para administrar minha vida?

– E precisa que alguém lhe diga?

– Bem, não tenho certeza de estar sendo esperta o suficiente.

– Algum problema em especial?

– Sinceramente, não... Tenho me divertido um monte e tudo mais. Na real, imagino que eu deva *fazer* algo...

– Que tipo de coisa?

Sarah respondeu meio vaga:

– Ah, sei lá. Assumir algo. Treinar para alguma coisa. Arqueologia, taquigrafia, datilografia, massoterapia ou arquitetura.

– Que leque amplo! Nenhum pendor especial?

– Não... Não, acho que não... O trabalho na floricultura é legal, mas estou ficando enjoada. Não sei o que quero realmente...

Sarah perambulou sem rumo pela sala.

– Não pensa em se casar?

– Ah, casamento! – Sarah fez uma careta expressiva. – Casamentos sempre dão errado.

– Não invariavelmente.

Sarah falou:

– Bem, a maioria de minhas amigas se divorciou. Tudo funciona bem por dois anos, e aí a coisa degringola. Claro, se você se casa com alguém cheio da grana, vale a pena.

– É esse seu ponto de vista?

– Bem, é o único ponto de vista racional. O amor tem sua beleza, mas, no fim das contas – continuou a tagarelar Sarah –, tudo se baseia em atração sexual, e isso não dura.

– Anda tão bem informada como um livro-texto – falou Dame Laura, secamente.

– Bem, é a verdade, não é?

– A pura verdade – concordou Laura, de imediato.

Um pouco decepcionada, Sarah concluiu:

– Por isso, a única coisa racional a fazer é se casar com um... ricaço ou magnata.

Um tênue sorriso crispou os lábios de Laura Whitstable.

– Talvez também não dure – ponderou.

– Sim, dinheiro na mão é vendaval.

– Não quis dizer isso – explicou Dame Laura. – Quis dizer que o prazer de ter dinheiro para gastar é como a atração sexual. A pessoa se acostuma a ele. Acaba enjoando como todo o resto.

– Eu não enjoaria – afirmou Sarah, sem sombra de dúvida. – Roupas da moda... Casacos de pele, joias... e um iate...

– Continua uma criança, Sarah.

– Ah, mas não sou, Laura. Às vezes, me sinto uma velha desiludida.

– É mesmo? – Dame Laura não pôde deixar de sorrir de leve diante do rosto sincero, lindo e jovem de Sarah.

– Acho mesmo que eu deveria dar um jeito de dar o fora daqui – disse Sarah, de modo inesperado. – Conseguir um emprego, me casar, sei lá. Vivo dando nos nervos da mãe. Tento ser gentil, mas parece que não adianta. Claro, sei que não sou uma pessoa fácil. A vida é esquisita, não é, Laura? Num instante, tudo é alegria e a gente está se divertindo, e num piscar de olhos tudo parece dar errado e a gente fica perdida, sem saber o que quer. E não há ninguém com quem desabafar. E às vezes fico com a estranha sensação de estar assustada. Não sei com quê nem com quem... Apenas... *assustada*. Talvez eu devesse fazer psicanálise ou coisa parecida.

A campainha tocou. Sarah ficou em pé num pulo.

– É Lawrence, espero!

– Lawrence Steene? – indagou Laura severamente.

– Sim. Conhece-o?

– Já ouvi falar nele – disse Laura. O tom dela era sombrio.

Sarah caiu na risada e comentou:

– Não foi coisa boa, posso apostar.

Ao mesmo tempo, Edith abriu a porta e anunciou:

– Sr. Steene.

Alto, cabelos pretos, Lawrence Steene tinha (e aparentava) cerca de quarenta anos e olhos estranhos, quase cobertos pelas pálpebras. Movia-se com a lânguida graciosidade de um animal. O tipo de homem que logo desperta a atenção feminina.

– Oi, Lawrence – cumprimentou Sarah. – Este é Lawrence Steene. Minha madrinha, Dame Laura Whitstable.

Lawrence Steene aproximou-se e pegou a mão de Dame Laura. Fez uma reverência um pouco teatral, beirando a impertinência.

– É mesmo uma honra – afirmou.

– Está vendo, querida? – indagou Sarah. – Você é *nobre* mesmo! Que diversão ser Dame. Acha que um dia vou me tornar uma?

– Muito improvável – falou Lawrence.

– Ah, por quê?

– Seus talentos são outros.

Ele se dirigiu a Dame Laura.

– Ontem mesmo li um artigo seu. Na última edição da *Commentator*.

– Ah, sim – disse Dame Laura. – Sobre a estabilidade do casamento.

Lawrence murmurou:

– Pelo jeito a senhora partiu do pressuposto de que a estabilidade no casamento é algo desejável. Mas para mim é na inconstância que reside o maior encanto do casamento.

– Lawrence já se casou várias vezes – informou Sarah, maliciosamente.

– Só três, Sarah.

– Caramba – comentou Dame Laura. – Não é outro *serial killer* que afoga as noivas na banheira, espero eu?

– Ele se livra delas na Vara de Família – falou Sarah. – Bem mais simples do que matar.

– E lamentavelmente mais caro – ponderou Lawrence.

– Conheci sua segunda mulher quando ela era criança – disse Laura. – Moira Denham, não é mesmo?

– Sim, é verdade.

– Bela moça.

– Concordo com a senhora. Deliciosamente não sofisticada.

– Qualidade pela qual às vezes se paga caro – vaticinou Laura Whitstable.

Ergueu-se.

– Tenho que ir.

– Podemos lhe dar uma carona – ofereceu Sarah.

– Não, obrigada. Estou com vontade de fazer uma caminhada puxada. Boa noite, querida.

A porta fechou-se bruscamente atrás dela.

– A desaprovação – comentou Lawrence – foi evidente. Sou uma influência indesejável em sua vida, Sarah. O dragão Edith sem dúvida solta fogo pelas ventas sempre que me faz entrar.

– Fale baixo – pediu Sarah. – Ela vai escutar.

– Isso é o pior dos apartamentos. Privacidade zero...

Ele chegara bem perto dela. Sarah recuou um pouco, dizendo irreverente:

– Nada é privado num apartamento, nem mesmo dar a descarga.

– Onde sua mãe foi esta noite?

– Saiu para jantar.

– Sua mãe é uma das mulheres mais sábias que eu conheço.

– Em que sentido?
– Ela nunca interfere, ou é impressão minha?
– Não, que esperança...
– Como eu disse: a sabedoria em pessoa... Bem, vamos indo. – Deu um passo para trás e deteve-se para admirá-la. – Está ainda mais linda do que de costume, Sarah. Bem adequado.
– Por que esse alvoroço todo em torno desta noite? É uma ocasião especial?
– É uma celebração. Mais tarde digo o que estamos celebrando.

Capítulo 2

Só horas mais tarde Sarah repetiu a pergunta.

Respiravam a atmosfera enfumaçada de uma das mais caras boates londrinas: repleta de gente, com ventilação precária e, aparentemente, sem nada que a distinguisse de qualquer outra casa noturna; mas, até prova em contrário, o lugar da moda.

Uma ou duas vezes Sarah tentara abordar o assunto do que, afinal, estavam comemorando, mas Steene conseguira com sucesso driblar as tentativas, adepto que era de criar o clima ideal de interesse acentuado.

Sarah tragou o cigarro, soprou devagar a fumaça, olhou em volta e disse:

– Vários amigos caretas da mãe acham horrível que eu tenha permissão para vir aqui.

– E mais horrível ainda que tenha permissão para vir comigo?

Sarah riu.

– E por que você supõe ser perigoso, Larry? Costuma seduzir moças ingênuas?

Lawrence estremeceu com afetação e retrucou:

– Nada tão tosco.

– O que, então?

– Supostamente, participo do que os jornais chamam de "orgias inomináveis".

Sarah comentou, com franqueza:

– Já ouvi falar que você dá festas bem peculiares.

– Certas pessoas chamariam-nas assim. A verdade é que sou anticonvencional. A vida nos reserva muito se temos coragem de experimentar.

Sarah entusiasmou-se, ansiosa:

– É exatamente *isso* que eu penso.

Steene prosseguiu:

– Não me importo muito com moças. Coisas bobinhas, fofinhas e tosquinhas. Mas você é diferente, Sarah. Tem tutano e paixão... Paixão de verdade nas veias. – De modo expressivo, deslizou o olhar da cabeça aos pés dela, numa carícia demorada. – E um corpo escultural, também. Um corpo capaz de desfrutar sensações... de provar... de sentir... Você mal conhece suas potencialidades.

Com um esforço para esconder sua reação mais íntima, Sarah limitou-se a falar em tom de brincadeira:

– Tem o texto bem ensaiado, Larry. Tenho certeza de que sempre funciona bem.

– Meu amor... a maioria das moças me aborrece. Você... não. Por isso... – ergueu a taça diante dela – nossa celebração.

– Sim... Mas o que estamos celebrando? Por que todo esse mistério?

Sorriu para ela.

– Mistério nenhum. É muito simples. O meu divórcio foi decretado oficialmente hoje.

– Ah! – exclamou Sarah, atônita. Steene a observava com atenção.

– Sim, o caminho está limpo. Bem... O que me diz, Sarah?

– Como assim, o que me diz? – indagou Sarah.

Steene falou com brutalidade repentina e significante:

– Não dê uma de ingênua, Sarah. Já me conhece bem o suficiente... Eu desejo você. Sabe disso há um bom tempo.

Sarah evitou o olhar dele. O coração dela batia prazerosamente. Havia algo de muito excitante em Larry.

– Acha a maioria das mulheres atraente, não acha? – perguntou ela, irreverente.

– Ultimamente, pouquíssimas. E, hoje em dia, só você. – Fez uma pausa e, em seguida, murmurou, quase displicente: – Vai se casar comigo, Sarah.

– Não quero me casar. Aliás, achei que você ficaria feliz de estar livre sem logo se engatar de novo.

– A liberdade é uma ilusão.

– Você não chega a ser uma boa propaganda em favor do matrimônio. Sua última esposa era bem infeliz, não era?

Lawrence respondeu, tranquilo:

– Ela chorava todos os dias durante os dois últimos meses em que estivemos juntos.

– Por que motivo? Gostava de você?

– Assim parecia. Sempre foi incrivelmente estúpida.

– Por que se casou com ela?

– Era igualzinha a uma madona primitiva. Meu período de arte favorito. Mas esse tipo de coisa enjoa com a rotina doméstica.

– É um demônio cruel, não é, Larry? – indagou Sarah, num misto de revolta e fascinação.

– É bem isso que você gosta em mim. Se eu fosse o protótipo de homem que promete ser um marido bonzinho, certinho e fiel, você nem me olharia duas vezes.

– Bem, você é sincero, isso ninguém pode negar.

– Quer uma vida insípida, Sarah, ou perigosa?

Sarah não respondeu. Fez uma bolinha com o miolo de pão no prato. Então perguntou:

– A sua segunda mulher, Moira Denham, aquela que Dame Laura conhecia... Como ela era?

– Melhor perguntar para Dame Laura – sorriu ele. – Ela vai lhe contar tintim por tintim. Uma jovem doce e simples... E eu parti o coração dela... Falando no vernáculo romântico.

– Você representa uma ameaça e tanto para esposas, se me permite dizer.

– Não quebrei o coração de minha primeira esposa, posso lhe garantir. Ela me deixou por desaprovação moral. Mulher de altos padrões. A verdade, Sarah, é que as mulheres nunca se contentam em se casar conosco pelo que somos. Querem mudar a gente. Mas pelo menos você tem de admitir: não escondo minha personalidade verdadeira de você. Gosto de viver perigosamente e de experimentar prazeres proibidos. Não cultivo altos padrões morais nem finjo ser o que não sou.

Baixou a voz.

– Posso lhe proporcionar muita coisa, Sarah. Não me refiro apenas ao que o dinheiro pode comprar... Peles para envolver seu corpo adorável e joias para contrastar com sua tez branca. Refiro-me a oferecer a gama completa de sensações. Posso lhe insuflar vida, Sarah... Fazê-la *sentir*. Toda vida se baseia na experiência, lembre-se.

– Eu... Sim, acho que sim.

Ela continuava a fitá-lo, meio revoltada e meio fascinada. Ele debruçou-se para perto dela.

– O que sabe realmente da vida, Sarah? Menos que nada! Posso levá-la a antros horríveis e sórdidos onde a vida pulsa ardente e secreta, onde vai poder sentir... *Sentir*... Até concluir que estar viva é um êxtase misterioso!

Estreitou os olhos, observando o efeito de suas palavras em Sarah. Em seguida, de modo deliberado, quebrou o feitiço.

– Bem – disse em tom alegre –, é melhor irmos embora daqui.

Com um gesto, pediu a conta para o garçom.

Então, sorriu para Sarah de um jeito desinteressado.

– Agora vou levar você para casa.

Na luxuosa escuridão do carro, Sarah manteve-se tesa e na defensiva, mas Lawrence sequer tentou tocá-la. Intimamente, ela reconheceu ter ficado decepcionada. Sorrindo consigo, Lawrence percebeu a decepção. Tinha grande conhecimento técnico sobre mulheres.

Acompanhou-a até o apartamento. Sarah abriu a porta à chave. Entrou na sala e acendeu a luz.

– Um drinque, Larry?

– Não, obrigado. Boa noite, Sarah.

Ela cedeu ao impulso de chamá-lo de volta. Ele contava com isso.

– Larry.

– Sim?

Ele ficou na soleira da porta, olhando para trás. O olhar dele perscrutou-a de cima a baixo com a aprovação de um *connoisseur*. Perfeita, absolutamente perfeita. Sim, ele precisava tê-la. O seu batimento cardíaco acelerou um pouco, mas ele não demonstrou nada em sua expressão.

– Sabe... eu acho que...

– Sim?

Retrocedeu seus passos e aproximou-se dela. Os dois falavam baixinho, cientes de que talvez Ann e Edith estivessem dormindo ali perto.

Sarah falou com voz apressada:

– Sabe, a verdade é que não estou apaixonada por você, Larry.

– Não está?

Algo no tom dele fez a voz de Sarah acelerar, gaguejando um pouco.

– Não... Na verdade não. Não do jeito ideal. Quero dizer, se você perdesse todo o dinheiro e... sei lá, tivesse de começar de novo numa fazenda de laranjas ou coisa parecida num país distante, eu jamais pensaria de novo em você.

– Muito sensato de sua parte.

– Mas isso mostra que não estou apaixonada por você.

– Nada me entediaria mais do que devoção romântica. Não é *isso* o que quero de você, Sarah.

– Então... O que você quer?

Era uma pergunta arriscada – mas ela queria perguntar. Queria continuar. Queria ver o que...

Ele estava bem perto dela. De repente, abraçou-a por trás e beijou-a na nuca, colhendo um seio em cada mão.

Ela começou a afastá-lo... E então se rendeu. Sua respiração ficou mais rápida.

Um instante depois, ele a soltou.

– Quando diz que não sente nada por mim, Sarah – disse ele, maciamente –, está mentindo.

E, com isso, deixou-a.

Capítulo 3

Ann havia retornado uns 45 minutos antes de Sarah. Ao abrir a porta com a chave e entrar, ficou zangada ao ver Edith enfiar a cabeça cheia de rolos antiquados no corredor para bisbilhotar.

Nos últimos tempos, na percepção de Ann, Edith estava cada vez mais irritante.

Edith foi logo dizendo:

– A srta. Sarah não chegou ainda.

Uma espécie de crítica tácita por trás do comentário de Edith aborreceu Ann. Ela retrucou:

– Por que ela deveria?

– A altas horas zanzando por aí atrás de diversão... E não passa de uma menina.

– Não seja patética, Edith. As coisas não são como costumavam ser quando eu era moça. Hoje as garotas são criadas para cuidarem de si próprias.

– Tanto pior – falou Edith. – E querendo ou não acabam fazendo o que não devem.

– Também faziam quando eu era garota – disse Ann, secamente. – Eram crédulas e ignorantes, e nem toda a tutela do mundo impedia que fizessem tolices se eram desse tipo de moça. Hoje em dia as moças leem tudo, fazem tudo e frequentam todo e qualquer lugar.

– Ah – retorquiu Edith, lúgubre. – Uma pitada de experiência vale mais que mil páginas de leitura. Bem, se a senhora está satisfeita, não é da minha conta... Mas existem homens e homens, se é que a senhora me entende, e não confio muito nesse com quem ela anda saindo. É do tipo que colocou a minha sobrinha (a segunda filha de minha irmã Nora) em situação delicada... E depois não adianta chorar o leite derramado.

Ann não pôde evitar um sorriso, apesar de sua irritação. Edith e sua família! Acima de tudo, achou graça ao imaginar a autoconfiante Sarah na pele de uma donzela provinciana enganada.

Ela disse:

— Bem, pare de fazer alarde e vá para a cama. Passou na farmácia com a receita para dormir que o doutor me deu hoje?

Edith grunhiu.

— A senhora vai achar no criado-mudo, ao lado da cama. Mas tomar pílulas para dormir não é bom sinal... Quando menos esperar, a senhora não vai conseguir dormir sem elas. Sem falar que vai ficar ainda mais nervosa do que já está.

Ann voltou-se para ela furiosamente:

— Nervosa? Não ando nervosa.

Edith calou-se. Apenas baixou os cantos da boca e recolheu-se a seu quarto, inspirando o ar com um chiado lento e profundo.

Ann entrou brava em seu quarto.

"Caramba", pensou ela, "a cada dia Edith fica mais e mais intratável. Não sei como ainda suporto isso."

Nervosa? Claro que não andava nervosa. De uns tempos para cá, ganhara o hábito de acordar de madrugada – só isso. Todo mundo sofre de insônia de vez em quando. Mais sensato tomar alguma coisa e garantir um bom descanso noturno do que ficar acordada escutando o tique-taque do relógio e revolvendo pensamentos como... como esquilos numa gaiola. O dr. McQueen havia sido compreensivo e lhe prescrevera uma receita – algo bem suave e inofensivo –, um calmante à base de brometo, ela achava que era. Algo que acalmava a gente e fazia parar de pensar...

Ai, meu Deus, como todo mundo andava cansativo. Edith e Sarah – até mesmo a velha e querida Laura.

Sentiu-se um pouco culpada em relação a Laura. Claro que devia ter ligado para Laura há uma semana. Laura era uma de suas amigas mais antigas. Mas de algum modo não queria ser importunada por Laura – pelo menos não por enquanto. Às vezes, Laura era tão difícil...

Sarah e Lawrence Steene? Havia algo naquilo? Moças sempre gostam de sair com homens de má reputação... Provavelmente não era nada sério. E mesmo se fosse...

Sossegada pelo brometo, Ann adormeceu, mas teve um sono agitado e inquieto, a toda hora remexendo-se no travesseiro.

Na manhã seguinte, quando sentou-se na cama para tomar o café, o telefone tocou. Erguendo o aparelho, torceu o nariz ao escutar a voz ríspida de Laura Whitstable.

– Ann, Sarah tem saído muito com Lawrence Steene?

– Puxa, Laura, e precisava me ligar a essa hora da manhã para perguntar isso? Como é que vou saber?

– Bem, é a mãe dela, não é?

– Sou, mas não é certo ficar patrulhando os filhos a toda hora, perguntando onde é que foram e com quem foram. Para começar, eles não toleram isso.

– Ora, Ann, comigo não precisa se fazer de boba. Ele está atrás dela, não está?

– Ah, eu não colocaria nesses termos. O divórcio dele não saiu ainda, pelo que sei.

– Foi decretado ontem. Vi no jornal. O quanto sabe dele?

– É filho único do velho *Sir* Harry Steene. Nada em dinheiro.

– E tem fama de não ser flor que se cheire?

– Ah, isso! As moças sempre têm uma queda por homens de má-reputação... É assim desde o tempo de Lorde Byron. Mas, na verdade, não quer dizer nada.

— Eu queria conversar com você pessoalmente, Ann. Vai estar em casa hoje à noite?

Ann apressou-se a dizer:

— Vou sair.

— Passo aí às seis.

— Desculpe-me, Laura, vou a um coquetel...

— Ótimo, então passo às cinco... Ou prefere — a voz de Laura Whitstable exibia determinação inabalável — que eu vá *agora*?

Ann capitulou com elegância.

— Cinco da tarde... Vou adorar a visita.

Repousou o fone no gancho com um suspiro de exasperação. Laura era mesmo impossível! Todas aquelas comissões, Unescos e Unicefs, deixam as mulheres de cabeça virada.

"Não quero Laura vindo aqui a toda hora", resmungou Ann com seus botões.

Entretanto, quando a amiga apareceu, recebeu-a com toda a aparência de satisfação. Tagarelou alegre e nervosamente enquanto Edith servia o chá. Laura Whitstable não estava tão peremptória como de costume. Escutava, respondia e nada mais.

Então, quando a conversa murchou, Dame Laura descansou a xícara na mesa e disse, com a habitual sinceridade:

— Sinto muito preocupá-la, Ann, mas por coincidência quando voltava dos Estados Unidos ouvi a conversa entre dois homens, e o assunto era Larry Steene... E o que eles disseram não foi nada agradável de se ouvir.

Ann deu uma rápida encolhida de ombros.

— Ah, tem cada coisa que a gente ouve por acaso...

— Em geral são coisas muito interessantes — atalhou Dame Laura. — Eram dois homens honrados... E a opinião deles sobre Steene era bastante condenatória. Sem falar na Moira Denham, a segunda mulher. Conheci-a antes de se casar. Ao fim do casamento estava irreconhecível. Com os nervos em frangalhos.

– Está sugerindo que Sarah...

– Não estou sugerindo que Sarah vai se tornar um feixe de nervos se ela se casar com Lawrence Steene. Ela tem natureza mais resiliente. Osso duro de roer.

– Bem, então...

– Mas acho que ela pode ficar muito infeliz. E tem uma terceira coisa. Leu nos jornais sobre aquela moça, Sheila Vaughan Wright?

– Algo a ver com drogas?

– Sim. É a segunda vez que ela acaba no tribunal. Foi amiga de Lawrence Steene uma época. Só estou tentando lhe dizer, Ann, que não dá para botar a mão no fogo por Lawrence Steene... Se é que você ainda não sabe... Ou talvez saiba?

– Sei que existe muita fofoca sobre ele, é claro – concordou Ann, relutante. – Mas o que quer que eu faça? Não posso proibir Sarah de sair com ele. Se eu o fizesse, provavelmente estaria incentivando o contrário. As moças não gostam de receber ordens, como você bem sabe. Simplesmente tornaria tudo mais importante. De qualquer forma, nem passa pela minha cabeça que haja algo sério nisso. Ele a admira, e ela fica lisonjeada porque ele é considerado uma ovelha negra. Mas você parece tomar como certo que ele quer se casar com ela...

– Sim, acho que ele quer se casar com ela. É o que eu descreveria como um colecionador.

– Não sei o que você quer dizer.

– Ele encarna um tipo... E não dos melhores tipos. Vamos supor que ela queira se casar com ele. Como se sentiria em relação a isso?

Ann falou com amargura:

– De que adianta sentir alguma coisa? Moças fazem exatamente o que dá na telha e se casam com quem bem entendem.

– Mas Sarah é muito influenciada por você.

– Ah, não, Laura. Nisso você está enganada. Sarah sempre faz tudo à maneira dela. Eu não me meto.

Laura Whitstable encarou-a.

– Sabe, Ann, não consigo entender você. Não ficaria chateada se ela se casasse com esse homem?

Impaciente, Ann acendeu um cigarro e deu várias tragadas.

– É tudo tão complicado. Tem muito homem de má reputação que se torna bom marido, depois das extravagâncias da mocidade. Do prisma apenas prático e mundano, Lawrence Steene é um bom partido.

– Isso não a influenciaria, Ann. Você almeja para Sarah felicidade, não coisas materiais.

– Ah, é claro. Mas Sarah, se ainda não notou, adora coisas bonitas. Gosta de vida luxuosa... Bem mais do que eu.

– Mas não se casaria só com base nisso?

– Acho que não – respondeu Ann, meio em dúvida. – Para ser sincera, acho que ela sente mesmo atração por Lawrence.

– E acha que o dinheiro pode dar um empurrãozinho?

– Estou lhe dizendo que *não* sei! Acho que Sarah... bem... hesitaria antes de se casar com um homem pobre. Vamos pôr nesses termos.

– Fico imaginando – cismou Dame Laura, pensativa.

– Hoje em dia, dinheiro é só no que as moças pensam e falam.

– Ah, *falar*! Conheço bem a fala de Sarah, que Deus a abençoe. Sensata, impassível e fria. Mas a linguagem é feita tanto para esconder pensamentos quanto para expressá-los. Independente da geração à qual pertencem, mulheres jovens têm uma fala padrão. A pergunta é: o que Sarah realmente *quer*?

— Não tenho a mínima ideia — respondeu Ann. — Imagino que... apenas se divertir.

Dame Laura mirou-a de relance.

— Acha que ela está feliz?

— Ah, sim. Sem dúvida, Laura, ela tem se divertido à beça.

Laura falou, meditativa:

— Não a achei assim tão feliz.

Ann disse, mordaz:

— Hoje, todas as moças parecem descontentes. Não passa de pose.

— Talvez. Então não se acha capaz de fazer nada quanto a Lawrence Steene?

— Não vejo o que poderia fazer. Por que *você* não tem uma conversinha sobre o assunto com ela?

— Não vou fazer isso. Sou apenas a madrinha dela. Não é função minha.

Ann corou de irritação.

— Acha que é função *minha* falar com ela?

— Nem um pouco. Como você diz, falar não resolve muito.

— Mas acha que tenho de fazer alguma coisa?

— Não necessariamente.

— Então o que está querendo dizer?

Pensativa, Laura Whitstable correu o olhar pela sala.

— Só fiquei me perguntando o que se passava na sua cabeça.

— Na *minha* cabeça?

— Sim.

— Não se passa nada na minha cabeça. Nada mesmo.

Laura Whitstable parou de mirar o outro lado da sala e relanceou a Ann um olhar rápido de pássaro.

— Não — disse ela. — Era isso o que eu temia.

– Não estou entendendo nada.

Laura Whitstable disse:

– O que está acontecendo não está na sua cabeça. É bem mais profundo.

– Ah, não comece a falar nesse besteirol de subconsciente! Puxa, Laura, parece... estar me acusando de algum modo.

– Não estou acusando-a.

Ann levantou-se e começou a caminhar para lá e para cá na sala.

– Simplesmente não consigo entendê-la... Sou dedicada a Sarah... Sabe o quanto ela sempre significou para mim. Ora, desisti de tudo por ela!

Laura disse com seriedade:

– Sei que fez um enorme sacrifício por ela dois anos atrás.

– E então? – indagou Ann. – Isso não mostra nada?

– Mostra o quê?

– O quanto sou dedicada a Sarah.

– Meu bem, não estou sugerindo que não! Está se defendendo... Mas não contra qualquer acusação minha. – Laura levantou-se. – Tenho de ir agora. Talvez não tenha sido boa ideia ter vindo...

Ann seguiu-a rumo à porta.

– Sabe, é tudo tão vago... Não há nada para a gente se agarrar...

– Sim, sim...

Laura calou-se. De repente, falou com firmeza espantosa:

– O problema com o sacrifício é que ele não termina na hora em que é feito! Continua...

Ann fitou-a, surpresa.

– Como assim, Laura?

– Nada, não. Deus a abençoe, minha filha, e aceite um conselho meu, dentro de meu ramo profissional.

Não tenha um ritmo de vida tão puxado que a impeça de pensar.

Ann riu, recuperando o bom humor.

– Vou ter bastante tempo para sentar e pensar quando estiver mais velha – disse, alegremente.

Edith veio tirar a mesa. Relanceando os olhos ao relógio, Ann deixou escapar uma exclamação e foi até o quarto.

Pintou o rosto com cuidado especial, perscrutando o espelho com atenção. "Que sucesso", pensou ela, "meu novo corte de cabelo." Com certeza dava a ela uma aparência bem mais jovem. Ao escutar uma batida na porta da frente, chamou Edith:

– Correio?

Houve um silêncio enquanto Edith examinava as cartas. Então ela disse:

– Só contas... e uma carta para a srta. Sarah... da África do Sul.

Edith imprimiu leve ênfase às últimas quatro palavras, mas Ann não tomou conhecimento. Voltou à sala bem na hora em que Sarah girava a chave na porta da frente.

– O que odeio nos crisântemos é o cheiro enjoativo – resmungou Sarah. – Vou pedir demissão a Noreen e virar modelo. Sandra está louca para me contratar. E o salário é melhor. Puxa, parece que deram um chá essa tarde? – perguntou Sarah ao ver Edith entrar e recolher uma xícara deixada para trás.

– Laura esteve aqui – explicou Ann.

– Laura? De novo? Esteve aqui ontem.

– Sei. – Ann titubeou um instante e disse: – Veio para dizer que eu não deveria deixar você sair com Larry Steene.

– Laura fez isso? Que protetor da parte dela. Tem medo que eu seja devorada pelo lobo mau?

– Pelo visto – disse Ann, de modo deliberado –, parece que ele tem uma reputação indecente.

– Bem, e quem não sabe *disso*?! Não tinha umas cartas no hall?

Sarah saiu e voltou segurando uma carta com selo da África do Sul.

Ann disse:

– Pelo que entendi, Laura pensa que devo pôr um fim nisso.

Sarah não tirava os olhos da carta. Disse, distraída:

– O quê?

– Laura acha que devo impedir que você e Lawrence saiam juntos.

Sarah disse, contente:

– Querida, o que você pode fazer?

– Foi isso que eu disse a ela – concluiu Ann, triunfante. – Hoje em dia, os pais ficam de mãos atadas.

Sarah sentou-se no braço da poltrona e abriu a carta. Desdobrou as duas folhas e começou a leitura.

Ann continuou:

– A gente acaba esquecendo a idade de Laura! Está ficando tão velha que perdeu totalmente a sintonia com as ideias modernas. Claro, para ser honesta, me preocupo *bastante* com o fato de você sair tão seguidamente com Larry Steene... Mas achei que dizer algo só pioraria as coisas. Sei que posso confiar em você e que não vai fazer nenhuma tolice...

Fez uma pausa. Sarah, imersa na carta, murmurou:

– Claro, mãezinha.

– Mas você tem de ser livre para escolher as próprias amizades. Acho que às vezes muitos atritos acontecem porque...

O telefone tocou.

– Ai, meu Deus, esse telefone! – gritou Ann. Atravessou a sala satisfeita e atendeu, ansiosa.

– Alô... Sim, é a sra. Prentice... Sim... Quem? Não peguei o nome direito... Cornford, você disse? Ah, C – A – U – L – D... Ah! *Ah*! Que tolice a minha... É você, Richard? Sim, faz um bom tempo... Bem, é gentileza sua... Não, é claro que não... Estou encantada... Estou mesmo... Muitas vezes fiquei me perguntando... O que tem feito? O quê? Verdade? Fico tão contente... Meus parabéns... Tenho certeza de que ela deve ser encantadora... Bondade sua... Eu adoraria conhecê-la...

Sarah levantou-se do braço da poltrona onde estivera sentada. Rumou lentamente à porta, o olhar estupefato e perdido. A carta que estivera lendo estava amassada na mão.

Ann prosseguiu:

– Não, amanhã não posso... não... espere só um instante. Vou pegar minha agenda. – Chamou em tom urgente: – Sarah!

Sarah virou-se na soleira da porta.

– Sim?

– Cadê minha agenda?

– Sua agenda? Não tenho a mínima ideia.

Sarah estava em outro planeta. Ann disse, irritada:

– Procure-a, por favor. Deve estar em algum lugar por aí. Ao lado de minha cama, talvez. Querida, por favor, *se apresse*.

Sarah saiu da sala e, pouco depois, voltou com a agenda de Ann.

– Pronto, mãe.

Ann folheou as páginas.

– Ainda está aí, Richard? Não, para o almoço já tenho compromisso. Imagino que não possa vir tomar uns drinques na quinta? Ah, entendo. Sinto muito. Ou quem sabe no almoço? Bem, *precisa* ser pelo trem matinal? Onde estão hospedados? Ah, mas fica dobrando a esquina. Sei. Por que vocês não vêm aqui agora mesmo tomar um drinque rápido? Eu estava saindo, mas tempo não me falta... Será um prazer. Venham agora mesmo.

Desligou o fone e permaneceu fitando o espaço vazio distraidamente.

Sarah murmurou sem muito interesse:

– Quem era esse? – E acrescentou com esforço: – Mãe, recebi notícias de Gerry...

Ann voltou a si de repente.

– Diga a Edith para trazer os melhores copos e um baldinho de gelo. Rápido. Eles vêm aqui tomar um drinque.

Obediente, Sarah foi se encaminhando à porta.

– Quem? – perguntou ela, ainda sem muito interesse.

Ann disse:

– Richard... Richard Cauldfield!

– Quem é ele? – quis saber Sarah.

Ann mirou-a, mordaz, mas o rosto de Sarah permaneceu inexpressivo. Ela saiu para chamar Edith. Quando voltou, Ann disse com ênfase:

– Era Richard Cauldfield.

– Quem é Richard Cauldfield? – indagou Sarah, perplexa.

As mãos de Ann se entrelaçaram, crispadas. Sua raiva era tanta que teve de contar até dez para acalmar a voz.

– Nem ao menos lembra o nome dele?

O olhar de Sarah outra vez repousou na carta que segurava. Falou com toda a naturalidade:

– Por acaso o conheço? Diga algo sobre ele.

Havia aspereza na voz de Ann quando falou, desta vez com ênfase corrosiva incapaz de não ser notada:

– Richard Cauldfield.

Sarah levantou os olhos, perplexa. De súbito entendeu de quem a mãe falava.

– O quê?! Não, Cauliflower?

— Sim.

Para Sarah, não passou de uma grande piada.

— Quem diria ele aparecer de novo — falou em tom alegre. — Continua atrás de você, mãe?

Ann foi curta e grossa:

— Não: ele está casado.

— Ainda bem — retrucou Sarah. — Fico pensando... Como será que ela é?

— Ele vai trazê-la aqui para tomar um drinque. Vão chegar daqui a poucos minutos. Estão hospedados no Langport. Ajeite estes livros, Sarah. Ponha suas coisas no hall. E as luvas também.

Abrindo a bolsa, Ann escrutinou o rosto ansiosamente no espelhinho. Quando Sarah retornou, perguntou a ela:

— Como estou?

— Bonita.

A resposta de Sarah foi mecânica.

Ela estava ruminando outro assunto. Ann fechou a bolsa e ficou perambulando inquieta pela sala, alterando a posição das cadeiras aqui, afofando as almofadas ali.

— Mãe, recebi notícias de Gerry.

— Recebeu?

O vaso de crisântemos acobreados ficaria melhor na mesinha do canto.

— Ele teve um azar danado.

— Teve, é?

A cigarreira aqui, e os fósforos.

— Sim, uma espécie de doença ou praga atacou o laranjal e daí ele e o sócio ficaram endividados e... e agora tiveram de vender tudo. A coisa toda foi um fracasso.

— Que pena. Mas não posso dizer que eu esteja surpresa.

— Por quê?

– Algo assim sempre acaba acontecendo com Gerry – respondeu Ann, vagamente.

– Sim... Sim, sempre. – Sarah estava abatida. A nobre indignação em favor de Gerry não era mais tão espontânea como antes. Murmurou tibiamente: – Não é culpa dele... – Mas não parecia assim tão convencida como de costume.

– Talvez não – falou Ann, distraída. – Mas tenho a impressão de que ele sempre vai acabar dando com os burros n'água.

– É mesmo? – Sarah sentou-se outra vez no braço da poltrona. Indagou, com honestidade: – Mãe, acha mesmo que... que Gerry nunca vai chegar a lugar algum?

– É o que parece.

– Mas apesar disso eu sei, tenho certeza, que Gerry tem coisas boas.

– Tem lá seu charme – observou Ann. – Mas receio que seja uma dessas pessoas meio deslocadas no mundo.

– Talvez – suspirou Sarah.

– Cadê o xerez? Richard sempre preferia xerez a gim. Ah, aqui está.

Sarah disse:

– Gerry diz que está indo para o Quênia... Ele e outro amigo dele. Vender carros e administrar uma oficina.

– É fabuloso – comentou Ann – o número de incompetentes que acaba gerente de oficina.

– Mas Gerry sempre teve paixão por carros. Conseguiu fazer aquele que ele comprou por dez libras funcionar perfeitamente. E sabe, mãe, não é que Gerry seja preguiçoso ou não queira trabalhar. Ele trabalha, sim... Às vezes trabalha bastante. Só que – ponderou – toma as decisões erradas, penso eu.

Pela primeira vez, Ann deu plena atenção à filha. Falou com bondade, mas decidida:

– Sabe, Sarah, se eu fosse você, eu... Bem, tirava Gerry da cabeça.

Abalada e com os lábios trêmulos, Sarah perguntou, cheia de dúvida:

– Tirava?

A campainha tocou num chamado insistente e sem alma.

– Chegaram – falou Ann.

Ela caminhou até a cornija da lareira e postou-se ali numa atitude artificial.

Capítulo 4

Richard entrou na sala com aquela pequena dose extra de confiança que sempre adotava quando estava inseguro. Se não fosse por Doris, não estaria fazendo aquilo. Mas Doris ficou curiosa. Ela insistiu, incomodou, azucrinou, irritou. Linda e jovem, casada com um homem bem mais velho, ela fazia questão de se impor desde o começo.

Ann deu um passo à frente para recebê-los, com um sorriso encantador no rosto. Sentiu-se como alguém interpretando um papel no palco.

– Richard, que bom ver você! É sua esposa?

Por trás da fachada de cumprimentos polidos e comentários de praxe, os pensamentos pululavam.

Richard pensou consigo mesmo:

"Como está mudada... Eu dificilmente a reconheceria..."

E sentiu uma espécie de alívio ao pensar:

"Não era a pessoa certa para mim... Não mesmo. Muito sofisticada... Na moda. Do tipo festeiro. Não faz o meu estilo."

E sentiu uma afeição renovada pela esposa, Doris. Tinha a tendência de perder a noção quando o assunto era Doris... Ela era tão jovem... Mas algumas vezes o sotaque forçado dela lhe dava nos nervos. Além disso, o ar perene de convencimento que ostentava também era um pouco cansativo. Ele não admitia ter se casado com alguém de classe social distinta da sua. Ele a conhecera num hotel do litoral sul, e a família dela era abastada (o pai, já aposentado, tinha sido dono de uma construtora), mas às vezes os pais dela o irritavam. Um ano atrás as coisas eram piores. Agora, estava começando a aceitar os amigos de Doris como amigos que naturalmente fariam. Não era isso, ele sabia bem, o que desejara outrora... Doris nunca tomaria o lugar de sua finada Aline. Mas ela lhe insuflara nova primavera de sensações, e de momento aquilo era suficiente.

Sempre cautelosa em relação àquela tal de sra. Prentice e inclinada a ser ciumenta, Doris teve uma boa surpresa com a aparência de Ann.

"Puxa, como é velha", pensou com seus botões, na cruel intolerância dos jovens.

Impressionou-se com a sala e a mobília. A filha, também, incrivelmente sofisticada, parecia modelo da *Vogue*. Ficou um tanto impressionada por o mesmo Richard que hoje lhe pertencia já ter sido noivo daquela mulher elegante. Ele ganhou pontos em sua estima.

Para Ann, ver Richard foi um choque. O homem que agora lhe dirigia a palavra com tanta segurança era um estranho. Os dois tomaram direções opostas, e agora entre eles não havia nada em comum. Sempre tivera consciência das tendências binárias de Richard. No fundo, ele sempre demonstrara resquícios de pretensão e uma tendência a manter a cabeça fechada. Fora um homem simples com possibilidades interessantes. As portas haviam se fechado a essas possibilidades. O Richard que Ann amara estava encarcerado naquele bem-humorado, levemente pretensioso e trivial marido britânico.

Ele conhecera e se casara com aquela menina vulgar e predatória, sem qualidades de alma nem de cérebro, apenas a audaz beleza branca e rósea e um jovem sex appeal não lapidado.

Ele se casara com aquela menina porque ela, Ann, o mandara embora. Transtornado de raiva e ressentimento, fora presa fácil para a primeira criatura do sexo feminino que se propusera a conquistá-lo. Bem, talvez tivesse sido melhor assim. Ele parecia feliz...

Sarah trouxe-lhes drinques e falou com polidez. Seus pensamentos eram simples e representados inteiramente pela frase: "Que gente mais chata!". Não percebeu nenhuma insatisfação oculta. No fundo de sua cabeça, ainda latejava uma dorzinha conectada à palavra "Gerry".

– Mudou a decoração, não é?

Richard correu o olhar em volta.

– É adorável, sra. Prentice – elogiou Doris. – Móveis do período da Regência são o último grito da moda, não é? O que havia antes?

– Móveis alegres e antiquados – disse Richard, vagamente. Veio-lhe a lembrança dos dois sentados à luz da lareira no velho sofá banido para dar lugar ao sofá imperial. – Preferia como antes.

– Homens... Tão avessos a novidades, não é mesmo, sra. Prentice? – alfinetou Doris, com sorriso afetado.

– Minha mulher está decidida a me manter atualizado – falou Richard.

– Claro que estou, querido. Não vou deixar você se tornar um fóssil antes da hora – justificou Doris carinhosamente. – Não acha que ele aparenta estar bem mais novo do que na última vez que o viu, sra. Prentice?

Evitando olhar Richard nos olhos, Ann respondeu:

– Acho que ele está soberbo.

– Comecei a jogar golfe – informou Richard.

– Encontramos uma casa perto de Basing Heath. Não é uma sorte danada? Serviço ferroviário excelente para Richard vir a Londres todos os dias. E perto de um maravilhoso campo de golfe. Claro, superlotado aos fins de semana.

– Hoje em dia, achar a casa que a gente procura é o mesmo que acertar na loteria – afirmou Ann.

– Sim. Tem um fogão Aga e energia elétrica em todos os cômodos; é novinha em folha e construída de acordo com as mais recentes tendências arquitetônicas. Richard queria porque queria uma dessas horríveis casas de época caindo aos pedaços. Mas bati o pé até convencê-lo! Nós, mulheres, somos mais práticas, não somos?

Ann comentou, com polidez:

– Tenho certeza de que uma casa moderna nos poupa de uma série de incômodos domésticos hoje em dia. Vocês têm um jardim?

Richard respondeu:

– Para falar a verdade, não.

Na mesma hora, Doris atalhou:

– Ah, temos, *sim*.

Doris lançou ao marido um olhar reprovador.

– Como pode dizer isso, meu bem, depois de todas aquelas tulipas que plantamos.

– O terreno da casa tem só mil metros quadrados – limitou-se a dizer Richard.

Por um instante o olhar dele cruzou com o de Ann. Haviam conversado algumas vezes sobre o jardim que teriam se fossem morar no interior. O pomar rodeado pelo muro... E o relvado com árvores...

De repente, Richard virou-se para Sarah:

– Bem, mocinha, o que tem feito? – O velho nervosismo em relação a ela veio à tona e o fez soar estranha e repulsivamente alegre. – Festa e mais festa, imagino eu?

Sarah riu divertidamente, pensando com seus botões:

"Tinha me esquecido do quanto esse Cauliflower é capaz de ser repulsivo. A mãe tem sorte por eu tê-lo mandado passear."

– Ah, sim – respondeu. – Mas uso como regra não me embebedar mais do que duas vezes por semana.

– As moças bebem demais hoje em dia. Estragam a pele... Se bem que a sua está impecável.

– Sempre se interessou por cosméticos, disso eu me lembro – comentou Sarah, docemente.

Ela interrompeu Doris, que falava com Ann.

– Deixe-me servi-la outro drinque.

– Ah, não, obrigada, srta. Prentice... Melhor não. Só essa dose já me deixou meio alegre. Que lindo esse barzinho que vocês têm. Incrivelmente moderno, não é?

– Muito prático – disse Ann.

– Não se casou ainda, Sarah? – quis saber Richard.

– Ah, não. Mas ainda não perdi a esperança.

– Aposto que não perde as corridas de cavalo em Ascot, com a presença da realeza e tudo mais – comentou Doris, com inveja.

– Nem me fale. A chuva este ano estragou meu melhor vestido – comentou Sarah.

– Sabe, sra. Prentice – falou Doris outra vez se dirigindo a Ann –, a senhora é bem diferente do que eu imaginava.

– O que imaginava?

– Mas homem é um bicho tão incompetente para fazer uma descrição, não é?

– Como Richard me descreveu?

– Ah, não sei. Não foi exatamente o que ele *disse*. Foi a impressão que tive. Criei a imagem de uma daquelas mulherzinhas caladas e sem graça. – Doris riu de modo estridente.

– Mulherzinha calada e sem graça? Que horror!

– Ah, mas Richard a tinha em *altíssima* conta. *Verdade*. Às vezes, sabe, eu me *mordia* de ciúme.

– Isso é ridículo.

– Ah, sabe como são as coisas. Às vezes, quando Richard ficava muito quieto à noite e não me dizia o motivo, eu o provocava falando que ele estava pensando em você.

(Pensa em mim, Richard? Pensa mesmo? Não acredito. Tenta não pensar em mim... assim como tento jamais pensar em você.)

– Se algum dia passar pelas bandas de Basing Heath, *precisa* aparecer e nos fazer uma visitinha, sra. Prentice.

– É muita gentileza sua. Eu adoraria.

– Claro, como para todo mundo, a manutenção doméstica é nosso maior problema. Só temos diaristas... E em geral não dá para se fiar nelas.

Saindo de fininho da desastrada conversa com Sarah, Richard disse:

– Continua com a sua fiel Edith, não é, Ann?

– Sim, é verdade. Ficaríamos atarantadas sem ela.

– Cozinheira de mão cheia. Ela nos preparava uns jantarzinhos saborosos.

Houve um silêncio constrangedor.

Um dos jantares de Edith... O fogo crepitando na lareira... As chitas com ramos de botões de rosa... A voz macia de Ann, seu cabelo castanho dourado... Conversas... Planos... O futuro feliz... A filha chegando da viagem à Suíça... Mas ele jamais sonhara que *aquilo* teria alguma importância...

Ann observava-o. Por um instante viu o verdadeiro Richard, o Richard que ela conhecera, mirando-a com olhar triste e saudoso.

O verdadeiro Richard? Por acaso o Richard de Doris não era tão verdadeiro como o Richard de Ann?

Mas agora o seu Richard desaparecera de novo. Era o Richard de Doris quem se despedia. Mais palavras vãs, novas ofertas de hospitalidade... Quando é que eles iriam embora? Aquela moça gananciosa e desagradável com voz afetada e fingida. Pobre Richard... Ah, pobre Richard! E aquilo era culpa dela. Ela o enviara ao saguão daquele hotel em que Doris estava esperando.

Mas havia mesmo razão para ter pena de Richard? Tinha uma esposa jovem e bonita. Era provável que estivesse muito feliz.

Até que enfim! Tinham ido embora! Depois de levá-los educadamente até a porta, Sarah retornou à sala, emitindo um impressionante:

– Argh! Graças a Deus *isso* terminou! Sabe, mãe, caiu fora na hora certa.

– Suponho que sim – falou Ann, como se imersa num sonho.

– Bem, eu quero saber: gostaria de se casar com ele agora?

– Não – disse Ann. – Não gostaria de me casar com ele agora.

(Nós dois nos afastamos daquele ponto de encontro que houve em nossas vidas. Você foi para um lado, Richard, e eu para outro. Não sou a mulher que passeou com você no St. James's Park; você não é o homem ao lado de quem eu iria envelhecer... Somos duas pessoas diferentes... Dois estranhos. Hoje você não me olharia duas vezes... E eu achei você chato e pretensioso...)

– Você iria morrer de tédio, sei que iria – afirmou Sarah com sua voz jovem e taxativa.

– Sim – concordou Ann, devagar. – É a pura verdade. Eu iria morrer de tédio.

(Não conseguiria agora me sentar à espera da velhice. Tenho de sair e me divertir... Fazer as coisas acontecerem.)

Com afeto, Sarah repousou a mão no ombro da mãe.

– Sem dúvida, mãezinha, você gosta mesmo é de se divertir. Você iria morrer de tédio se ficasse enfurnada numa casinha do subúrbio rodeada por um jardinzinho tacanho, com nada para fazer além de esperar Richard chegar às 18h15 ou contar como fez a proeza de acertar o buraco quatro em três tacadas! Essa não é a sua praia mesmo.

– Uma época eu teria gostado.

(O velho pomar rodeado pelo muro, o relvado com árvores e a casinha à Rainha Ana de tijolinhos vermelhos. E Richard, em vez de jogar golfe, se tornaria jardineiro amador, pulverizando roseiras e plantando jacintos à sombra das árvores. E, se começasse a jogar golfe, ela se *deliciaria* ao ouvir que ele acertara o buraco quatro em três tacadas!)

Sarah beijou a bochecha da mãe com carinho.

– Devia ser muito grata a mim, querida – disse ela – por tê-la livrado dessa. Se não fosse por mim, teria se casado com ele.

Ann afastou-se um pouco. Fitou Sarah com as pupilas dilatadas.

– *Se não fosse por você, teria me casado com ele.* E agora... Não quero. Ele não significa nada para mim.

Caminhou até a lareira e deslizou o dedo na cornija, os olhos escuros de espanto e dor. Continuou, em tom suave:

– Nada, absolutamente nada... Que piada de mau gosto é a vida!

Sarah rumou ao bar e serviu-se de um novo drinque. Ficou lá, meio impaciente, e por fim, sem se virar, falou numa voz que se pretendia desinteressada.

– Mãe... Acho que é melhor contar a você. Larry quer se casar comigo.

– Lawrence Steene?

– Sim.

Houve uma pausa. Ann ficou calada por um tempo. Então indagou:

– O que vai fazer em relação a isso?

Sarah deu meia-volta. Relanceou um rápido olhar suplicante a Ann, que não estava olhando para ela.

Ela respondeu:

– Não sei...

Sua voz parecia tristonha e assustada como a de uma criança. Mirou Ann, esperançosa, mas as feições da mãe estavam inflexíveis e distantes. Ann disse pouco depois:

– Bem, cabe a você decidir.

– Eu sei.

Na mesa perto dela, Sarah pegou a carta de Gerry. Com os olhos fixos nela, retorceu-a devagar no meio dos dedos. Por fim, disse, quase com a veemência de um grito:

– Não sei o que fazer!

– Não vejo no que eu possa ajudá-la – respondeu Ann.

– Mas o que *acha*, mãe? Ah, por favor, diga alguma coisa.

– Já lhe disse que a reputação dele não é nada boa.

– Ah, *isso*! Isso não importa. Eu morreria de tédio ao lado de um paradigma de todas as virtudes.

– Ele é riquíssimo, é claro – falou Ann. – Pode lhe proporcionar bons momentos. Mas se não gosta dele é melhor não se casar.

– Até que gosto dele – disse Sarah devagar.

Ann levantou-se, de olho no relógio.

– Sendo assim – observou ela vivamente –, qual é o problema? Minha nossa, esqueci que estava saindo para a casa dos Eliot. Vou chegar terrivelmente atrasada.

– Por outro lado, não tenho certeza... – Sarah calou-se. – Sabe...

Ann questionou:

– Não tem mais ninguém, tem?

– Para falar a verdade, não – disse Sarah. Outra vez baixou o olhar para a carta de Gerry amassada na mão.

Ann apressou-se a falar:

– Se está pensando em Gerry, no seu lugar o consideraria carta fora do baralho, Sarah. Daquele mato não sai coelho, e o quanto antes você reconhecer isso, melhor.

– Acho que tem razão – respondeu Sarah devagar.

– Claro que tenho razão – disse Ann, vivamente. – Tire Gerry da cabeça de uma vez por todas. Se não gosta de Lawrence Steene, não precisa se casar com ele. É muito jovem ainda. Tem muita coisa pela frente.

Sarah rumou taciturna para perto da lareira.

– Acho que devo me casar com Lawrence... Afinal de contas, ele é lindo de morrer. Ai, mãe – gritou ela de repente –, *o que* eu faço?

Ann respondeu irritada:

– Vamos, Sarah, está se comportando como uma criança de dois anos de idade! Como posso decidir sua vida em seu lugar? A responsabilidade é sua e só sua.

– Ah, eu sei.

– Bem, e então? – A paciência de Ann se esgotara.

Sarah disse, infantilmente:

– Pensei que talvez você pudesse... me ajudar de algum modo?

Ann repetiu:

– Já lhe disse que não é obrigada a se casar com *ninguém* a menos que queira.

Ainda com aquela expressão pueril no rosto, Sarah indagou de modo inesperado:

– Mas você gostaria de se ver livre de mim, não gostaria?

Ann disse com veemência:

– Sarah, como pode dizer uma coisa dessas? Claro que não quero me livrar de você. Que ideia!

– Desculpe, mãe. Não quis dizer isso. É que hoje está tudo tão diferente, não é? Quero dizer, antigamente nós nos divertíamos juntas. Mas hoje em dia parece que sempre deixo você com os nervos à flor da pele.

– Tenho andado meio nervosa – reconheceu Ann, com frieza. – Mas, convenhamos, você também é meio temperamental, não é, Sarah?

– Ah, deve ser culpa minha – continuou Sarah, meditativa. – A maioria de minhas amigas está casada. Pam, Betty e Susan... Joan não se casou, mas também ela é metida a militante política. – Fez nova pausa antes de prosseguir. – Seria muito divertido me casar com Lawrence. Uma glória ter tudo quanto é roupa, pele e coisas que desejasse.

Ann rebateu causticamente:

– Tenho certeza de que é melhor você se casar com um homem rico, Sarah. Seus gostos são decididamente caros. Sua mesada sempre acaba antes do mês.

– Eu odiaria ser pobre – ponderou Sarah.

Ann respirou fundo. Sentia-se meio falsa e artificial e não sabia bem o que dizer.

– Querida, sinceramente, não sei que conselho lhe dar. Sabe, tenho a sensação de que esse assunto compete apenas a você. Seria muito errado tentar influenciá-la a favor ou contra. Tem de decidir *sozinha*. Percebe isso, Sarah, não percebe?

Sarah logo respondeu:

– Claro, querida... Estou aborrecendo você? Não quero deixá-la preocupada. Pelo menos me diga mais uma coisinha. Como *você* se sente em relação a Lawrence?

– Não tenho nenhum sentimento em relação a ele.

– Às vezes ele me deixa meio... assustada.

– Meu bem – divertiu-se Ann –, isso não é uma grandessíssima tolice?

– Sim, acho que sim...

Devagar, Sarah começou a rasgar a carta de Gerry, primeiro em tiras, depois ao meio várias vezes. Jogou os pedacinhos no ar e observou-os caindo como flocos de neve.

– Coitado do Gerry – observou ela.

Então indagou, com um rápido olhar de esguelha:

– Se *importa* mesmo com o que acontece comigo, não se importa, mãe?

– Sarah! Pare com isso.

– Ah, sinto muito... Bater na mesma tecla desse jeito. Só me sinto incrivelmente *estranha*, não sei o porquê. É como estar num beco sem saída... Uma sensação assustadora e bizarra. Tudo está diferente. Todo mundo está diferente. Você também, mãe.

– Quanta asneira, filha. Vai me desculpar, mas *tenho* de ir agora.

– Imagino que sim. Essa festa tem alguma importância?

– Bem, estou louca para ver os novos afrescos que Kit Eliot mandou pintar nas paredes.

– Ah, sei. – Sarah fez uma pausa e completou: – Sabe, mãe, acho que no fundo gosto de Lawrence bem mais do que penso.

– Não ficaria surpresa – disse Ann com animação. – Mas não tenha pressa. Até logo, querida... Tenho de voar.

A porta da frente fechou-se atrás de Ann.

Edith saiu da cozinha e entrou na sala com uma bandeja para levar os copos.

Sarah colocara um disco na vitrola e escutava com deleite melancólico Paul Robeson entoando "Às vezes me sinto uma criança sem mãe".

– Cada música que você gosta! – exclamou Edith. – Dá nos nervos da gente.

– Acho linda.

– Tem gosto para tudo – resmungou Edith, mal-humorada. E acrescentou: – Por que as pessoas não usam o cinzeiro? Espalham cinzas por todos os lugares.

– Faz bem para o tapete.

– Há séculos as pessoas falam isso e há séculos isso é uma mentira deslavada. E *por que diabos* precisava espalhar pedacinhos de papel no chão com a cesta de lixo ali no canto...

– Desculpe, Edith. Fiz sem pensar. Estava dilacerando meu passado e queria fazer um gesto solene.

– Seu passado, pois sim! – bufou Edith. Em seguida, perguntou gentilmente, ao observar o rosto de Sarah com mais atenção: – Algo errado, meu bem?

– Nada mesmo. Estou pensando em me casar, Edith.

– Não precisa ter pressa. Pode esperar até aparecer o príncipe encantado.

– Não acredito que faça alguma diferença com quem a gente se casa. De qualquer jeito vai dar errado.

– Ora, não fale asneiras, srta. Sarah! Quer me explicar o que está acontecendo?

Sarah falou desenfreada:

– Quero ir embora daqui.

– E o que tem de errado com sua casa, pode me dizer? – quis saber Edith.

– Não sei. Parece que tudo mudou. Por que tudo mudou, Edith?

Edith disse, em tom suave:

– Você está amadurecendo, não percebe?

– Então amadurecer é isso?

– Pode ser.

Edith rumou à porta com os copos na bandeja. Então, de modo inesperado, pousou a bandeja na mesa e voltou-se. Acariciou a cabeça de Sarah, como acariciara anos atrás, quando era sua babá.

– Pronto, pronto, querida, pronto, pronto...

Com súbita mudança de humor, Sarah pulou num salto, pegou Edith pela cintura e começou a bailar freneticamente pela sala com ela.

– Vou me casar, Edith. Não é divertido? Vou me casar com o sr. Steene. Além de bonito, é podre de rico. Não sou uma moça de sorte?

Edith desvencilhou-se dela, resmungando.

– Ou oito ou oitenta. O que tem na cabeça, srta. Sarah?

– Sou meio biruta, acho. Tem de ir ao casamento, Edith. Vou comprar um vestido novo para você usar no casório... Lindo, em veludo carmim, se estiver bom para você.

– É casamento ou coroação?

Sarah pôs a bandeja nas mãos de Edith e empurrou-a em direção à porta.

– Vá para a cozinha, minha velha, e pare de resmungar.

Edith meneou a cabeça em dúvida enquanto se retirava.

Sarah caminhou lentamente ao meio da sala outra vez. De repente, atirou-se na poltrona, em prantos.

O disco na vitrola chegava ao fim... A voz grave e melancólica repetia o refrão:

Às vezes eu me sinto uma criança sem mãe... Tão longe de casa...

LIVRO TRÊS

Capítulo 1

Na cozinha, Edith movia-se a passos lentos e duros. Nos últimos tempos, sentia-se cada vez mais "reumática", como dizia ela, coisa que não melhorava em nada o seu humor. Aferrava-se à teimosa recusa em delegar quaisquer tarefas domésticas.

Uma faxineira desdenhosamente chamada por Edith de "aquela sra. Hopper" tinha permissão para vir uma vez por semana e executar certas atividades supervisionada pelo olhar ciumento de Edith, mas qualquer ajuda extra era vetada por ela com uma peçonha nada auspiciosa à diarista que sequer ousasse se oferecer.

– Sempre dei conta do recado, não dei? – era o slogan de Edith.

E assim ela continuava dando conta do recado com uma expressão de martírio e crescente amargura. Também pegara o hábito de resmungar sozinha a maior parte do dia.

Era o que estava fazendo agora.

– Trazer o leite na hora do almoço... Esse pessoal tem cada uma! O leite deve ser entregue antes do café da manhã, esse é o horário apropriado. Cambada de sem-vergonhas, assobiando em seus jalecos brancos... Quem eles pensam que são? Mais parecem dentistas almofadinhas...

O barulho da chave na porta da frente desviou o fluxo de seus pensamentos.

Edith murmurou com seus botões:

– Confusão à vista! – e enxaguou uma tigela embaixo da torneira num movimento brusco e sibilante.

A voz de Ann chamou:

– Edith.

Edith tirou as mãos da pia e secou-as meticulosamente na toalha rolante.

– Edith... Edith...

– Já vou.

– *Edith*!

Edith ergueu as sobrancelhas, fez um muxoxo, saiu da cozinha, atravessou o hall e entrou na sala, onde viu Ann Prentice às voltas com cartas e contas. Ela se virou quando Edith entrou.

– Ligou para Dame Laura?

– Sim, claro que sim.

Ann disse:

– Avisou a ela que era urgente... que *tenho* de falar com ela? Ela disse que viria?

– Disse que viria logo.

– E por que ela não veio? – perguntou Ann, zangada.

– Só faz vinte minutos que liguei. Pouco depois que a senhora saiu.

– Parece que faz uma hora. Por que ela não chegou?

Edith adotou um discurso mais consolador:

– Nem tudo a gente consegue para ontem. Não adianta se estressar.

– Falou para ela que estou doente?

– Disse que a senhora estava naqueles dias.

Ann falou com raiva:

– Como assim... naqueles dias? São os meus nervos. Estão em frangalhos.

– É verdade, estão mesmo.

Ann relanceou um olhar de censura a sua fiel empregada. Caminhou impaciente até a janela e depois até a cornija da lareira. Edith ficou parada, acompanhando-a com os olhos, esfregando as manoplas nodosas e calejadas no avental.

– Não consigo parar quieta nem um minuto – reclamou Ann. – Não preguei o olho esta noite. Estou me sentindo um traste... um traste... – Sentou-se numa poltrona e levou as mãos às têmporas. – Não sei o que há de errado comigo.

– Eu sei – declarou Edith. – Muita badalação. Isso não é normal pra alguém da sua idade.

– Edith! – esbravejou Ann. – Não seja tão impertinente. De uns tempos para cá você anda piorando. Está comigo há um longo tempo e prezo os seus préstimos, mas se continuar tomando liberdades vai ter de ir embora.

Edith olhou para o teto e assumiu uma expressão de mártir.

Informou:

– Não vou embora. E ponto final.

– Vai ter de ir se eu a despedir – retrucou Ann.

– Se a senhora fizer uma coisa dessas, é mais burra do que penso. Consigo outro emprego num piscar de olhos. Iriam me disputar nessas agências. Mas como é que *a senhora* iria se virar? Aposto que só iria conseguir diaristas! Ou senão uma estrangeira. Tudo mergulhado em azeite, revolvendo o seu estômago... Sem falar no cheiro de fritura no apartamento. E essas estrangeiras são fraquinhas ao telefone... Não entendem direito os nomes e fazem uma confusão danada. Ou senão iria contratar uma jovem bonita, bem-alinhada e de fala mansa, boa demais para ser verdade, e um belo dia chegaria em casa e não acharia casaco de pele nem joias. Ouvi falar de um caso parecido no edifício aí da frente. Não, a senhora gosta das coisas certinhas... à moda *antiga*. Sei preparar refeições saborosas e simples e não quebro a louça fina ao lavá-la, como essas lambisgoias costumam fazer. Acima de tudo, conheço as suas manias. A senhora não consegue se virar sem a minha ajuda. Sei disso e não vou embora. A senhora é difícil de lidar, mas cada um tem de carregar sua cruz. Está escrito na Bíblia Sagrada. A senhora é a minha cruz, e eu sou cristã.

Ann apertou os olhos e balançou-se para frente e para trás, num gemido.

– Ai, minha cabeça... minha *cabeça*...

A austera acidez de Edith esmaeceu – uma expressão de ternura surgiu em seus olhos.

– Pronto, pronto. Vou fazer um chazinho gostoso.

Ann gritou, rabugenta:

– Não quero chazinho gostoso. Nem me fale em chazinho gostoso.

Edith suspirou e olhou o teto outra vez.

– Como quiser – disse, saindo da sala.

Ann pegou a cigarreira, tirou um cigarro, acendeu-o, fumou por breves instantes e apagou-o no cinzeiro. Levantou-se e recomeçou a andar para lá e para cá.

Um tempinho depois foi até o telefone e discou um número.

– Alô... Posso falar com Lady Ladscombe? Ah, é você, Marcia querida? – deu à voz uma entonação artificial de alegria. – Como vai? Ah, nada, para falar a verdade. Só pensei em dar uma ligada... Não sei, querida, só me senti meio triste... Sabe como é. Não quer almoçar comigo amanhã? Ah, sei... Quinta à noite? Sim, estou livre. Seria encantador. Vou falar com Lee ou alguém mais e juntar um grupo. Será maravilhoso... Quinta de manhã eu ligo.

Pôs o fone no gancho. A animação momentânea arrefeceu. Voltou a andar para cima e para baixo outra vez. Então, ao escutar a campainha, estacou, cheia de expectativa.

Ouviu Edith dizendo:

– Está esperando na sala.

E então Laura Whitstable entrou. Alta, severa e ameaçadora, mas com a firmeza reconfortante de um recife no meio do mar bravio.

Ann correu na direção dela, gritando de forma desconexa e com histeria crescente:

– Ai, Laura... *Laura*... Que bom que você veio...

As sobrancelhas de Dame Laura arquearam-se, o olhar imóvel e vigilante. Pousou as mãos nos ombros de Ann e guiou-a suavemente até o sofá, onde se sentou ao lado dela, falando ao fazê-lo:

– Ora, ora, que alvoroço é esse?

Ann continuava a soar histérica.

– Ah, estou *tão* contente em vê-la. Acho que vou ficar louca.

– Tolice – afirmou Dame Laura, com vigor. – Qual é o problema?

– Nada. Nada mesmo. Só os meus nervos. É isso que me assusta. Não consigo ficar parada. Não sei o que há de errado comigo.

– Hum... – Laura fitou-a de modo perscrutador e profissional. – Sua cara não está boa.

Secretamente, ficou chocada com a aparência de Ann. Sob a pesada maquiagem, o rosto de Ann estava desfigurado. Parecia ter envelhecido vários anos desde que Laura a vira pela última vez, meses atrás.

Ann disse, inquieta:

– Estou perfeitamente *bem*. É só que... Não sei direito o que é. Não consigo dormir... Só à base de soníferos. Ando muito irritadiça e mal-humorada.

– Consultou um médico?

– Ultimamente, não. Só dão brometo e dizem para a gente não cometer exageros.

– Sábios conselhos.

– Sim, mas é tudo tão patético. Nunca fui nervosa, Laura, sabe que não. Sempre soube controlar os nervos.

Laura Whitstable ficou em silêncio por um instante, lembrando-se da Ann Prentice de há apenas três anos.

A meiga placidez, o sossego, o amor à vida, a doçura e o temperamento estável. Sentiu uma tristeza profunda pela amiga.

Ponderou:

– É muito simples ficar dizendo que nunca foi nervosa. Afinal de contas, dificilmente alguém fratura a perna duas vezes!

– Mas por que estou um feixe de nervos?

Laura Whitstable tomou cuidado para responder. Disse, com a maior calma do mundo:

– O seu médico tem razão. Vai ver está fazendo coisas demais.

Ann respondeu mordaz:

– Não posso ficar em casa mofando o dia todo.

– Pode ficar em casa sem mofar – ponderou Dame Laura.

– Não – falou Ann, crispando as mãos nervosamente. – Não... não consigo ficar sentada sem fazer nada.

– Por que não? – a pergunta veio cortante como uma faca.

– Não sei. – A inquietude de Ann aumentou. – Não consigo ficar sozinha. Não consigo... – Relanceou a Laura um olhar de desespero. – Se eu dissesse que *tenho medo* de ficar sozinha, pensaria que estou louca?

– É a coisa mais racional que disse até agora – respondeu Dame Laura na mesma hora.

– Racional? – indagou Ann, perplexa.

– Sim, porque é verdade.

– Verdade? – Ann baixou as pálpebras. – Não sei o que quer dizer com verdade.

– Quero dizer que não vamos chegar a lugar algum sem a verdade.

– Ah, mas você não entende. Nunca teve medo de ficar sozinha, teve?

– Não.

– Então não pode entender.

– Posso, sim. – Laura prosseguiu, maciamente: – Por que mandou me chamar, querida?

– Precisava falar com alguém... Precisava... E pensei que talvez... você pudesse *fazer* algo!

Mirou a amiga com um olhar esperançoso.

Laura assentiu com a cabeça num suspiro.

– Sei. Quer um truque de mágica.

– Não pode fazer um truque para mim, Laura? Psicanálise, hipnotismo, *qualquer coisa*.

– Palavreado difícil e moderno, é isso? – Laura meneou a cabeça de modo enfático. – Só uma pessoa pode tirar o coelho da cartola: você. Tem de fazer isso sozinha. Tem de descobrir, primeiro, o que é que está na cartola.

– Como assim?

Laura Whitstable esperou um tempo antes de dizer:

– Não está feliz, Ann.

Era mais uma afirmação do que uma pergunta.

Ann respondeu rápido, talvez rápido demais.

– Estou, sim... Pelo menos de certo modo. Gosto bastante de mim mesma.

– Não está feliz – afirmou Dame Laura, implacável.

Ann fez um gesto com os ombros e as mãos.

– E por acaso alguém é feliz? – desabafou.

– Muita gente, graças a Deus – respondeu Dame Laura, com alegria. – *Por que* não está feliz, Ann?

– Não sei.

– Nada vai ajudá-la a não ser a verdade, Ann. E sabe a resposta muito bem.

Ann ficou um tempo calada. Então, como quem toma coragem, explodiu:

– Acho que, se eu for sincera, é porque estou ficando velha. Passei dos quarenta, estou ficando feia, não espero nada do futuro.

– Ah, querida! Não espera nada? Vende saúde e inteligência... E tem tantas coisas na vida para as quais a gente só tem tempo mesmo depois de entrar na "meia-idade". Já lhe disse isso uma vez. Livros, flores, música, filmes, pessoas, o brilho do sol... Todo o mosaico inextricavelmente entrelaçado que chamamos de Vida.

Ann ficou um tempo sem falar nada, até que disse, em tom de desafio:

– Ah, imagino que tudo se resuma a sexo. Nada mais importa se não atraímos mais os homens.

– Isso talvez seja verdade para certas mulheres. Não é o seu caso, Ann. Já viu *A hora imortal*, ou quem sabe já leu? "Existe uma hora em que o ser humano tem a chance de ser feliz para sempre, mas em geral não se dá conta." Lembra-se dessa frase? Quase se deu conta uma vez, não é mesmo?

As feições de Ann mudaram – relaxaram. De súbito, pareceu bem mais jovem.

Murmurou:

– Sim. Houve essa hora. Eu poderia ter descoberto a felicidade com Richard. Poderia ter decidido envelhecer alegremente ao lado dele.

Laura disse, com profundo sentimento de solidariedade:

– Eu sei.

Ann prosseguiu.

– E agora... nem consigo me arrepender de tê-lo perdido! Encontrei-me com ele, sabe... há pouco mais de um ano... e ele não significava mais nada para mim... *nada*. É isso que é tão trágico e ridículo. Tudo se esvaiu. Um não significava mais nada para o outro. Não passava de um quarentão sem graça... Um pouco pretensioso, bastante obtuso, com a tendência de se comportar como um panaca só para agradar à nova e bonitinha, mas ordinária, esposa de cabeça oca. Um amor de pessoa, mas no fundo um tédio, sabe. E apesar de tudo, se tivéssemos nos casado, acho que teríamos sido felizes juntos. *Sei* que teríamos sido felizes.

– Sim – anuiu Laura, meditativa –, acho que sim.

– Estive tão perto da felicidade... A poucos passos... – a voz de Ann estremeceu de autocomiseração. – E então... tive de abrir mão dela.

– Teve?

Ann fez que não ouviu a pergunta.

– Desisti de tudo... por Sarah!

– Exato – falou Dame Laura. – *E nunca a perdoou por isso, não é mesmo?*

Ann despertou do sonho – perplexa.

– Como assim?

Laura Whitstable soltou um bufo de veneno.

– Sacrifícios! Sacrifícios de sangue! Analise por um instante, Ann, o significado de um sacrifício. Não envolve apenas aquele momento heroico em que você se sente disposta, generosa e determinada a se imolar. O tipo de sacrifício em que oferecemos o seio à faca é fácil... Porque daí o sacrifício termina ali, no exato instante em que somos *maiores do que nós mesmos*. Mas na maioria dos sacrifícios precisamos conviver com eles *depois*... Todos os dias, um dia após o outro... Isso *não* é assim tão fácil. É preciso muita grandeza para isso. Você, Ann, não foi grande o suficiente...

Ann corou de raiva.

– Pelo bem de Sarah, desisti de toda a minha vida e da única oportunidade de ser feliz, e você ainda vem me dizer que não foi suficiente!

– Não ponha palavras em minha boca.

– Tudo é culpa *minha*, imagino! – Ann continuava a destilar sua raiva.

Dame Laura asseverou com energia:

– Metade dos problemas da vida surge quando fingimos ser pessoas melhores e mais altruístas do que realmente somos.

Mas Ann não prestou atenção. Seu ressentimento contido transbordou.

– Sarah é igualzinha a todas essas moçoilas moderninhas, que só olham para o próprio umbigo. Nunca pensam em mais ninguém! Acredita que há pouco mais de um ano, quando Richard ligou, ela sequer lembrou quem ele era? O nome dele não significava nada para ela... Nada mesmo.

Laura Whitstable balançou a cabeça afirmativa e gravemente, com o ar de quem comprova o seu diagnóstico.

– Sei – disse ela. – Sei...

Ann continuou:

– O que eu podia fazer? Eles brigavam como cão e gato. Eu ficava à beira de um ataque de nervos! Se eu tivesse insistido, minha vida seria um inferno.

Laura Whitstable sugeriu, de modo incisivo e inesperado:

– Se eu fosse você, Ann, me perguntaria se desistiu de Richard Cauldfield para o bem de Sarah ou para o bem da sua própria paz mental.

Ann mirou-a com mágoa:

– Eu amava Richard – disse ela –, mas meu amor por Sarah era maior...

– Não, Ann, não é assim tão simples. Acho que na verdade teve um instante em que você amou Richard mais do que amou Sarah. Acho que sua infelicidade e sua mágoa têm raízes nesse instante. Se tivesse desistido de Richard porque o seu amor por Sarah era maior, hoje não se encontraria neste estado. Mas se desistiu de Richard por fraqueza, para ceder à pressão de Sarah e para fugir das brigas e das discussões, se foi derrota e *não* renúncia... Bem, esse é o tipo de coisa que ninguém gosta de admitir. Mas você realmente esteve apaixonada por Richard.

Ann exclamou com amargura:

– E agora não sinto mais nada por ele!

– E quanto a Sarah?

– Sarah?

– Sim. O que sente por Sarah?

Ann deu de ombros.

– Desde que se casou, raramente nos vimos. Anda bastante ocupada e alegre, acredito. Mas, como falei, quase não nos vemos.

– *Eu* a vi ontem à noite... – Laura calou-se, e então prosseguiu: – Num restaurante com uma turminha. – Fez nova pausa e logo acrescentou, abruptamente: – Estava bêbada.

– Bêbada? – indagou Ann, atônita por um momento. Então riu. – Laura, minha cara, não seja tão antiquada. Hoje em dia, toda a juventude bebe muito. Tanto que uma festa só é considerada um sucesso quando todo mundo fica bêbado ou "alto" ou sei lá como queira chamar.

Laura permaneceu imperturbável.

– Pode ser... Se não gostar de ver uma jovem que conheço bêbada num lugar público é ser antiquada, reconheço que sou antiquada. Mas não é só isso, Ann. Falei com Sarah. Pupilas dilatadas.

– O que isso significa?

– Uma das coisas que *pode* significar é cocaína.

– Drogas?

– Sim. Uma vez eu lhe disse que suspeitava do envolvimento de Lawrence Steene com o mundo das drogas. Não por dinheiro... Só pela emoção.

– Ele sempre parece tão normal.

– Drogas não o atingem. Conheço o tipo. Gostam de experiências sensoriais. Essa categoria não chega a se viciar. Mulheres são diferentes. Se a mulher está infeliz, essas coisas criam dependência... Uma dependência que ela não consegue romper.

– Infeliz? – perguntou Ann, incrédula. – Sarah?

Observando-a com atenção, Laura Whitstable limitou-se a dizer secamente:

– Deveria saber. É mãe dela.

– Ah, *isso*! Não sou confidente de Sarah.

– Por que não?

Ann levantou-se, rumou à janela e depois voltou devagar até a lareira. Dame Laura permaneceu sentada, imóvel, seguindo-a com o olhar. Enquanto Ann acendia um cigarro, Laura perguntou em voz baixa:

– Que importância tem para você, exatamente, Ann, que Sarah esteja infeliz?

– E ainda pergunta? Isso me deixa péssima...

– Mesmo? – Laura levantou-se. – Bem, tenho de ir. A reunião do comitê começa em dez minutos. Vou chegar em cima da hora.

Dirigiu-se à porta. Ann seguiu-a.

– Laura, o que quis dizer com esse "mesmo"?

– Por acaso viu onde deixei minhas luvas?

A campainha da frente tocou. Edith arrastou-se penosamente da cozinha para atender.

Ann insistiu:

– Quis dizer *algo*?

– Ah, aqui estão elas.

– Puxa, Laura, está sendo terrível comigo... Terrível!

Edith entrou, anunciando com uma espécie de sorriso:

– Quem é vivo sempre aparece. É o sr. Lloyd.

Ann fitou Gerry Lloyd por um instante como se não o reconhecesse.

Três anos haviam se passado desde a última vez que ela o vira, mas Gerry parecia ter envelhecido mais do que três anos. Tinha o olhar abatido e o rosto vincado pela fadiga dos malsucedidos. Usava um terno de tweed malacabado e provinciano, nitidamente comprado pronto, e sapatos em más condições. Estava na cara que não prosperara. O sorriso com que a saudou foi sério, e toda a sua atitude era grave, para não dizer perturbada.

– Gerry, *que* surpresa!

– Que bom que a senhora não se esqueceu de mim. Já é alguma coisa. Três anos e meio é bastante tempo.

– Também me lembro de você, rapaz, mas não creio que se lembre de mim – interpôs-se Dame Laura.

– Ah, mas é claro que lembro, Dame Laura. É impossível esquecer alguém como *a senhora*.

– Bem colocado... Ou será que não? Bem, tenho de ir andando. Até logo, Ann; até mais ver, sr. Lloyd.

Ela saiu, e Gerry seguiu Ann até perto da lareira. Sentou-se e aceitou o cigarro que ela lhe ofereceu.

Ann falou alegre e animadamente:

– Bem, Gerry, conte as novidades e o que anda fazendo. Vai ficar um bom tempo na Inglaterra?

– Não tenho certeza.

Seu olhar calmo e determinado, fixo nela, fez Ann sentir-se levemente desconfortável. Ficou se perguntando o que se passava na cabeça dele. Um olhar bem distinto do Gerry de antigamente.

– Tome um drinque. O que prefere... Gim, soda e laranja... Ou *pink gin*?

– Não, obrigado. Eu vim... conversar com a senhora.

– Bondade sua. Tem visto Sarah? Ela se casou, sabe. Com um homem chamado Lawrence Steene.

— Sei disso. Ela me escreveu contando. E já me encontrei com ela. Ontem à noite. Justamente por isso vim conversar com a senhora. — Fez uma breve pausa e então disparou: — Sra. Prentice, por que a deixou se casar com aquele sujeito?

Ann ficou boquiaberta.

— Gerry, meu caro... *Que é isso?*

A sinceridade de Gerry não diminuiu com o protesto de Ann. Falou de modo sério e simples.

— Ela não está feliz. Sabe disso, não sabe? Ela não está feliz.

— Ela contou isso a você?

— Não, é claro que não. Sarah jamais faria uma coisa dessas. Não é preciso contar. Percebi de longe. Ela estava com um pessoal... Eu só troquei umas palavras com ela. Mas salta aos olhos. Sra. Prentice, por que deixou isso acontecer?

Ann sentiu o sangue fervendo.

— Meu bom Gerry, não está sendo ridículo?

— Acho que não. — Ele meditou por um instante. Seu comportamento era tão simples e sincero que chegava a desconcertar. — Sarah é importante para mim, sabe. Sempre foi. Mais do que tudo no mundo. Então, nada mais natural do que eu me preocupar se ela está ou não feliz. Sabe, a senhora não deveria ter deixado ela se casar com Steene.

Ann irrompeu, irritada:

— Puxa, Gerry, você fala como... como um personagem vitoriano. Nem passou pela minha cabeça "deixar" ou "não deixar" Sarah se casar com Larry Steene. As moças se casam com quem bem entendem e não há nada que os pais possam fazer em relação a isso. Sarah escolheu se casar com Lawrence Steene. E ponto final.

Gerry disse, com uma certeza tranquila:

— Poderia ter impedido.

– Meu bom menino, se nós tentamos impedir uma pessoa de fazer o que deseja fazer, aí mesmo é que ela fica teimosa como uma mula.

Ele ergueu o olhar até o rosto dela.

– Tentou impedir?

De algum modo, sob o escrutínio franco daquele olhar, Ann titubeou e gaguejou.

– Eu... eu... Claro, ele é bem mais velho do que ela... E a reputação dele não é boa. Frisei isso a ela, mas...

– Chamá-lo de suíno é insultar os porcos.

– Não pode saber nada sobre ele, Gerry. Esteve fora da Inglaterra vários anos.

– É conhecimento tácito. Todo mundo sabe. Imagino que não saiba de todos os detalhes sórdidos... Mas convenhamos, sra. Prentice, deve ter *pressentido* o tipo de bárbaro que ele é!

– Comigo sempre foi cavalheiro e encantador – defendeu-se Ann. – Nem sempre o marido é tão ruim como seu passado. Não é bom dar ouvidos para todas as coisas odiosas que as pessoas dizem. Sarah tinha uma queda por ele... Estava mesmo decidida a se casar com ele. Ele é rico...

Gerry atalhou:

– Sim, dinheiro não lhe falta. Mas a senhora não é do tipo de mulher, sra. Prentice, que só pensa em casar a filha com um bom partido. A senhora nunca foi o que eu chamaria de... bem... interesseira. A senhora só queria a felicidade de Sarah... Ou pelo menos era essa a impressão que eu tinha.

Fitou-a com uma espécie de curiosidade perplexa.

– Claro que quero a felicidade de minha filha única. Falar isso é chover no molhado. Mas a questão, Gerry, é que ninguém pode *se meter*. – Explicou melhor: – A gente até pode pensar que alguém está metendo os pés pelas mãos, mas não pode interferir.

Fitou-o com olhos desafiadores.

Ele sustentou o olhar, ainda com aquela expressão pensativa e ponderada.

– Sarah queria se casar com ele tanto assim?

– Estava muito apaixonada por ele – disse Ann, em tom de desafio.

Como Gerry não respondeu, ela continuou:

– Talvez não perceba, mas as mulheres ficam caídas por Lawrence.

– Ah, sim, pude perceber isso.

Ann reanimou-se.

– Sabe, Gerry – disse ela –, está exagerando um bocado. Só porque uma vez existiu um namorico entre você e Sarah, vem aqui me acusar... Como se o fato de Sarah ter se casado com outro homem fosse culpa minha...

Interrompeu-a.

– *Foi* culpa sua.

Entreolharam-se. O rosto de Gerry ficou vermelho, o de Ann empalideceu. A tensão entre eles ficou insustentável.

Ann levantou-se.

– Isso é demais – disse secamente.

Gerry também ergueu-se. Sua atitude era calma e educada, mas Ann percebeu algo insensível e implacável por trás daquela placidez.

– Me perdoe – pediu ele – se fui um pouco rude...

– É imperdoável!

– Talvez, de certo modo. Mas me importo com Sarah, sabe. Para ser sincero, ela é a única coisa que me importa. Não consigo deixar de pensar que a senhora assistiu de camarote enquanto ela embarcava num casamento infeliz.

– Não diga!

– Vou convencê-la a se separar.

– *O quê?!*

– Vou persuadi-la a abandonar aquele canalha.

– Que tolice absoluta. Só porque uma vez houve um romance juvenil entre vocês dois...

– Entendo Sarah... E ela me entende.

Ann deu uma risada repentina e áspera.

– Meu bom Gerry, vai descobrir que Sarah não é mais a moça que você conhecia.

Gerry empalideceu.

– Sei que ela não é mais a mesma – murmurou. – Vi que...

Vacilou um instante, até que disse baixinho:

– Sinto muito se me achou impertinente, sra. Prentice. Mas, sabe, no meu caso, Sarah sempre vem em primeiro lugar.

E retirou-se da sala.

Ann caminhou em direção ao bar e serviu-se de um copo de gim. Enquanto bebia, pensou:

"Que petulância... Como ele ousa... E Laura... *Ela* também está contra mim. Todos estão contra mim. Não é justo... O que foi que eu fiz? Absolutamente nada."

Capítulo 2

I

O mordomo que abriu a porta do nº 18 da Pauncefoot Square mediu com desdém o terno de confecção mal-acabado de Gerry.

Quando seu olhar cruzou com o do visitante, mudou de postura.

Iria verificar, comunicou, se a sra. Steene estava em casa.

Pouco depois, Gerry foi introduzido na penumbra de uma enorme sala cheia de flores exóticas e pálidos brocados. Ali, depois de alguns minutos, Sarah Steene apareceu, com um sorriso de saudação.

– Como vai, Gerry! Que gentileza a sua, me fazer uma visita. Naquela noite nem conseguimos falar direito. Aceita um drinque?

Preparou-lhe um drinque e serviu outro para si. Em seguida sentaram-se nos pufes em volta da lareira. A suave iluminação da sala mal revelava o rosto de Sarah. Ela emanava o odor de um perfume caro, coisa que, até onde ele lembrava, não tinha o costume de usar.

– Como vai, Gerry? – repetiu ela, alegremente.

Ele respondeu com um sorriso.

– Como vai, Sarah?

Então, tocou o ombro dela com o dedo e disse:

– Vestindo quase o zoológico inteiro, não é?

Ela usava uma estola em chiffon de seda, adornada com tufos de pele macia e clara.

– Na moda! – garantiu Sarah.

– Sim. Parece muito chique!

– E eu sou. Agora, Gerry, conte as novidades. Deixou a África do Sul rumo ao Quênia. Depois disso não recebi mais notícias.

– Ah, bem. A sorte não estava ao meu lado.

– É natural...

A réplica veio de imediato.

– Como assim, é natural?

– Ora, a sorte nunca esteve a seu favor, não é mesmo?

Por um breve instante, ali estava a Sarah de antigamente, com suas críticas e alfinetadas. A linda mulher de feições duras, a estranha exótica, sumira. Era Sarah, sua Sarah, atacando-o com argúcia.

Retrucando à sua velha maneira, ele resmungou:

– Tudo deu errado. Primeiro a frustração na safra... Não foi culpa minha. Então o gado adoeceu...

– Sei. A velha e triste história de sempre.

– E depois, claro, fiquei sem capital. Se ao menos eu tivesse capital...

– Sei, sei.

– Puxa vida, Sarah, *eu* não tive culpa.

– Nunca tem. O que veio fazer na Inglaterra?

– Na verdade, minha tia faleceu...

– Tia Lena? – indagou Sarah, familiarizada com todos os parentes de Gerry.

– Sim. O tio Luke morreu há dois anos. O velho sovina não me deixou um centavo...

– Sábio tio Luke.

– Mas a tia Lena...

– Tia Lena lhe deixou herança?

– Sim. Dez mil libras.

– Hum... – avaliou Sarah. – Não é de se jogar fora... Até mesmo nos tempos de hoje.

– Vou entrar de sócio com um sujeito dono de uma fazenda de gado bovino no Canadá.

– Que tipo de sujeito? Esse é o problema, sempre. E aquela oficina que você ia abrir com um amigo depois de ir embora da África do Sul?

– Ah, aquilo não deu certo. Até começamos bem, mas daí ampliamos o negócio e veio a recessão...

– Não precisa me contar. É um padrão bem conhecido! O *seu* padrão...

– Sim – concordou Gerry. Limitou-se a acrescentar: – Tem toda a razão, sou um zero à esquerda. Ainda acho que tive azar, se bem que também devo ter sido um pouco trouxa. Mas desta vez vai ser diferente.

Sarah disse, mordaz:

– Tenho lá minhas dúvidas.

– Vamos, Sarah. Não acha que já aprendi boas lições?

– Não diria isso – falou Sarah. – As pessoas nunca aprendem. Vivem repetindo seus erros. O que você precisa, Gerry, é de alguém para lhe orientar... Como os empresários de estrelas de cinema. Alguém com senso prático, que o impeça de ser otimista no momento errado.

– Em parte concordo com você. Mas, Sarah, acredite, desta vez vai dar tudo certo. Vou tomar o máximo de cuidado.

Houve um silêncio, e em seguida Gerry falou:

– Fui falar com sua mãe ontem.

– Mesmo? Que delicadeza. Como ela vai? Ocupadíssima, como sempre?

Gerry disse, devagar:

– Sua mãe está muito mudada.

– Acha isso?

– Sim, acho.

– Em que sentido acha que ela mudou?

– Não sei bem como explicar – ele hesitou. – Bem, para começar, está uma pilha de nervos.

Sarah respondeu, alegre:

– Quem não está hoje em dia?

– Ela não era assim. Sempre calma e... e... como direi... *doce*...

– Parece o verso de um cântico!

– Sabe muito bem o que quero dizer... E ela mudou *mesmo*. O cabelo, as roupas, tudo.

– Ficou um pouco festeira, só isso. Por que não ficaria, a pobrezinha? Envelhecer deve ser o fim da picada! De qualquer modo, as pessoas mudam mesmo. – Sarah calou-se por um tempo, então acrescentou, com um quê de duelo na voz: – *Eu* devo estar mudada, também...

– Na verdade, não.

Sarah corou. Gerry disse em tom deliberado:

– Afora o zoológico – tocou outra vez a pele cara –, o conjunto de joias da Woolworth – tocou o broche de diamante no ombro dela – e o cenário luxuoso, você não mudou nada, Sarah. – Fez uma pausa e acrescentou: – *Minha* Sarah.

Sarah remexeu-se no pufe, constrangida. Disse, com voz animada:

– E você continua igualzinho ao velho Gerry. Quando embarca para o Canadá?

– Em breve. Assim que a parte jurídica estiver em ordem.

Levantou-se.

– Bem, tenho de ir. Que tal sairmos juntos um dia desses, Sarah?

– Não, venha jantar conosco. Ou senão participe de uma de nossas festinhas. Precisa conhecer Larry.

– Conheci-o aquela noite, não conheci?

– Só de passagem.

– Receio não ter tempo para encontros sociais. Vamos dar uma caminhada qualquer manhã dessas, Sarah.

– Meu bem, de manhã sou uma pessoa imprestável. É a parte do dia que mais detesto.

– Período ótimo para desanuviar as ideias.

– E quem lá precisa desanuviar as ideias?

– Acho que *nós* precisamos. Vamos, Sarah. Duas voltas no Regent's Park. Amanhã mesmo. Encontro você no Hanover Gate.

– Tem mesmo ideias abomináveis, Gerry! E que terno grotesco.

– Bem durável.

– Sim, mas que corte de mau gosto!

– Esnobe! Amanhã, meio-dia, Hanover Gate. E não vá se embebedar hoje à noite. Não quero vê-la de ressaca.

– Acha que bebi demais naquela noite?

– Bebeu, não bebeu?

– Numa festa chata, a bebida ajuda a passar o tempo.

Gerry reiterou:

– Amanhã. Hanover Gate. Meio-dia.

II

– Bem, aqui estou – provocou Sarah.

Gerry perscrutou-a de cima a baixo. Deslumbrante – anos-luz mais linda do que quando adolescente. Notou a simplicidade cara das roupas que ela vestia e o grande cabochão de esmeralda no dedo. Pensou: "Que loucura a minha". Mas não retrocedeu.

– Vamos passear – disse ele.

Fizeram uma caminhada a passos rápidos. Acompanharam a margem do lago, atravessaram o jardim das rosas e enfim sentaram-se em dois banquinhos numa aleia menos frequentada do parque. Devido ao frio, o local estava praticamente deserto.

Gerry respirou fundo e disse:

– Agora vamos ao que interessa. Sarah, quer vir comigo para o Canadá?

Sarah fitou-o, espantada.

– O que diabos quer dizer com isso?

– Exatamente o que eu disse.

– Quer dizer... uma espécie de excursão? – indagou Sarah, duvidosa.

Gerry sorriu.

– Quero dizer para valer. Abandonar o marido e vir comigo.

Sarah caiu na risada.

– Pirou, Gerry? Puxa, a gente fica quase quatro anos sem se ver e...

– E por acaso isso tem importância?

– Não – respondeu Sarah, desnorteada. – Suponho que não.

– Quatro, cinco, dez, vinte anos? Não faria diferença. Pertencemos um ao outro. Sempre soube. Ainda sinto isso. Não sente também?

– De certo modo, sim – admitiu Sarah. – Mas mesmo assim está sugerindo uma coisa impossível.

– Não vejo nada de impossível. Se estivesse casada com um sujeito decente e estivesse feliz com ele, nem sonharia em me intrometer. – Perguntou em voz baixa: – Mas não está feliz, não é mesmo, Sarah?

– Estou tão feliz como a maioria das pessoas, imagino – falou Sarah, com valentia.

– Parece miseravelmente infeliz.

– Se estou infeliz, é problema meu. Afinal de contas, se alguém comete um erro tem de assumir as consequências.

– Assumir as consequências de seus erros não é bem o forte de Lawrence Steene, não é mesmo?

– Não diga uma coisa sórdida dessas!

– Não é sórdido. É a pura verdade.

– De qualquer jeito, Gerry, o que está sugerindo é uma loucura *completa*. É loucura!

– Só porque não fiquei dando voltas para convencê-la aos poucos? Não há necessidade disso. Como falei, pertencemos um ao outro. Sabe disso, Sarah.

Sarah suspirou.

– Já estive muito interessada em você, admito.

– É bem mais profundo do que isso, minha querida.

Ela volveu o olhar na direção dele. Suas reservas desmoronaram.

– É mesmo? Tem certeza?

– Tenho certeza.

Calaram-se. Então, Gerry pediu carinhosamente:

– Vem comigo, Sarah?

Sarah suspirou. Ajeitou-se no banco, apertando o casaco de peles em volta do corpo. As árvores farfalhavam com a brisa suave e gélida.

– Sinto muito, Gerry. A resposta é não.

– Por quê?

– Simples: não posso fazer isso.

– Mulheres abandonam os maridos todos os dias.

– Eu não.

– Quer me convencer de que ama Lawrence Steene?

Sarah meneou a cabeça.

– Não, não amo Larry. Nunca o amei. Mas fiquei fascinada por ele. Ele... bem, ele sabe lidar com as mulheres – um arrepio de desagrado a fez estremecer de leve. – Nem sempre a gente tem realmente a impressão de que alguém... bem... não presta. Mas se eu tivesse essa impressão de alguém, essa pessoa seria Lawrence. Ele não faz as coisas por impulso, nem porque não consegue evitar. Só gosta de experimentar pessoas e situações.

– Então por que tanto escrúpulo em abandoná-lo?

Sarah calou-se um instante, até pronunciar em voz baixa:

– Não é escrúpulo. Ah – bradou ela, erguendo-se de modo brusco e impaciente –, essa mania de ter motivo nobre para tudo! Isso me dá nojo! Tudo bem, Gerry, é melhor saber como sou *de verdade*. Viver com Lawrence me deixou acostumada a... a certas coisas. Não quero desistir delas. Roupas, peles, dinheiro, restaurantes caros, festanças, empregados, carros e até um iate... Tudo de mão beijada, tudo suntuoso. Estou nadando no luxo. E você quer me enfurnar num rancho longe de tudo. Não posso... e não vou. Virei uma dondoca! Podre de rica e de luxo.

Gerry retrucou, sem emoção:

– Mais um motivo para ir embora daqui.

– Ah, Gerry! – Sarah não sabia se ria ou chorava. – Você é tão impassível!

– Tenho os dois pés no chão.

– Sim, mas está muito mal-informado.

– Estou?

– Não é só a grana... São outras coisas. Não entende? Eu me tornei uma pessoa horrível. As festas que fazemos... Os lugares a que vamos...

Calou-se, enrubescida.

– Tudo bem – disse Gerry, calmo. – É uma depravada. Algo mais?

– Sim. Sou viciada em coisas... Sem as quais não consigo viver.

– Coisas? – num movimento brusco, pegou-a pelo queixo e encarou-a de perto. – Ouvi boatos. Quer dizer... cocaína?

Sarah assentiu com a cabeça.

– Sensações maravilhosas.

– Escute aqui – afirmou Gerry, com a voz severa e incisiva. – Vai vir comigo e parar de tomar essas coisas.

— E digamos que eu não consiga?

— Vou dar um jeito para que consiga — asseverou Gerry, sombrio.

Os ombros de Sarah relaxaram. Suspirou, inclinando-se na direção dele. Mas Gerry deu um passo para trás.

— Não — disse ele. — Não vou beijar você.

— Percebi. Tenho de decidir... a sangue frio?

— Sim.

— Estranho Gerry!

Ficaram calados por alguns instantes. Então Gerry retomou num esforço:

— Sei muito bem que não sou lá grande coisa. Nada que tento dá certo. É normal que não ponha muita fé em mim. Mas sinceramente creio que se você estivesse comigo eu me daria bem melhor. É tão astuciosa, Sarah. E sabe me reanimar quando começo a ficar preguiçoso.

— Quem escuta você falando pensa que sou uma criatura adorável! — exclamou Sarah.

Gerry insistiu, com teimosia:

— Sei que posso ter sucesso. Será uma vida do cão para você. Trabalho duro e rotina simples... Sim, uma vida do cão. Não sei como tive a audácia de tentar convencê-la a vir comigo. Mas será *para valer*, Sarah. Será... viver...

— Viver... para valer... — Sarah repetiu as palavras consigo.

Ergueu-se e começou a se afastar. Gerry caminhou ao lado dela.

— Vem comigo, Sarah?

— Não sei.

— Sarah... Meu bem...

— Não, Gerry... Não diga mais nada. Já disse tudo... Tudo que tinha de ser dito. Agora depende de mim. Preciso pensar. Aviso você sobre minha decisão...

— Quando?

— Em breve...

Capítulo 3

— Até que enfim uma boa surpresa!

Abrindo a porta do apartamento para Sarah, Edith enrugou a carranca num sorriso casmurro.

— Oi, Edith, queridinha. A mãe está em casa?

— Prestes a chegar. Que bom que você veio. Ela vai melhorar um pouco o astral.

— E ela precisa de alguém para levantar o astral? Sempre parece tão alegre...

— Tem algo errado com sua mãe. Ando muito preocupada com ela. – Edith seguiu Sarah até a sala de estar. – Não para quieta nem por dois minutos e quer esganar a gente se por acaso fazemos um comentário inocente. Não me surpreenderia se fosse uma doença oculta.

— Ah, vire essa boca para lá, Edith. Se dependesse de você todo mundo estaria à beira da sepultura.

— Não diria isso da senhorita. Exuberante! Xii... Deixando a pele cair no chão. Típico! Que casaco lindo, deve ter saído os olhos da cara.

— Para barato não serve.

— Sua mãe não tem casaco tão bonito. Com certeza, a senhorita tem um monte de coisas bonitas.

— Não podia ser diferente. Vender a alma tem de pagar um bom preço.

— Que coisa feia falar assim – censurou Edith. – O pior de seu temperamento, srta. Sarah, é a oscilação. Lembro como se fosse ontem, aqui nesta mesma sala, quando me contou o quanto estava ansiosa para se casar com o sr. Steene e me tirou para dançar pela sala como uma doida. "Vou me casar... Vou me casar", a senhorita cantava.

Sarah pediu, incisiva:

— Não... não, Edith. Não posso nem lembrar.

Logo o rosto de Edith ficou alerta e com ar de quem sabe muito.

– Pronto, pronto, querida – consolou-a. – Os primeiros dois anos são sempre os mais difíceis, o pessoal costuma dizer. Se conseguir superá-los, vai ficar tudo bem.

– Não chega a ser uma visão otimista do casamento.

Edith retrucou em tom desaprovador:

– Na melhor das hipóteses, o casamento é um mau negócio, mas imagino que o mundo não sobreviveria sem ele. Não é da minha conta, mas nenhum pimpolho a caminho?

– Não, *nenhum*, Edith.

– Que pena! Mas a senhorita me parecia meio ansiosa, e fiquei me perguntando se não seria esse o motivo. É muito estranho o jeito que as jovens casadas se comportam às vezes. Minha irmã mais velha, quando estava grávida, um dia entrou na mercearia e de repente sentiu o desejo de abocanhar uma das peras grandes e suculentas que estavam numa caixa. Pegou a fruta na mão e deu várias mordidas nela. "Ei, o que a senhora está fazendo?", perguntou o jovem atendente. Mas o dono da mercearia, chefe de família, sabia como essas coisas funcionam. "Tudo bem, rapaz", disse ele, "deixa que *eu* atendo a senhora..." E nem cobrou pela fruta. Foi muito compreensivo. Também, não é para menos: pai de treze filhos!

– Treze filhos, que azar! – exclamou Sarah. – Que família fantástica a sua, Edith. Ouço falar dela desde que me conheço por gente.

– Ah, sim. Já lhe contei muitas histórias. Você era uma menininha muito levada, sempre querendo saber de tudo. E isso me faz lembrar que aquele seu admirador esteve aqui esses dias. Sr. Lloyd. Falou com ele?

– Sim, falei com ele.

— Parece mais velho... Mas com um belo bronzeado. Isso é de ficar muito tempo no estrangeiro. Progrediu por lá, o rapaz?

— Não exatamente.

— Ah, que pena. Não tem tutano que chega... Isso que lhe falta.

— Talvez. Acha que a mãe vai chegar logo?

— Ah, sim, srta. Sarah. Ela vai sair para jantar. Por isso vem trocar de roupa em casa. Se me perguntar, srta. Sarah, é uma pena enorme que ela não passe mais noites no sossego do lar. Vida social muito agitada.

— Imagino que ela goste.

— Toda noite é um compromisso ou outro – Edith fungou, com desdém. – Não combina com ela. Sempre foi uma senhora recatada.

Sarah virou bruscamente a cabeça, como se as palavras de Edith tivessem acionado uma memória esquecida. Repetiu, cismando:

— Recatada. Sim, mamãe era recatada. Gerry também disse isso. Engraçado como ela mudou nos últimos três anos. *Também* acha que ela mudou muito, Edith?

— Às vezes nem parece a mesma pessoa.

— Ela era bem diferente... como era... – Sarah interrompeu a fala, mergulhando em pensamentos. Pouco depois, continuou: – Acha que as mães sempre têm carinho pelos filhos, Edith?

— Claro que sim, srta. Sarah. Não seria natural se não tivessem.

— Mas será mesmo natural importar-se com os filhos depois que estão crescidos e ganharam o mundo? Com os animais isso não ocorre.

Chocada, Edith falou, mordaz:

— Animais, pois sim! Somos homens e mulheres cristãos. Não fale bobagem, srta. Sarah. Não esqueça o ditado: "Filho é filho até subir ao altar; filha é filha enquanto a vida durar".

Sarah riu.

— Conheço um monte de mães que não podem nem enxergar as filhas e também um monte de filhas que não têm um pingo de respeito pelas mães.

— Bem, só posso dizer, srta. Sarah, que não acho isso certo.

— Mas é bem mais saudável, Edith... Pelo menos é o que dizem nossos psicólogos.

— Mentes pervertidas.

Sarah falou, pensativa:

— Sempre tive grande admiração por ela... Como pessoa, não como mãe.

— E sua mãe é dedicada a você, srta. Sarah.

Sarah não respondeu por alguns segundos. Então ponderou, meditativa:

— Não sei não...

Edith torceu o nariz.

— Se visse o estado em que ela ficou quando você tinha catorze anos e pegou pneumonia...

— Ah, sim, *naquela época*. Mas hoje...

As duas ouviram o barulho da chave na porta da frente. Edith falou:

— Ela está chegando.

Ann entrou sem fôlego, tirando da cabeça um chapeuzinho alegre de plumas multicoloridas.

— Sarah?! Que surpresa agradável. Puxa vida, este chapéu machuca a minha cabeça. Que horas são? Estou terrivelmente atrasada. Vou me encontrar com os Ladesbury no Chaliano's às oito. Venha comigo até meu quarto enquanto troco de roupa.

Sarah seguiu-a obedientemente pelo corredor até o quarto.

— Como vai Lawrence? — indagou Ann.

— Ótimo.

– Que bom. Faz séculos que não o vejo... E você também, a propósito. Temos de marcar um encontro uma hora dessas. Aquela nova comédia no teatro Coronation parece uma boa pedida...

– Mãe. Quero falar com a senhora.

– Sim, querida?

– Quer parar de pintar o rosto e me escutar um pouco?

Ann pareceu surpresa.

– Minha nossa, Sarah. Parece tão ansiosa...

– Quero falar com a senhora. É sério. É sobre... Gerry.

– Ah! – Ann deixou as mãos caírem rente ao corpo. Ficou com o olhar pensativo: – Gerry?

Sarah disse de modo trivial:

– Ele quer que eu abandone Lawrence para ir com ele ao Canadá.

Ann respirou uma ou duas vezes. Então comentou, alegre:

– Que estupidez completa! Pobrezinho do Gerry. É idiota demais.

Sarah falou incisiva:

– Gerry é legal.

Ann disse:

– Sei que você sempre teve uma queda por ele, meu bem. Mas, falando sério, não acha que está noutro patamar agora que o viu de novo?

– Não está me ajudando muito, mãe – disse Sarah. A voz dela estremeceu um pouco. – Quero falar... a sério sobre o assunto.

Ann disse, cáustica:

– Não está levando a sério essa tolice patética...

– Sim, estou.

– Então está sendo estúpida, Sarah – rebateu Ann, com raiva.

— Sempre gostei de Gerry, e ele de mim — retorquiu Sarah, obstinada.

Ann riu.

— Ah, minha filhinha querida!

— Eu nunca deveria ter me casado com Lawrence. Foi o maior erro que já cometi.

— Vai acabar se acomodando — reconfortou-a Ann.

Sarah levantou-se e ficou zanzando, inquieta.

— Não vou. Não vou. Minha vida é um inferno... Um inferno puro.

— Não exagere, Sarah — repreendeu Ann, com a voz ácida.

— Ele é um animal... Um animal cruel.

— Ele faz tudo por você, Sarah — observou Ann, em tom reprovador.

— Por que fui me casar com ele? Por quê? Nunca quis realmente me casar com ele. — Virou-se de repente para Ann. — Não teria me casado com ele se não fosse por *você*.

— Eu? — Ann corou de raiva. — Não tive nada a ver com isso!

— Foi você... Foi você!

— Eu lhe disse na época que a decisão só cabia a você.

— Deu a entender que era a decisão certa.

— Que besteira! Ora, avisei que a reputação dele não era das melhores, que você estava se arriscando...

— Sei. Mas foi o *jeito* como disse. Como se isso não tivesse importância. Ah, a coisa toda! Não me importam as palavras que usou. As palavras em si estavam certas. *Mas você queria que eu me casasse com ele. Queria*, mãe. *Sei* que queria! Por quê? Queria me ver pelas costas?

Ann encarou a filha com indignação no olhar.

— Sarah! Nunca fui tão atacada em minha vida.

Sarah aproximou-se da mãe. Os olhos imensos e negros no rosto pálido fitaram o rosto de Ann como que à procura da verdade.

– Sei que estou dizendo a verdade. *Queria que eu me casasse com Lawrence*. E agora que tudo foi por água abaixo, agora que minha vida é uma infelicidade abominável, nem dá a mínima. Às vezes chego a pensar que está *satisfeita*...

– Sarah!

– Sim, *satisfeita*. – O olhar dela continuava a perscrutar o rosto da mãe. Ann inquietou-se com aquele olhar. – *Está* satisfeita... Queria me ver infeliz...

Ann virou o rosto bruscamente. Estava tremendo. Afastou-se em direção à porta. Sarah foi atrás dela.

– Por quê? Por quê, mãe?

Ann disse, forçando as palavras entre os lábios tensos:

– Não tem noção do que está dizendo.

Sarah insistiu:

– Quero saber por que queria me ver infeliz.

– Jamais quis sua infelicidade! Não seja ridícula!

– Mãe... – Tímida como uma criança, Sarah tocou o braço da mãe. – Mãe... Sou sua filha... Devia gostar de mim.

– Claro que gosto de você! Essa agora!

– Não – discordou Sarah. – Acho que não gosta. Há um bom tempo deixou de gostar de mim... Afastou-se de mim... Para um lugar onde não consigo alcançá-la...

Ann esforçou-se para se recompor. Falou sem demonstrar emoção:

– Por mais que a gente se importe com os filhos, chega uma hora em que eles têm de aprender a caminhar com as próprias pernas. Mães não devem ser possessivas.

– Claro que não. Mas quando um filho está em apuros precisa poder recorrer à própria mãe.

– E o que quer que eu *faça*, Sarah?

– Quero que me diga se devo ir embora com Gerry ou ficar com Lawrence.

– Fique com seu marido, é claro.

– Parece tão categórica...

– Meu bem, que outra resposta espera de uma mulher de minha geração? Fui criada para respeitar certos padrões de comportamento.

– Moralmente certo ficar com o marido, moralmente errado fugir com o amante! Não é isso?

– Exato. Claro, imagino que suas amigas moderninhas abordariam o problema sob um prisma bem diferente. Mas pediu a minha opinião.

Sarah suspirou e meneou a cabeça.

– Fala como se fosse simples, mas não é. É tudo confuso. Na verdade, é a minha pior parte que anseia continuar com Lawrence... A parte que tem medo de ficar pobre e de enfrentar dificuldades... A parte que aprecia a vida boa... A parte que tem gostos depravados e é escrava dos prazeres sensoriais... A outra parte de Sarah, a Sarah que quer ir com Gerry, não é uma cadela no cio... É a parte que acredita em Gerry e quer ajudá-lo. Sabe, mãe, tenho aquilo que Gerry não tem. Tem horas em que ele fica lá sentado, cheio de pena de si próprio, e é bem nessas horas que ele precisa de mim para lhe dar um tremendo chacoalhão! Gerry pode se tornar uma pessoa excelente... Ele tem esse potencial. Só precisa de alguém para rir da cara dele, para atiçá-lo e... Ah, ele... ele só precisa de *mim*...

Sarah parou e olhou implorante para o rosto de Ann, duro como pedra.

– Não adianta eu fingir que estou impressionada, Sarah. Casou-se com Lawrence por livre e espontânea vontade, por mais que finja que não. Tem de ficar ao lado dele.

— Talvez...

Ann aproveitou a vantagem para tentar matar o jogo.

— Sabe, meu bem — falou, em tom afetuoso —, não creio que você seja talhada a uma vida de apertos e dificuldades. Falar do assunto, tudo bem, mas estou certa de que você odiaria passar por isso. Em especial — teve a sensação de que aquilo surtiria efeito —, em especial se sentisse que estava sendo um empecilho em vez de um estímulo para Gerry.

Mas quase de imediato se deu conta de que dera um passo em falso.

As feições de Sarah se enrijeceram. Caminhou até a penteadeira, pegou um cigarro e o acendeu. Então disse, frivolamente:

— Gosta de ser a advogada do diabo, não é, mamãe?

— Como assim? — indagou Ann, desnorteada.

Sarah voltou e postou-se bem defronte a sua mãe, o rosto desconfiado e inflexível.

— Por que motivo real não quer que eu vá embora com Gerry, mãe?

— Já lhe disse...

— O motivo *real*... — Com o olhar fixo no de Ann, Sarah perguntou, de modo calculado: — Tem medo, talvez, *de que eu possa ser feliz com Gerry*?

— Tenho medo de que você possa ser muito *in*feliz!

— Não, não tem. — Sarah despejou as palavras com amargura. — Não daria a mínima se eu fosse infeliz. É minha felicidade que não quer. Não gosta de mim. Mais do que isso. Por alguma razão ou outra me odeia... É isso, não é? Você me odeia. Me odeia com todas as forças!

— Sarah, está maluca?

– Não, não estou maluca. Enfim descobri a verdade. Faz um bom tempo que me odeia... Alguns anos. *Por quê?*

– Não é verdade...

– *É* verdade. Mas por quê? Não é ciúme porque sou mais jovem. Certas mães são assim com suas filhas, mas você não. Sempre foi doce comigo... Por que me odeia, mãe? Preciso saber!

– Não odeio você!

Sarah gritou:

– Ah, pare de mentir! Seja sincera. O que foi que fiz para que me odiasse? Sempre tive adoração por você. Sempre tentei ser boa para você... e fazer coisas por você.

Ann virou-se para a filha e disse, com amargura e ênfase na voz:

– Fala como se só você tivesse feito sacrifícios!

Sarah fitou-a, estupefata.

– Sacrifícios? Que sacrifícios?

A voz de Ann estremeceu. Apertou as mãos num frêmito.

– Desisti de minha vida por você... Desisti de tudo que amava... E nem ao menos se lembra!

Sarah respondeu, atônita:

– Não tenho ideia do que você está falando.

– Não, não tem. Nem ao menos se lembrou do nome de Richard Cauldfield. *"Richard Cauldfield?"*, você perguntou. *"Quem é ele?"*

Um princípio de compreensão revelou-se no olhar de Sarah. Uma vaga angústia tomou conta dela.

– Richard Cauldfield?

– Sim, Richard Cauldfield! – Ann acusava abertamente agora. – *Você* não gostava dele. Mas *eu* o amava! Ele era muito importante para mim. Eu queria me casar com ele. Mas por sua causa tive de desistir dele.

– Mãe...

Sarah ficou assustada.

Ann prosseguiu, em tom hostil:

– Eu tinha o direito de ser feliz.

– Eu não sabia... que o amava de verdade – balbuciou Sarah.

– E nem queria saber. Fechou os olhos para não ver. Fez tudo a seu alcance para impedir o casamento. Isso é verdade, não é?

– Sim, é verdade... – A mente de Sarah voltou ao passado. Sentiu-se um pouco enojada ao se lembrar da sua impertinência pueril e volúvel. – Eu... eu achava que ele não a faria feliz...

– Que direito você tem de escolher por outra pessoa? – questionou Ann, com ardor.

Gerry lhe dissera aquilo. Gerry ficara preocupado com o que ela estivera tentando fazer. E ela ficara tão satisfeita consigo mesma, tão triunfante com a vitória sobre o famigerado "Cauliflower". Puro ciúme infantil. Estava tão claro agora! E, por causa disso, a mãe dela sofrera e, pouco a pouco, transformara-se naquela mulher nervosa e infeliz que agora a confrontava com uma acusação para a qual não tinha resposta.

Só conseguiu tartamudear, num sussurro indistinto:

– Eu não sabia... Ah, mãe, eu não sabia...

Ann retornara ao passado de novo.

– Teríamos sido felizes juntos – observou. – Era um homem solitário. A primeira mulher dele tinha morrido dando à luz, e a criança também, e isso havia sido um doloroso trauma para ele. Tinha lá seus defeitos, sei disso, a tendência de ser empolado e autoritário (o tipo de coisa que os jovens percebem), mas no fundo era gentil, simples e de bom coração. Envelheceríamos juntos e felizes. E em vez disso eu o magoei bastante: eu o mandei embora. Mandei-o para um hotel no litoral sul onde conheceu aquela cobra que não dá a mínima para ele.

Sarah se afastou. Cada palavra atingira-a em cheio. No entanto, reuniu forças para tentar se defender.

– Se queria tanto se casar com ele – disse ela –, por que não foi em frente e se casou?

Ann encarou-a de modo incisivo.

– Não se lembra das cenas intermináveis... das brigas? Vocês dois pareciam cão e gato. Você o provocava por gosto. Era parte de seu plano.

(Sim, *tinha sido* parte do plano dela...)

– Não conseguia mais suportar aquela situação, dia após dia. E então me vi numa encruzilhada. Tinha de escolher (Richard colocou nesses termos) entre ele e você. Você é minha filha, meu sangue. Escolhi você.

– E desde então – retorquiu Sarah, clarividente – passou a me odiar...

Agora os contornos ficavam nítidos para ela.

Pegou a estola e virou-se em direção à porta.

– Muito bem – disse. – Agora sabemos em que pé estão as coisas.

A voz dela era firme e clara. Após contemplar a derrocada da vida de Ann, passou a contemplar a derrocada da sua própria vida.

Na soleira da porta, deu meia-volta e dirigiu a palavra à mulher de rosto desolado que não negara aquela última acusação.

– *Você* ficou com ódio de *mim* por ter estragado sua vida, mãe – disse ela. – Bem, eu odeio *você* por ter estragado a minha!

Ann disse, categórica:

– Não tive nada a ver com sua vida. Você fez suas próprias escolhas.

— Ah, não, não fiz. Não seja tão hipócrita, mãe. Vim ouvir seu conselho querendo que me ajudasse a não me casar com Lawrence. Sabia muito bem que eu estava enfeitiçada por ele, mas que queria escapar daquele feitiço. Teve muita perspicácia. Soube exatamente o que fazer e dizer.

— Bobagem. Por que eu ia querer que você se casasse com Lawrence?

— Acho que... porque você sabia que eu não seria feliz. *Você* era infeliz... E queria que eu também fosse. Vamos, mãe, abra o jogo. Confesse que sente um gostinho especial ao saber que sou infeliz no casamento?

Numa súbita onda de emoção, Ann desabafou:

— Sim! Às vezes acho que é bem feito para você!

Mãe e filha encararam-se implacavelmente.

Então Sarah caiu na risada, uma risada ríspida e desagradável.

— Até que enfim lavamos a roupa suja! Adeus, mãezinha *querida*...

Saiu pela porta e enveredou pelo corredor. Ann escutou a batida seca da porta se fechando num barulho decisivo e inexorável.

Estava sozinha.

Ainda trêmula, aproximou-se da cama e jogou-se nela. Lágrimas brotaram dos olhos e escorreram pelas faces.

Então teve uma crise de choro como há muito tempo não experimentava.

Chorou e chorou...

Por quanto tempo ficou chorando não sabia, mas, quando os soluços enfim começaram a se aplacar, escutou um tilintar de porcelana, e Edith entrou com a bandeja de chá. Descansou-a na mesinha ao lado da cama e sentou-se perto da patroa, afagando o ombro dela carinhosamente.

– Pronto, pronto, minha meiga, minha linda... Aqui está um chazinho saboroso, e a senhora vai tomá-lo querendo ou não.

– Ah, Edith, Edith... – Ann agarrou-se à fiel empregada e amiga.

– Pronto, pronto, não leve tão a sério. Vai ficar tudo bem.

– As coisas que eu disse... As coisas que eu disse...

– Deixe para lá. Sente-se direito agora. Vou servir o chá. Agora beba.

Obediente, Ann sentou-se direito e bebeu o chá quente.

– Prontinho, a senhora vai se sentir melhor num minuto.

– Sarah... Como eu pude?

– Agora, não se preocupe...

– Como pude dizer aquelas coisas a ela?

– Melhor dizer do que ficar remoendo, se quiser a minha opinião – argumentou Edith. – São as coisas que remoemos e não falamos que corroem a gente por dentro... Isso é fato.

– Fui tão cruel... tão cruel...

– Eu diria que há um bom tempo a senhora não estava bem justamente porque ficava guardando tudo para si. Quebre os pratos e bote o rancor para fora, é o que digo, em vez de se fechar e fingir que não há nada de errado. Todo mundo tem maus pensamentos, mas nem sempre a gente reconhece.

– Será que passei mesmo a odiar Sarah? Minha pequena Sarah, que costumava ser tão engraçada e querida? E passei a odiá-la?

– Claro que não – garantiu Edith, robustamente.

– Mas é verdade. Queria que ela sofresse, que fosse magoada... Como eu fui magoada.

– Agora não fique colocando caraminhola na cabeça. A senhora é e sempre foi dedicada à srta. Sarah.

Ann continuou:

– Todo o tempo, o tempo todo... Pulsando escondido... Ódio... Ódio...

– É uma pena que a senhora não tenha desabafado antes. Uma boa briga sempre areja o ambiente.

Ann recostou-se sem forças nos travesseiros.

– Mas não a odeio agora – concluiu, pensativa. – Tudo se foi... Sim, tudo acabou...

Edith levantou-se e bateu de leve no ombro de Ann.

– Não fique triste, linda. Está tudo bem.

Ann meneou a cabeça.

– Não, nunca mais será a mesma coisa. Nós duas dissemos coisas que nunca mais vamos esquecer.

– Não vá acreditar nisso. Paus e pedras quebram meus ossos, mas palavras não me atingem. Eis um provérbio verdadeiro.

Ann disse:

– Existem certas coisas, coisas fundamentais, que nunca podem ser esquecidas.

Edith pegou a bandeja e disse:

– Nunca é uma palavra pomposa.

Capítulo 4

Chegando em casa, Sarah dirigiu-se ao amplo cômodo nos fundos da residência que Lawrence chamava de seu gabinete.

Ele estava lá, desembrulhando uma estatueta recém-comprada – obra de um promissor escultor francês.

– Que tal, Sarah? Soberba, não?

Seus dedos acariciaram delicadamente a silhueta retorcida do corpo nu.

Sarah estremeceu de leve, como se tivesse lembrado algo.

Retorquiu com a testa franzida:

– Sim, soberba... Mas obscena!

– Ah, deixe disso... Como é surpreendente que ainda persista um toque de puritanismo em você, Sarah. Curiosa essa resistência.

– Essa estátua *é* obscena.

– Levemente libertina, talvez... Mas talentosa. E imaginativa ao extremo... Paul consome haxixe, é claro... Isso talvez explique o espírito da coisa.

Baixou o objeto e virou-se para Sarah.

– Está com um jeitinho *en beauté*, minha esposa encantadora, e algo a preocupa. A aflição deixa-a ainda mais linda.

Sarah explicou:

– Acabo de ter uma briga horrível com minha mãe.

– É mesmo? – Lawrence ergueu as sobrancelhas com certo divertimento. – Soa tão improvável! Nem consigo imaginar. A doce Ann...

– Hoje não estava tão doce! Eu também fiz por merecer, admito.

– Briguinhas domésticas são enfadonhas, Sarah. Vamos mudar de assunto.

– Nem iria entrar nele. Mamãe e eu lavamos a roupa suja e estamos quites... E isso é tudo. Na verdade quero falar com você sobre outra coisa. Acho que eu... vou deixá-lo, Lawrence.

Steene permaneceu impassível. Ergueu as sobrancelhas e murmurou:

– Sabe, acho que essa não seria uma atitude inteligente de sua parte.

– Do jeito que você fala parece que está me ameaçando.

– Ah, nada disso... Mas quem avisa amigo é. E por que afinal vai me deixar, Sarah? Minhas outras esposas já fizeram isso, mas dificilmente pode ter as mesmas razões que elas. Por exemplo, eu não a traí nem parti seu coração. Aliás, não morre de amores por mim e continua sendo...

– A predileta do harém? – indagou Sarah.

– Se quiser se expressar dessa maneira oriental... Sim, Sarah, acho-a simplesmente perfeita. Até mesmo esse seu toque puritano dá um tempero a mais para a nossa... como vou dizer... maneira pagã de viver? A propósito, o motivo pelo qual a minha primeira mulher me deixou também não se aplica. Afinal, desaprovação moral definitivamente não é o seu forte.

– Que importância tem por que vou deixá-lo? Não finja que se importa de verdade!

– Claro que me importo, e como! Você é, no momento, minha propriedade mais valiosa... Mais do que tudo isto aqui.

Mostrou com a mão todo o gabinete à sua volta.

– Então quer dizer... que não me *ama*?

– A dedicação romântica, como já lhe disse uma vez, nunca me atraiu... Nem para dar, nem para receber.

– A verdade nua e crua é que... Existe outra pessoa – confessou Sarah. – Vou embora com ele.

– Ah! Deixando os pecados para trás?

– Quer dizer...

– Fico pensando se vai ser assim tão fácil como pensa. Tem sido uma pupila aplicada, Sarah... A maré da vida pulsa forte em seu peito... Vai conseguir abandonar as sensações, os prazeres, as aventuras dos sentidos? Lembre-se daquela noite na Mariana... Lembre-se de Charcot e seus passatempos... Disso, Sarah, a gente não consegue desistir tão fácil.

Sarah fitou-o e por um instante deixou transparecer medo no olhar.

– Sei... sei... Mas, quando a gente quer, *consegue* largar!

– Consegue? Está envolvida até o pescoço, Sarah...

Dando meia-volta, ela retirou-se com pressa do gabinete.

Lawrence largou a estatueta com um baque.

Não escondia a irritação. Não se cansara ainda de Sarah. Tinha dúvidas de que algum dia se cansaria dela – criatura indomável, capaz de resistência e de luta... Criatura de beleza fascinante. Uma peça de colecionador de extrema raridade.

Capítulo 5

– Minha nossa, Sarah.

Surpresa, Dame Laura ergueu o olhar por detrás de sua escrivaninha.

Sarah ofegava e demonstrava bastante emoção.

Laura Whitstable disse:

– Faz séculos que não a vejo, afilhada.

– Sim, eu sei... Ah, Laura, estou numa *enrascada*.

– Sente-se – Laura Whitstable conduziu-a suavemente para o divã. – Agora me conte o que está acontecendo.

– Pensei que talvez a senhora pudesse me ajudar... Uma pessoa pode, ou consegue... É possível parar de tomar coisas... Depois, quero dizer... depois que a gente se acostumou a tomá-las?

Ela acrescentou, com pressa:

– Ai, meu Deus. Imagino que nem tenha ideia do que estou falando.

– Tenho, sim. Quer dizer cocaína?

– Sim. – Sarah sentiu um imenso alívio pelo modo objetivo com que Laura Whitstable reagira.

– Bem, a resposta depende de uma série de fatores. Não é nada fácil... Nunca é fácil. Mulheres têm mais dificuldade de romper hábitos do que os homens. Vai depender muito de há quanto tempo você usa a droga, qual sua dependência em relação a ela, como está a sua saúde em geral, quanta coragem, resolução e força de vontade você tem, sob quais condições vai passar o seu dia a dia, as coisas que almeja e, no caso das mulheres, se tem alguém à mão para *ajudá-la* na luta.

O rosto de Sarah iluminou-se.

– Que bom. Então... acho mesmo que vai dar tudo certo.

– Ficar com tempo livre não ajuda muito – avisou Laura.

Sarah riu.

– Não vai me sobrar muito tempo! Vou trabalhar como uma condenada todo minuto do dia. Vou ter alguém para... tomar conta de mim e me fazer andar na linha. E quanto a almejar o futuro... tenho tudo para almejar... *Tudo!*

– Bem, Sarah, as suas chances são boas. – Laura fitou-a e acrescentou de modo inesperado: – Parece que amadureceu, enfim.

– Sim. Demorou um bom tempo... Percebo isso. Eu chamava Gerry de fraco, mas *eu* é que sou fraca. Sempre querendo elogios e incentivos.

O rosto de Sarah anuviou-se.

– Laura... Fui simplesmente horrível com mamãe. Só hoje fui descobrir que ela gostava mesmo do Cauliflower. Agora sei que devia ter dado ouvidos quando a senhora me alertou sobre sacrifícios e oferendas queimadas. Estava tão satisfeita comigo mesma e com o meu plano para me livrar do coitado do Richard... Agora percebo que todo o tempo estava apenas sendo ciumenta, infantil e malvada. Por minha culpa mamãe desistiu dele; e aí naturalmente passou a me odiar, só que ela nunca disse isso, mas tudo parecia errado. Hoje tivemos uma discussão horrível... Gritamos uma com a outra, e eu falei as coisas mais odiosas para ela e a culpei por tudo de ruim que aconteceu comigo. Mas a verdade é que todo o tempo *eu* estava me sentindo culpada em relação a ela.

– Entendo.

– E agora – completou Sarah, angustiada – não sei *o que* fazer. Se ao menos eu pudesse compensar de alguma forma tudo o que fiz... Mas imagino que seja tarde.

Laura Whitstable pôs-se em pé num pulo.
– Não há maior perda de tempo – vaticinou didaticamente – do que dizer a coisa certa para a pessoa errada...

Capítulo 6

I

Com o ar exato de quem manuseia dinamite, Edith tirou o fone do gancho. Respirou fundo e discou um número. Quando o telefone começou a tocar no outro lado da linha, espiou inquieta por cima do ombro. Barra limpa. Ninguém mais no apartamento. Teve um sobressalto ao ouvir a voz vigorosa e profissional que chegou pelo fio do telefone.

– Welbeck 97438.

– Ah... é Dame Laura Whitstable?

– A própria.

Nervosa, Edith engoliu em seco por duas vezes.

– É Edith, madame. A Edith da sra. Prentice.

– Boa noite, Edith.

Edith engoliu em seco de novo. Disse, em tom misterioso:

– Coisas desagradáveis estes telefones.

– Sim, sei o que quer dizer. Tem algum assunto para falar comigo?

– É a sra. Prentice, madame. Estou preocupada com ela, de verdade.

– Mas não é de hoje que se preocupa com ela, não é mesmo, Edith?

– Dessa vez é diferente, madame. Bem diferente. Perdeu o apetite, fica sentada olhando o vazio. E muitas vezes pego-a chorando. Está mais calma, se é que a senhora me entende, parou com toda aquela agitação. E não me repreende mais. Me trata com toda a gentileza e a consideração de antigamente... Mas parece que perdeu o coração, que perdeu a *alma*. É horrível, madame, é horrível mesmo.

O telefone disse "Interessante" de um jeito lacônico e profissional; não exatamente o que Edith queria.

– É de sangrar o coração da gente, madame, é mesmo.

– Não use esses termos ridículos, Edith. Corações só sangram se sofrem danos físicos.

Edith voltou à carga.

– Tem a ver com a srta. Sarah, madame. As duas lavaram a roupa suja (já era tempo), e agora a srta. Sarah faz um mês que não aparece.

– Não, ela não está em Londres... Está no interior.

– Escrevi para ela.

– Nenhuma carta foi encaminhada a ela.

Edith animou-se um pouco.

– Ah, bem, então. Assim que ela voltar para Londres...

Dame Laura a interrompeu.

– Receio, Edith, que é melhor se preparar para o choque. A srta. Sarah vai para o Canadá com o sr. Gerald Lloyd.

Edith fez um barulho desaprovador que lembrou um sifão de água tônica.

– Que indecência. Abandonar o marido!

– Não dê uma de falsa beata, Edith. Quem é você para julgar a conduta alheia? Ela vai ter uma vida dura por lá... Nada dos luxos aos quais está acostumada.

Edith suspirou:

– Não é por isso que passa a ser menos pecadora... Mas a senhora vai me desculpar por dizer isso, madame, o sr. Steene *sempre* me deu calafrios. Tipo do cavalheiro que a gente imagina que vendeu a alma ao diabo.

A voz de Dame Laura veio seca:

— Guardadas as inevitáveis diferenças fraseológicas, sou obrigada a concordar com você.
— A srta. Sarah não vai aparecer para se despedir?
— Parece que não.
Edith indignou-se:
— Isso é crueldade dela.
— Você não entende uma vírgula.
— Entendo que uma filha tem de respeitar a mãe. Nunca sonhei que a srta. Sarah fosse capaz disso! Não pode fazer nada, madame?
— Nunca interfiro.
Edith respirou fundo.
— Bem, vai me perdoar... Sei que a senhora é uma dama muito famosa e estudada, e sou apenas uma proletária... Mas dessa vez acho que deveria interferir!
E, com o rosto sombrio, Edith bateu o telefone.

II

Edith precisou falar duas vezes com Ann para que ela caísse em si e respondesse.
— O que foi que você disse, Edith?
— Disse que o seu cabelo está meio esquisito perto das raízes. A senhora deveria dar uma caprichada.
— Não vou mais pintar o cabelo. Vai ficar melhor grisalho.
— Vai dar um ar mais respeitável, concordo. Mas vai ficar esquisito meio a meio.
— Não importa.
Nada importava. O que poderia importar na marcha enfadonha de um dia após o outro? Ann pensou, como já pensara e repensara: "Sarah nunca vai me perdoar. E ela tem toda a razão...".

O telefone tocou, e Ann foi atender. Disse: "Alô!" numa voz desligada, então teve um leve sobressalto quando a voz enfática de Dame Laura falou do outro lado.

– Ann?

– Sim.

– Não é do meu feitio me meter na vida dos outros, mas... acho que é melhor ficar sabendo de uma coisa: Sarah e Gerald Lloyd vão embarcar hoje às oito horas da noite para o Canadá.

– O quê? – engasgou-se Ann. – Eu... não vejo Sarah há várias semanas.

– Pois é. Ela esteve numa clínica de reabilitação no interior. Foi lá voluntariamente fazer um tratamento contra a dependência química.

– É mesmo, Laura? E como ela está?

– Superou bem a abstinência, e o tratamento teve bom resultado. Pode calcular o quanto ela deve ter sofrido... Sim, tenho orgulho de minha afilhada. Ela é determinada.

– Ah, Laura – as palavras saíram aos borbotões da boca de Ann. – Lembra-se daquela vez que me perguntou se eu conhecia Ann Prentice? Agora eu conheço. Estraguei a vida de Sarah por ressentimento e rancor. Ela nunca vai me perdoar!

– Bobagem. Ninguém pode realmente estragar a vida de outra pessoa. Deixe de melodrama e de se fazer de coitadinha.

– É a verdade. Sei exatamente quem sou e o que fiz.

– Tanto melhor então... Mas já faz um bom tempo que sabe, não é? Que tal agora partir para outra?

– Não entende, Laura. Estou tão arrependida, tão cheia de remorsos...

– Escute, Ann, tem duas coisas que desprezo: uma é a pessoa ficar me dizendo o quanto ela é nobre e me explicando as razões morais de seus atos, e a outra é a pessoa ficar choramingando pelo modo errado como se comportou. As duas afirmações podem ser verdadeiras... Reconheça a verdade por trás de suas atitudes, mas, depois de fazer isso, puxa vida, *vá em frente*! Não vai conseguir atrasar o relógio e em geral não vai conseguir desfazer o que está feito. Continue a viver.

– Laura, o que acha que devo fazer em relação a Sarah?

Laura Whitstable bufou.

– Posso ter dado um aviso... Mas não vou chafurdar na lama de quem dá conselhos.

E ato contínuo desligou.

Movimentando-se como no meio de um sonho, Ann atravessou a sala rumo ao sofá e sentou-se lá, fitando o vazio...

Sarah... Gerry... Será que ia dar certo? Será que a filha dela, a sua filha querida e amada, enfim encontraria a felicidade? Gerry não passava de um fraco... O currículo de fracassos continuaria... Ele decepcionaria Sarah... Sarah ficaria desiludida... Infeliz? Se ao menos Gerry fosse uma espécie diferente de homem... Mas Gerry era o homem que Sarah amava.

O tempo passou. Ann permanecia imóvel.

Aquilo não tinha mais nada a ver com ela. Perdera todo e qualquer direito. Entre ela e Sarah abrira-se um abismo intransponível.

Edith espiou a patroa uma vez e então sumiu.

Mas de repente a campainha tocou, e Edith foi atender.

– O sr. Mowbray está esperando lá embaixo, senhora.

– O que você disse?

– O sr. Mowbray. Esperando lá embaixo.

Ann ergueu-se num pulo. O olhar no relógio. O que estivera pensando ali sentada, meio paralisada?

Sarah ia embora... Hoje à noite... Para o outro lado do mundo...

Ann pegou a estola e saiu correndo apartamento afora.

– Basil – pediu ela, sem fôlego. – Por favor, me leve até o Aeroporto de Londres... O mais rápido que puder.

– Mas Ann, querida, posso saber o que está acontecendo?

– É Sarah. Ela vai para o Canadá. Não nos despedimos ainda.

– Mas meu bem, não acha que deixou para fazer isso meio *tarde*?

– Acho. Fui uma idiota. Mas espero que não seja tarde *demais*. Vamos, Basil... Rápido!

Basil Mowbray suspirou e fez o carro funcionar.

– Sempre considerei-a uma mulher ponderada, Ann – repreendeu-a. – Realmente dou graças aos céus porque nunca vou ser pai. Parece que as pessoas se comportam de modo tão estranho...

– Faça o favor de *acelerar*, Basil.

Basil suspirou.

Pelas ruas de Kensington, desviando do engarrafamento em Hammersmith por ruelas intricadas, enfrentando o trânsito lento de Chiswick, desembocando enfim na Great West Road, deixando para trás as fábricas altas, os prédios iluminados por néon e então fileiras de residências asseadas com seus habitantes. Mães e filhas, pais e filhos, maridos e mulheres. Todos com problemas, brigas e reconciliações. "Exatamente como eu", pensou Ann. De repente sentiu afinidade, amor e compreensão por toda a espécie humana... Não era nem nunca seria solitária, pois morava num mundo habitado por sua própria espécie...

III

Em Heathrow, os passageiros esperavam no saguão avisos de embarque, alguns em pé, outros sentados.

Gerry disse a Sarah:

– Sem arrependimentos?

Ela relanceou um rápido olhar de confirmação a ele.

Mais magro, o rosto de Sarah exibia os vincos da resistência ao sofrimento. Rosto mais velho, plenamente maduro, mas não menos encantador.

Ela pensava: "Pelo Gerry eu teria ido me despedir de mamãe. Ele não entende... Se ao menos eu pudesse compensar o que fiz a ela... Mas não posso...".

Não podia devolver-lhe Richard Cauldfield...

Não: o mal causado por ela a sua mãe era imperdoável.

Sentia-se feliz com Gerry, partindo rumo a uma nova vida com ele. Mas algo em seu íntimo chorava em desconsolo...

"Vou *embora*, mãe, vou embora..."

Se ao menos...

O aviso rouco do locutor assustou-a. "Passageiros do voo 346 com destino a Prestwick, Gander e Montreal, por favor, sigam a luz verde e dirijam-se ao Setor de Imigração e Alfândega..."

Os passageiros pegaram a bagagem de mão e rumaram à porta de saída. Sarah seguiu Gerry, ficando um pouco para trás.

– Sarah!

Atravessando a porta externa, a estola escorregando dos ombros, Ann veio correndo em direção à filha. Sarah correu para encontrá-la, largando a mala no chão.

– Mãe!

As duas se abraçaram e depois se afastaram um pouco para se olharem melhor.

Tudo que Ann pensara e ensaiara dizer morrera antes de sair dos lábios. Não era necessário. E Sarah, também, não sentiu necessidade de falar. Naquele instante, dizer "Me perdoe, mamãe" não faria sentido.

E ali, naquele instante, Sarah desprendeu-se do último vestígio de sua dependência infantil em relação a Ann. Agora tornara-se uma mulher capaz de se equilibrar nas próprias pernas e tomar as próprias decisões.

Com estranho instinto de confiança renovada, Sarah apressou-se em dizer:

– Vou ficar bem, mãe.

E Gerry, sorrindo, afirmou:

– Vou cuidar dela, sra. Prentice.

Um funcionário da companhia aérea aproximou-se para arrebanhar Gerry e Sarah e indicar-lhes o caminho.

Sarah acrescentou no mesmo estilo inadequado:

– *Vai* ficar bem, *não vai*, mamãe?

E Ann respondeu:

– Sim, querida. Vou ficar bem. Adeus... Deus abençoe vocês dois.

Gerry e Sarah ultrapassaram a porta rumo à nova vida, e Ann voltou para o carro em que Basil a esperava.

– Essas máquinas assustadoras – falou Basil quando as turbinas de um avião roncaram na pista de decolagem. – Parecem *insetos* gigantescos e malignos! *Morro de medo!*

Pegou a autoestrada rumo a Londres.

Ann disse:

– Se não se importa, Basil, hoje à noite não vou sair com você. Prefiro uma noite tranquila em casa.

– Como preferir, querida. Levo você para casa.

Ann sempre pensara em Basil Mowbray como alguém ao mesmo tempo "divertido e detestável". Então se deu conta de que ele também era *gentil* – um homenzinho gentil e solitário.

"Puxa vida", pensou Ann, "que *confusão* ridícula tenho feito."

Basil insistia, ansioso:

– Mas Ann, querida, não vai ter de *comer* algo? Não vai ter nada pronto no apartamento.

Ann sorriu e balançou a cabeça. Viu uma cena agradável desenrolar-se perante seus olhos.

– Não se preocupe – garantiu. – Edith vai me trazer ovos mexidos numa bandeja em frente ao fogo... Sim... E uma boa e quente xícara de chá, que Deus a abençoe!

Edith lançou à patroa um olhar mordaz quando ela entrou, mas tudo o que disse foi:

– Agora espere aí sentada em frente à lareira.

– Só vou tirar estas roupas metidas e colocar algo confortável.

– Melhor pegar de volta o chambre azul de flanela que a senhora me deu quatro anos atrás. Bem mais aconchegante do que o tal "penhoar", como a senhora chama. Nem cheguei a usar. Enfiado na gaveta de baixo da minha cômoda. Me agrada a ideia de ser enterrada nele.

Deitada no sofá da sala, quentinha e confortável no chambre azul, Ann fitou o crepitar do fogo.

Em seguida, Edith entrou com a bandeja e acomodou-a na mesinha ao lado da patroa.

– Vou escovar o seu cabelo mais tarde – disse ela.

Ann levantou a cabeça e sorriu.

– Está me tratando como uma garotinha hoje, Edith. Por quê?

Edith grunhiu.

– É desse jeito que eu a vejo sempre.

– Edith... – Ann ergueu os olhos para ela e disse, com um leve esforço: – Edith... Eu vi Sarah. Está... tudo bem.

– Claro que está tudo bem! Sempre esteve! Eu disse!

Por um instante permaneceu ali, o velho rosto austero voltado para baixo, mirando a patroa com ternura.

Então saiu da sala.

"Essa paz maravilhosa...", pensou Ann. Recordou palavras de muito tempo atrás.

"*A paz de Deus, que excede todo o entendimento...*"

Livros de Agatha Christie publicados pela **L&PM** EDITORES:

Assassinato no Expresso Oriente seguido de *Morte no Nilo* (quadrinhos)
Morte na Mesopotâmia seguido de *O caso dos dez negrinhos* (quadrinhos)

Coleção **L&PM** POCKET

Assassinato na casa do pastor
Um brinde de cianureto
Cartas na mesa
A Casa do Penhasco
A Casa Torta
Um crime adormecido
Os crimes ABC
Depois do funeral
Uma dose mortal
É fácil matar
E no final a morte
Encontro com morte
A extravagância do morto
Um gato entre os pombos
Hora Zero
A mão misteriosa
Mistério no Caribe
O mistério do Trem Azul
O mistério Sittaford
O misterioso sr. Quin
M ou N?
Morte na Mesopotâmia
O Natal de Poirot
Nêmesis
A noite das bruxas
Um passe de mágica
Poirot e o mistério da arca espanhola e outras histórias

Poirot perde uma cliente
Poirot sempre espera e outras histórias
Por que não pediram a Evans?
Portal do destino
Um pressentimento funesto
Punição para a inocência
Os Quatro Grandes
Seguindo a correnteza
Sócios no crime
A teia da aranha
Testemunha da acusação e outras peças
Testemunha ocular do crime
Os trabalhos de Hércules
Os treze problemas

Sob o pseudônimo de Mary Westmacott:

Ausência na primavera
O conflito
O fardo
Filha é filha
O gigante
Retrato inacabado

Coleção L&PM POCKET

600. **Crime e castigo** – Dostoiévski
601. **Mistério no Caribe** – Agatha Christie
602. **Odisseia (2): Regresso** – Homero
603. **Piadas para sempre (2)** – Visconde da Casa Verde
604. **À sombra do vulcão** – Malcolm Lowry
605(8). **Kerouac** – Yves Buin
606. **E agora são cinzas** – Angeli
607. **As mil e uma noites** – Paulo Caruso
608. **Um assassino entre nós** – Ruth Rendell
609. **Crack-up** – F. Scott Fitzgerald
610. **Do amor** – Stendhal
611. **Cartas do Yage** – William Burroughs e Allen Ginsberg
612. **Striptiras (2)** – Laerte
613. **Henry & June** – Anaïs Nin
614. **A piscina mortal** – Ross Macdonald
615. **Geraldão (2)** – Glauco
616. **Tempo de delicadeza** – A. R. de Sant'Anna
617. **Tiros na noite 2: Medo de tiro** – Dashiell Hammett
618. **Snoopy em Assim é a vida, Charlie Brown! (3)** – Schulz
619. **1954 – Um tiro no coração** – Hélio Silva
620. **Sobre a inspiração poética (Íon)** e ... – Platão
621. **Garfield e seus amigos (8)** – Jim Davis
622. **Odisseia (3): Ítaca** – Homero
623. **A louca matança** – Chester Himes
624. **Factótum** – Bukowski
625. **Guerra e Paz: volume 1** – Tolstói
626. **Guerra e Paz: volume 2** – Tolstói
627. **Guerra e Paz: volume 3** – Tolstói
628. **Guerra e Paz: volume 4** – Tolstói
629(9). **Shakespeare** – Claude Mourthé
630. **Bem está o que bem acaba** – Shakespeare
631. **O contrato social** – Rousseau
632. **Geração Beat** – Jack Kerouac
633. **Snoopy: É Natal! (4)** – Charles Schulz
634. **Testemunha da acusação** – Agatha Christie
635. **Um elefante no caos** – Millôr Fernandes
636. **Guia de leitura (100 autores que você precisa ler)** – Organização de Léa Masina
637. **Pistoleiros também mandam flores** – David Coimbra
638. **O prazer das palavras** – vol. 1 – Cláudio Moreno
639. **O prazer das palavras** – vol. 2 – Cláudio Moreno
640. **Novíssimo testamento: com Deus e o diabo, a dupla da criação** – Iotti
641. **Literatura Brasileira: modos de usar** – Luís Augusto Fischer
642. **Dicionário de Porto-Alegrês** – Luís A. Fischer
643. **Clô Dias & Noites** – Sérgio Jockymann
644. **Memorial de Isla Negra** – Pablo Neruda
645. **Um homem extraordinário e outras histórias** – Tchékhov
646. **Ana sem terra** – Alcy Cheuiche
647. **Adultérios** – Woody Allen
651. **Snoopy: Posso fazer uma pergunta, professora? (5)** – Charles Schulz
652(10). **Luís XVI** – Bernard Vincent
653. **O mercador de Veneza** – Shakespeare
654. **Cancioneiro** – Fernando Pessoa
655. **Non-Stop** – Martha Medeiros
656. **Carpinteiros, levantem bem alto a cumeeira & Seymour, uma apresentação** – J.D.Salinger
657. **Ensaios céticos** – Bertrand Russell
658. **O melhor de Hagar 5** – Dik e Chris Browne
659. **Primeiro amor** – Ivan Turguêniev
660. **A trégua** – Mario Benedetti
661. **Um parque de diversões da cabeça** – Lawrence Ferlinghetti
662. **Aprendendo a viver** – Sêneca
663. **Garfield, um gato em apuros (9)** – Jim Davis
664. **Dilbert (1)** – Scott Adams
666. **A imaginação** – Jean-Paul Sartre
667. **O ladrão e os cães** – Naguib Mahfuz
669. **A volta do parafuso** *seguido de* **Daisy Miller** – Henry James
670. **Notas do subsolo** – Dostoiévski
671. **Abobrinhas da Brasilônia** – Glauco
672. **Geraldão (3)** – Glauco
673. **Piadas para sempre (3)** – Visconde da Casa Verde
674. **Duas viagens ao Brasil** – Hans Staden
676. **A arte da guerra** – Maquiavel
677. **Além do bem e do mal** – Nietzsche
678. **O coronel Chabert** *seguido de* **A mulher abandonada** – Balzac
679. **O sorriso de marfim** – Ross Macdonald
680. **100 receitas de pescados** – Sílvio Lancellotti
681. **O juiz e seu carrasco** – Friedrich Dürrenmatt
682. **Noites brancas** – Dostoiévski
683. **Quadras ao gosto popular** – Fernando Pessoa
685. **Kaos** – Millôr Fernandes
686. **A pele de onagro** – Balzac
687. **As ligações perigosas** – Choderlos de Laclos
689. **Os Lusíadas** – Luís Vaz de Camões
690(11). **Átila** – Éric Deschodt
691. **Um jeito tranquilo de matar** – Chester Himes
692. **A felicidade conjugal** *seguido de* **O diabo** – Tolstói
693. **Viagem de um naturalista ao redor do mundo** – vol. 1 – Charles Darwin
694. **Viagem de um naturalista ao redor do mundo** – vol. 2 – Charles Darwin
695. **Memórias da casa dos mortos** – Dostoiévski
696. **A Celestina** – Fernando de Rojas
697. **Snoopy: Como você é azarado, Charlie Brown! (6)** – Charles Schulz
698. **Dez (quase) amores** – Claudia Tajes
699. **Poirot sempre espera** – Agatha Christie
701. **Apologia de Sócrates** *precedido de* **Êutifron** *e seguido de* **Críton** – Platão
702. **Wood & Stock** – Angeli
703. **Striptiras (3)** – Laerte
704. **Discurso sobre a origem e os fundamentos da desigualdade entre os homens** – Rousseau
705. **Os duelistas** – Joseph Conrad
706. **Dilbert (2)** – Scott Adams

707. **Viver e escrever** (vol. 1) – Edla van Steen
708. **Viver e escrever** (vol. 2) – Edla van Steen
709. **Viver e escrever** (vol. 3) – Edla van Steen
710. **A teia da aranha** – Agatha Christie
711. **O banquete** – Platão
712. **Os belos e malditos** – F. Scott Fitzgerald
713. **Libelo contra a arte moderna** – Salvador Dalí
714. **Akropolis** – Valerio Massimo Manfredi
715. **Devoradores de mortos** – Michael Crichton
716. **Sob o sol da Toscana** – Frances Mayes
717. **Batom na cueca** – Nani
718. **Vida dura** – Claudia Tajes
719. **Carne trêmula** – Ruth Rendell
720. **Cris, a fera** – David Coimbra
721. **O anticristo** – Nietzsche
722. **Como um romance** – Daniel Pennac
723. **Emboscada no Forte Bragg** – Tom Wolfe
724. **Assédio sexual** – Michael Crichton
725. **O espírito do Zen** – Alan W. Watts
726. **Um bonde chamado desejo** – Tennessee Williams
727. **Como gostais** seguido de **Conto de inverno** – Shakespeare
728. **Tratado sobre a tolerância** – Voltaire
729. **Snoopy: Doces ou travessuras? (7)** – Charles Schulz
730. **Cardápios do Anonymus Gourmet** – J.A. Pinheiro Machado
731. **100 receitas com lata** – J.A. Pinheiro Machado
732. **Conhece o Mário?** vol.2 – Santiago
733. **Dilbert (3)** – Scott Adams
734. **História de um louco amor** seguido de **Passado amor** – Horacio Quiroga
735(11). **Sexo: muito prazer** – Laura Meyer da Silva
736(12). **Para entender o adolescente** – Dr. Ronald Pagnoncelli
737(13). **Desembarcando a tristeza** – Dr. Fernando Lucchese
738. **Poirot e o mistério da arca espanhola & outras histórias** – Agatha Christie
739. **A última legião** – Valerio Massimo Manfredi
741. **Sol nascente** – Michael Crichton
742. **Duzentos ladrões** – Dalton Trevisan
743. **Os devaneios do caminhante solitário** – Rousseau
744. **Garfield, o rei da preguiça (10)** – Jim Davis
745. **Os magnatas** – Charles R. Morris
746. **Pulp** – Charles Bukowski
747. **Enquanto agonizo** – William Faulkner
748. **Aline: viciada em sexo (3)** – Adão Iturrusgarai
749. **A dama do cachorrinho** – Anton Tchékhov
750. **Tito Andrônico** – Shakespeare
751. **Antologia poética** – Anna Akhmátova
752. **O melhor de Hagar 6** – Dik e Chris Browne
753(12). **Michelangelo** – Nadine Sautel
754. **Dilbert (4)** – Scott Adams
755. **O jardim das cerejeiras** seguido de **Tio Vânia** – Tchékhov
756. **Geração Beat** – Claudio Willer
757. **Santos Dumont** – Alcy Cheuiche
758. **Budismo** – Claude B. Levenson
759. **Cleópatra** – Christian-Georges Schwentzel
760. **Revolução Francesa** – Frédéric Bluche, Stéphane Rials e Jean Tulard
761. **A crise de 1929** – Bernard Gazier
762. **Sigmund Freud** – Edson Sousa e Paulo Endo
763. **Império Romano** – Patrick Le Roux
764. **Cruzadas** – Cécile Morrisson
765. **O mistério do Trem Azul** – Agatha Christie
768. **Senso comum** – Thomas Paine
769. **O parque dos dinossauros** – Michael Crichton
770. **Trilogia da paixão** – Goethe
773. **Snoopy: No mundo da lua! (8)** – Charles Schulz
774. **Os Quatro Grandes** – Agatha Christie
775. **Um brinde de cianureto** – Agatha Christie
776. **Súplicas atendidas** – Truman Capote
779. **A viúva imortal** – Millôr Fernandes
780. **Cabala** – Roland Goetschel
781. **Capitalismo** – Claude Jessua
782. **Mitologia grega** – Pierre Grimal
783. **Economia: 100 palavras-chave** – Jean-Paul Betbèze
784. **Marxismo** – Henri Lefebvre
785. **Punição para a inocência** – Agatha Christie
786. **A extravagância do morto** – Agatha Christie
787(13). **Cézanne** – Bernard Fauconnier
788. **A identidade Bourne** – Robert Ludlum
789. **Da tranquilidade da alma** – Sêneca
790. **Um artista da fome** seguido de **Na colônia penal e outras histórias** – Kafka
791. **Histórias de fantasmas** – Charles Dickens
796. **O Uraguai** – Basílio da Gama
797. **A mão misteriosa** – Agatha Christie
798. **Testemunha ocular do crime** – Agatha Christie
799. **Crepúsculo dos ídolos** – Friedrich Nietzsche
802. **O grande golpe** – Dashiell Hammett
803. **Humor barra pesada** – Nani
804. **Vinho** – Jean-François Gautier
805. **Egito Antigo** – Sophie Desplancques
806(14). **Baudelaire** – Jean-Baptiste Baronian
807. **Caminho da sabedoria, caminho da paz** – Dalai Lama e Felizitas von Schönborn
808. **Senhor e servo e outras histórias** – Tolstói
809. **Os cadernos de Malte Laurids Brigge** – Rilke
810. **Dilbert (5)** – Scott Adams
811. **Big Sur** – Jack Kerouac
812. **Seguindo a correnteza** – Agatha Christie
813. **O álibi** – Sandra Brown
814. **Montanha-russa** – Martha Medeiros
815. **Coisas da vida** – Martha Medeiros
816. **A cantada infalível** seguido de **A mulher do centroavante** – David Coimbra
819. **Snoopy: Pausa para a soneca (9)** – Charles Schulz
820. **De pernas pro ar** – Eduardo Galeano
821. **Tragédias gregas** – Pascal Thiercy
822. **Existencialismo** – Jacques Colette
823. **Nietzsche** – Jean Granier
824. **Amar ou depender?** – Walter Riso
825. **Darmapada: A doutrina budista em versos**
826. **J'Accuse...!** – **a verdade em marcha** – Zola
827. **Os crimes ABC** – Agatha Christie
828. **Um gato entre os pombos** – Agatha Christie
831. **Dicionário de teatro** – Luiz Paulo Vasconcellos
832. **Cartas extraviadas** – Martha Medeiros
833. **A longa viagem de prazer** – J. J. Morosoli
834. **Receitas fáceis** – J. A. Pinheiro Machado

835. (14).**Mais fatos & mitos** – Dr. Fernando Lucchese
836. (15).**Boa viagem!** – Dr. Fernando Lucchese
837. **Aline: Finalmente nua!!!** (4) – Adão Iturrusgarai
838. **Mônica tem uma novidade!** – Mauricio de Sousa
839. **Cebolinha em apuros!** – Mauricio de Sousa
840. **Sócios no crime** – Agatha Christie
841. **Bocas do tempo** – Eduardo Galeano
842. **Orgulho e preconceito** – Jane Austen
843. **Impressionismo** – Dominique Lobstein
844. **Escrita chinesa** – Viviane Alleton
845. **Paris: uma história** – Yvan Combeau
846. (15).**Van Gogh** – David Haziot
848. **Portal do destino** – Agatha Christie
849. **O futuro de uma ilusão** – Freud
850. **O mal-estar na cultura** – Freud
853. **Um crime adormecido** – Agatha Christie
854. **Satori em Paris** – Jack Kerouac
855. **Medo e delírio em Las Vegas** – Hunter Thompson
856. **Um negócio fracassado e outros contos de humor** – Tchékhov
857. **Mônica está de férias!** – Mauricio de Sousa
858. **De quem é esse coelho?** – Mauricio de Sousa
860. **O mistério Sittaford** – Agatha Christie
861. **Manhã transfigurada** – L. A. de Assis Brasil
862. **Alexandre, o Grande** – Pierre Briant
863. **Jesus** – Charles Perrot
864. **Islã** – Paul Balta
865. **Guerra da Secessão** – Farid Ameur
866. **Um rio que vem da Grécia** – Cláudio Moreno
868. **Assassinato na casa do pastor** – Agatha Christie
869. **Manual do líder** – Napoleão Bonaparte
870. (16).**Billie Holiday** – Sylvia Fol
871. **Bidu arrasando!** – Mauricio de Sousa
872. **Os Sousa: Desventuras em família** – Mauricio de Sousa
874. **E no final a morte** – Agatha Christie
875. **Guia prático do Português correto – vol. 4** – Cláudio Moreno
876. **Dilbert (6)** – Scott Adams
877. (17).**Leonardo da Vinci** – Sophie Chauveau
878. **Bella Toscana** – Frances Mayes
879. **A arte da ficção** – David Lodge
880. **Striptiras (4)** – Laerte
881. **Skrotinhos** – Angeli
882. **Depois do funeral** – Agatha Christie
883. **Radicci 7** – Iotti
884. **Walden** – H. D. Thoreau
885. **Lincoln** – Allen C. Guelzo
886. **Primeira Guerra Mundial** – Michael Howard
887. **A linha de sombra** – Joseph Conrad
888. **O amor é um cão dos diabos** – Bukowski
890. **Despertar: uma vida de Buda** – Jack Kerouac
891. (18).**Albert Einstein** – Laurent Seksik
892. **Hell's Angels** – Hunter Thompson
893. **Ausência na primavera** – Agatha Christie
894. **Dilbert (7)** – Scott Adams
895. **Ao sul de lugar nenhum** – Bukowski
896. **Maquiavel** – Quentin Skinner
897. **Sócrates** – C.C.W. Taylor
899. **O Natal de Poirot** – Agatha Christie
900. **As veias abertas da América Latina** – Eduardo Galeano
901. **Snoopy: Sempre alerta! (10)** – Charles Schulz
902. **Chico Bento: Plantando confusão** – Mauricio de Sousa
903. **Penadinho: Quem é morto sempre aparece** – Mauricio de Sousa
904. **A vida sexual da mulher feia** – Claudia Tajes
905. **100 segredos de liquidificador** – José Antonio Pinheiro Machado
906. **Sexo muito prazer 2** – Laura Meyer da Silva
907. **Os nascimentos** – Eduardo Galeano
908. **As caras e as máscaras** – Eduardo Galeano
909. **O século do vento** – Eduardo Galeano
910. **Poirot perde uma cliente** – Agatha Christie
911. **Cérebro** – Michael O'Shea
912. **O escaravelho de ouro e outras histórias** – Edgar Allan Poe
913. **Piadas para sempre (4)** – Visconde da Casa Verde
914. **100 receitas de massas light** – Helena Tonetto
915. (19).**Oscar Wilde** – Daniel Salvatore Schiffer
916. **Uma breve história do mundo** – H. G. Wells
917. **A Casa do Penhasco** – Agatha Christie
918. **John M. Keynes** – Bernard Gazier
920. (20).**Virginia Woolf** – Alexandra Lemasson
921. **Peter e Wendy** seguido de **Peter Pan em Kensington Gardens** – J. M. Barrie
922. **Aline: numas de colegial (5)** – Adão Iturrusgarai
923. **Uma dose mortal** – Agatha Christie
924. **Os trabalhos de Hércules** – Agatha Christie
926. **Kant** – Roger Scruton
927. **A inocência do Padre Brown** – G.K. Chesterton
928. **Casa Velha** – Machado de Assis
929. **Marcas de nascença** – Nancy Huston
930. **Aulete de bolso**
931. **Hora Zero** – Agatha Christie
932. **Morte na Mesopotâmia** – Agatha Christie
934. **Nem te conto, João** – Dalton Trevisan
935. **As aventuras de Huckleberry Finn** – Mark Twain
936. (21).**Marilyn Monroe** – Anne Plantagenet
937. **China moderna** – Rana Mitter
938. **Dinossauros** – David Norman
939. **Louca por homem** – Claudia Tajes
940. **Amores de alto risco** – Walter Riso
941. **Jogo de damas** – David Coimbra
942. **Filha é filha** – Agatha Christie
943. **M ou N?** – Agatha Christie
945. **Bidu: diversão em dobro!** – Mauricio de Sousa
946. **Fogo** – Anaïs Nin
947. **Rum: diário de um jornalista bêbado** – Hunter Thompson
948. **Persuasão** – Jane Austen
949. **Lágrimas na chuva** – Sergio Faraco
950. **Mulheres** – Bukowski
951. **Um pressentimento funesto** – Agatha Christie
952. **Cartas na mesa** – Agatha Christie
954. **O lobo do mar** – Jack London
955. **Os gatos** – Patricia Highsmith
956. (22).**Jesus** – Christiane Rancé
957. **História da medicina** – William Bynum
958. **O Morro dos Ventos Uivantes** – Emily Brontë
959. **A filosofia na era trágica dos gregos** – Nietzsche
960. **Os treze problemas** – Agatha Christie
961. **A massagista japonesa** – Moacyr Scliar

963. **Humor do miserê** – Nani
964. **Todo o mundo tem dúvida, inclusive você** – Édison de Oliveira
965. **A dama do Bar Nevada** – Sergio Faraco
969. **O psicopata americano** – Bret Easton Ellis
970. **Ensaios de amor** – Alain de Botton
971. **O grande Gatsby** – F. Scott Fitzgerald
972. **Por que não sou cristão** – Bertrand Russell
973. **A Casa Torta** – Agatha Christie
974. **Encontro com a morte** – Agatha Christie
975(23). **Rimbaud** – Jean-Baptiste Baronian
976. **Cartas na rua** – Bukowski
977. **Memória** – Jonathan K. Foster
978. **A abadia de Northanger** – Jane Austen
979. **As pernas de Úrsula** – Claudia Tajes
980. **Retrato inacabado** – Agatha Christie
981. **Solanin (1)** – Inio Asano
982. **Solanin (2)** – Inio Asano
983. **Aventuras de menino** – Mitsuru Adachi
984(16). **Fatos & mitos sobre sua alimentação** – Dr. Fernando Lucchese
985. **Teoria quântica** – John Polkinghorne
986. **O eterno marido** – Fiódor Dostoiévski
987. **Um safado em Dublin** – J. P. Donleavy
988. **Mirinha** – Dalton Trevisan
989. **Akhenaton e Nefertiti** – Carmen Seganfredo e A. S. Franchini
990. **On the Road – o manuscrito original** – Jack Kerouac
991. **Relatividade** – Russell Stannard
992. **Abaixo de zero** – Bret Easton Ellis
993(24). **Andy Warhol** – Mériam Korichi
995. **Os últimos casos de Miss Marple** – Agatha Christie
996. **Nico Demo: Aí vem encrenca** – Mauricio de Sousa
998. **Rousseau** – Robert Wokler
999. **Noite sem fim** – Agatha Christie
1000. **Diários de Andy Warhol (1)** – Editado por Pat Hackett
1001. **Diários de Andy Warhol (2)** – Editado por Pat Hackett
1002. **Cartier-Bresson: o olhar do século** – Pierre Assouline
1003. **As melhores histórias da mitologia: vol. 1** – A.S. Franchini e Carmen Seganfredo
1004. **As melhores histórias da mitologia: vol. 2** – A.S. Franchini e Carmen Seganfredo
1005. **Assassinato no beco** – Agatha Christie
1006. **Convite para um homicídio** – Agatha Christie
1008. **História da vida** – Michael J. Benton
1009. **Jung** – Anthony Stevens
1010. **Arsène Lupin, ladrão de casaca** – Maurice Leblanc
1011. **Dublinenses** – James Joyce
1012. **120 tirinhas da Turma da Mônica** – Mauricio de Sousa
1013. **Antologia poética** – Fernando Pessoa
1014. **A aventura de um cliente ilustre** *seguido de* **O último adeus de Sherlock Holmes** – Sir Arthur Conan Doyle
1015. **Cenas de Nova York** – Jack Kerouac
1016. **A corista** – Anton Tchékhov
1017. **O diabo** – Leon Tolstói
1018. **Fábulas chinesas** – Sérgio Capparelli e Márcia Schmaltz
1019. **O gato do Brasil** – Sir Arthur Conan Doyle
1020. **Missa do Galo** – Machado de Assis
1021. **O mistério de Marie Rogêt** – Edgar Allan Poe
1022. **A mulher mais linda da cidade** – Bukowski
1023. **O retrato** – Nicolai Gogol
1024. **O conflito** – Agatha Christie
1025. **Os primeiros casos de Poirot** – Agatha Christie
1027(25). **Beethoven** – Bernard Fauconnier
1028. **Platão** – Julia Annas
1029. **Cleo e Daniel** – Roberto Freire
1030. **Til** – José de Alencar
1031. **Viagens na minha terra** – Almeida Garrett
1032. **Profissões para mulheres e outros artigos feministas** – Virginia Woolf
1033. **Mrs. Dalloway** – Virginia Woolf
1034. **O cão da morte** – Agatha Christie
1035. **Tragédia em três atos** – Agatha Christie
1037. **O fantasma da Ópera** – Gaston Leroux
1038. **Evolução** – Brian e Deborah Charlesworth
1039. **Medida por medida** – Shakespeare
1040. **Razão e sentimento** – Jane Austen
1041. **A obra-prima ignorada** *seguido de* **Um episódio durante o Terror** – Balzac
1042. **A fugitiva** – Anaïs Nin
1043. **As grandes histórias da mitologia greco-romana** – A. S. Franchini
1044. **O corno de si mesmo & outras historietas** – Marquês de Sade
1045. **Da felicidade** *seguido de* **Da vida retirada** – Sêneca
1046. **O horror em Red Hook e outras histórias** – H. P. Lovecraft
1047. **Noite em claro** – Martha Medeiros
1048. **Poemas clássicos chineses** – Li Bai, Du Fu e Wang Wei
1049. **A terceira moça** – Agatha Christie
1050. **Um destino ignorado** – Agatha Christie
1051(26). **Buda** – Sophie Royer
1052. **Guerra Fria** – Robert J. McMahon
1053. **Simons's Cat: as aventuras de um gato travesso e comilão – vol. 1** – Simon Tofield
1054. **Simons's Cat: as aventuras de um gato travesso e comilão – vol. 2** – Simon Tofield
1055. **Só as mulheres e as baratas sobreviverão** – Claudia Tajes
1057. **Pré-história** – Chris Gosden
1058. **Pintou sujeira!** – Mauricio de Sousa
1059. **Contos de Mamãe Gansa** – Charles Perrault
1060. **A interpretação dos sonhos: vol. 1** – Freud
1061. **A interpretação dos sonhos: vol. 2** – Freud
1062. **Frufru Rataplã Dolores** – Dalton Trevisan
1063. **As melhores histórias da mitologia egípcia** – Carmeem Seganfredo e A.S. Franchini
1064. **Infância. Adolescência. Juventude** – Tolstói
1065. **As consolações da filosofia** – Alain de Botton
1066. **Diários de Jack Kerouac – 1947-1954**
1067. **Revolução Francesa – vol. 1** – Max Gallo
1068. **Revolução Francesa – vol. 2** – Max Gallo
1069. **O detetive Parker Pyne** – Agatha Christie
1070. **Memórias do esquecimento** – Flávio Tavares
1071. **Drogas** – Leslie Iversen

1072. **Manual de ecologia (vol.2)** – J. Lutzenberger
1073. **Como andar no labirinto** – Affonso Romano de Sant'Anna
1074. **A orquídea e o serial killer** – Juremir Machado da Silva
1075. **Amor nos tempos de fúria** – Lawrence Ferlinghetti
1076. **A aventura do pudim de Natal** – Agatha Christie
1078. **Amores que matam** – Patricia Faur
1079. **Histórias de pescador** – Mauricio de Sousa
1080. **Pedaços de um caderno manchado de vinho** – Bukowski
1081. **A ferro e fogo: tempo de solidão (vol.1)** – Josué Guimarães
1082. **A ferro e fogo: tempo de guerra (vol.2)** – Josué Guimarães
1084(17). **Desembarcando o Alzheimer** – Dr. Fernando Lucchese e Dra. Ana Hartmann
1085. **A maldição do espelho** – Agatha Christie
1086. **Uma breve história da filosofia** – Nigel Warburton
1088. **Heróis da História** – Will Durant
1089. **Concerto campestre** – L. A. de Assis Brasil
1090. **Morte nas nuvens** – Agatha Christie
1092. **Aventura em Bagdá** – Agatha Christie
1093. **O cavalo amarelo** – Agatha Christie
1094. **O método de interpretação dos sonhos** – Freud
1095. **Sonetos de amor e desamor** – Vários
1096. **120 tirinhas do Dilbert** – Scott Adams
1097. **200 fábulas de Esopo**
1098. **O curioso caso de Benjamin Button** – F. Scott Fitzgerald
1099. **Piadas para sempre: uma antologia para morrer de rir** – Visconde da Casa Verde
1100. **Hamlet (Mangá)** – Shakespeare
1101. **A arte da guerra (Mangá)** – Sun Tzu
1104. **As melhores histórias da Bíblia (vol.1)** – A. S. Franchini e Carmen Seganfredo
1105. **As melhores histórias da Bíblia (vol.2)** – A. S. Franchini e Carmen Seganfredo
1106. **Psicologia das massas e análise do eu** – Freud
1107. **Guerra Civil Espanhola** – Helen Graham
1108. **A autoestrada do sul e outras histórias** – Julio Cortázar
1109. **O mistério dos sete relógios** – Agatha Christie
1110. **Peanuts: Ninguém gosta de mim... (amor)** – Charles Schulz
1111. **Cadê o bolo?** – Mauricio de Sousa
1112. **O filósofo ignorante** – Voltaire
1113. **Totem e tabu** – Freud
1114. **Filosofia pré-socrática** – Catherine Osborne
1115. **Desejo de status** – Alain de Botton
1118. **Passageiro para Frankfurt** – Agatha Christie
1120. **Kill All Enemies** – Melvin Burgess
1121. **A morte da sra. McGinty** – Agatha Christie
1122. **Revolução Russa** – S. A. Smith
1123. **Até você, Capitu?** – Dalton Trevisan
1124. **O grande Gatsby (Mangá)** – F. S. Fitzgerald
1125. **Assim falou Zaratustra (Mangá)** – Nietzsche
1126. **Peanuts: É para isso que servem os amigos (amizade)** – Charles Schulz
1127(27). **Nietzsche** – Dorian Astor
1128. **Bidu: Hora do banho** – Mauricio de Sousa
1129. **O melhor do Macanudo Taurino** – Santiago
1130. **Radicci 30 anos** – Iotti
1131. **Show de sabores** – J.A. Pinheiro Machado
1132. **O prazer das palavras** – vol. 3 – Cláudio Moreno
1133. **Morte na praia** – Agatha Christie
1134. **O fardo** – Agatha Christie
1135. **Manifesto do Partido Comunista (Mangá)** – Marx & Engels
1136. **A metamorfose (Mangá)** – Franz Kafka
1137. **Por que você não se casou... ainda** – Tracy McMillan
1138. **Textos autobiográficos** – Bukowski
1139. **A importância de ser prudente** – Oscar Wilde
1140. **Sobre a vontade na natureza** – Arthur Schopenhauer
1141. **Dilbert (8)** – Scott Adams
1142. **Entre dois amores** – Agatha Christie
1143. **Cipreste triste** – Agatha Christie
1144. **Alguém viu uma assombração?** – Mauricio de Sousa
1145. **Mandela** – Elleke Boehmer
1146. **Retrato do artista quando jovem** – James Joyce
1147. **Zadig ou o destino** – Voltaire
1148. **O contrato social (Mangá)** – J.-J. Rousseau
1149. **Garfield fenomenal** – Jim Davis
1150. **A queda da América** – Allen Ginsberg
1151. **Música na noite & outros ensaios** – Aldous Huxley
1152. **Poesias inéditas & Poemas dramáticos** – Fernando Pessoa
1153. **Peanuts: Felicidade é...** – Charles M. Schulz
1154. **Mate-me por favor** – Legs McNeil e Gillian McCain
1155. **Assassinato no Expresso Oriente** – Agatha Christie
1156. **Um punhado de centeio** – Agatha Christie
1157. **A interpretação dos sonhos (Mangá)** – Freud
1158. **Peanuts: Você não entende o sentido da vida** – Charles M. Schulz
1159. **A dinastia Rothschild** – Herbert R. Lottman
1160. **A Mansão Hollow** – Agatha Christie
1161. **Nas montanhas da loucura** – H.P. Lovecraft
1162(28). **Napoleão Bonaparte** – Pascale Fautrier
1163. **Um corpo na biblioteca** – Agatha Christie
1164. **Inovação** – Mark Dodgson e David Gann
1165. **O que toda mulher deve saber sobre os homens: a afetividade masculina** – Walter Riso
1166. **O amor está no ar** – Mauricio de Sousa
1167. **Testemunha de acusação & outras histórias** – Agatha Christie
1168. **Etiqueta de bolso** – Celia Ribeiro
1169. **Poesia reunida (volume 3)** – Affonso Romano de Sant'Anna
1170. **Emma** – Jane Austen
1171. **Que seja em segredo** – Ana Miranda
1172. **Garfield sem apetite** – Jim Davis
1173. **Garfield: Foi mal...** – Jim Davis
1174. **Os irmãos Karamázov (Mangá)** – Dostoiévski
1175. **O Pequeno Príncipe** – Antoine de Saint-Exupéry
1176. **Peanuts: Ninguém mais tem o espírito aventureiro** – Charles M. Schulz
1177. **Assim falou Zaratustra** – Nietzsche

1178. **Morte no Nilo** – Agatha Christie
1179. **Ê, soneca boa** – Mauricio de Sousa
1180. **Garfield a todo o vapor** – Jim Davis
1181. **Em busca do tempo perdido (Mangá)** – Proust
1182. **Cai o pano: o último caso de Poirot** – Agatha Christie
1183. **Livro para colorir e relaxar** – Livro 1
1184. **Para colorir sem parar**
1185. **Os elefantes não esquecem** – Agatha Christie
1186. **Teoria da relatividade** – Albert Einstein
1187. **Compêndio da psicanálise** – Freud
1188. **Visões de Gerard** – Jack Kerouac
1189. **Fim de verão** – Mohiro Kitoh
1190. **Procurando diversão** – Mauricio de Sousa
1191. **E não sobrou nenhum e outras peças** – Agatha Christie
1192. **Ansiedade** – Daniel Freeman & Jason Freeman
1193. **Garfield: pausa para o almoço** – Jim Davis
1194. **Contos do dia e da noite** – Guy de Maupassant
1195. **O melhor de Hagar 7** – Dik Browne
1196. (29).**Lou Andreas-Salomé** – Dorian Astor
1197. (30).**Pasolini** – René de Ceccatty
1198. **O caso do Hotel Bertram** – Agatha Christie
1199. **Crônicas de motel** – Sam Shepard
1200. **Pequena filosofia da paz interior** – Catherine Rambert
1201. **Os sertões** – Euclides da Cunha
1202. **Treze à mesa** – Agatha Christie
1203. **Bíblia** – John Riches
1204. **Anjos** – David Albert Jones
1205. **As tirinhas do Guri de Uruguaiana 1** – Jair Kobe
1206. **Entre aspas (vol.1)** – Fernando Eichenberg
1207. **Escrita** – Andrew Robinson
1208. **O spleen de Paris: pequenos poemas em prosa** – Charles Baudelaire
1209. **Satíricon** – Petrônio
1210. **O avarento** – Molière
1211. **Queimando na água, afogando-se na chama** – Bukowski
1212. **Miscelânea septuagenária: contos e poemas** – Bukowski
1213. **Que filosofar é aprender a morrer e outros ensaios** – Montaigne
1214. **Da amizade e outros ensaios** – Montaigne
1215. **O medo à espreita e outras histórias** – H.P. Lovecraft
1216. **A obra de arte na era de sua reprodutibilidade técnica** – Walter Benjamin
1217. **Sobre a liberdade** – John Stuart Mill
1218. **O segredo de Chimneys** – Agatha Christie
1219. **Morte na rua Hickory** – Agatha Christie
1220. **Ulisses (Mangá)** – James Joyce
1221. **Ateísmo** – Julian Baggini
1222. **Os melhores contos de Katherine Mansfield** – Katherine Mansfield
1223. (31).**Martin Luther King** – Alain Foix
1224. **Millôr Definitivo: uma antologia de *A Bíblia do Caos*** – Millôr Fernandes
1225. **O Clube das Terças-Feiras e outras histórias** – Agatha Christie
1226. **Por que sou tão sábio** – Nietzsche
1227. **Sobre a mentira** – Platão
1228. **Sobre a leitura *seguido do* Depoimento de Céleste Albaret** – Proust
1229. **O homem do terno marrom** – Agatha Christie
1230. (32).**Jimi Hendrix** – Franck Médioni
1231. **Amor e amizade e outras histórias** – Jane Austen
1232. **Lady Susan, Os Watson e Sanditon** – Jane Austen
1233. **Uma breve história da ciência** – William Bynum
1234. **Macunaíma: o herói sem nenhum caráter** – Mário de Andrade
1235. **A máquina do tempo** – H.G. Wells
1236. **O homem invisível** – H.G. Wells
1237. **Os 36 estratagemas: manual secreto da arte da guerra** – Anônimo
1238. **A mina de ouro e outras histórias** – Agatha Christie
1239. **Pic** – Jack Kerouac
1240. **O habitante da escuridão e outros contos** – H.P. Lovecraft
1241. **O chamado de Cthulhu e outros contos** – H.P. Lovecraft
1242. **O melhor de Meu reino por um cavalo!** – Edição de Ivan Pinheiro Machado
1243. **A guerra dos mundos** – H.G. Wells
1244. **O caso da criada perfeita e outras histórias** – Agatha Christie
1245. **Morte por afogamento e outras histórias** – Agatha Christie
1246. **Assassinato no Comitê Central** – Manuel Vázquez Montalbán
1247. **O papai é pop** – Marcos Piangers
1248. **O papai é pop 2** – Marcos Piangers
1249. **A mamãe é rock** – Ana Cardoso
1250. **Paris boêmia** – Dan Franck
1251. **Paris libertária** – Dan Franck
1252. **Paris ocupada** – Dan Franck
1253. **Uma anedota infame** – Dostoiévski
1254. **O último dia de um condenado** – Victor Hugo
1255. **Nem só de caviar vive o homem** – J.M. Simmel
1256. **Amanhã é outro dia** – J.M. Simmel
1257. **Mulherzinhas** – Louisa May Alcott
1258. **Reforma Protestante** – Peter Marshall
1259. **História econômica global** – Robert C. Allen
1260. (33).**Che Guevara** – Alain Foix
1261. **Câncer** – Nicholas James
1262. **Akhenaton** – Agatha Christie
1263. **Aforismos para a sabedoria de vida** – Arthur Schopenhauer
1264. **Uma história do mundo** – David Coimbra
1265. **Ame e não sofra** – Walter Riso
1266. **Desapegue-se!** – Walter Riso
1267. **Os Sousa: Uma família do barulho** – Mauricio de Sousa
1268. **Nico Demo: O rei da travessura** – Mauricio de Sousa
1269. **Testemunha de acusação e outras peças** – Agatha Christie
1270. (34).**Dostoiévski** – Virgil Tanase

1271. O melhor de Hagar 8 – Dik Browne
1272. O melhor de Hagar 9 – Dik Browne
1273. O melhor de Hagar 10 – Dik e Chris Browne
1274. Considerações sobre o governo representativo – John Stuart Mill
1275. O homem Moisés e a religião monoteísta – Freud
1276. Inibição, sintoma e medo – Freud
1277. Além do princípio de prazer – Freud
1278. O direito de dizer não! – Walter Riso
1279. A arte de ser flexível – Walter Riso
1280. Casados e descasados – August Strindberg
1281. Da Terra à Lua – Júlio Verne
1282. Minhas galerias e meus pintores – Kahnweiler
1283. A arte do romance – Virginia Woolf
1284. Teatro completo v. 1: As aves da noite *seguido de* O visitante – Hilda Hilst
1285. Teatro completo v. 2: O verdugo *seguido de* A morte do patriarca – Hilda Hilst
1286. Teatro completo v. 3: O rato no muro *seguido de* Auto da barca de Camiri – Hilda Hilst
1287. Teatro completo v. 4: A empresa *seguido de* O novo sistema – Hilda Hilst
1289. Fora de mim – Martha Medeiros
1290. Divã – Martha Medeiros
1291. Sobre a genealogia da moral: um escrito polêmico – Nietzsche
1292. A consciência de Zeno – Italo Svevo
1293. Células-tronco – Jonathan Slack
1294. O fim do ciúme e outros contos – Proust
1295. A jangada – Júlio Verne
1296. A ilha do dr. Moreau – H.G. Wells
1297. Ninho de fidalgos – Ivan Turguêniev
1298. Jane Eyre – Charlotte Brontë
1299. Sobre gatos – Bukowski
1300. Sobre o amor – Bukowski
1301. Escrever para não enlouquecer – Bukowski
1302. 222 receitas – J. A. Pinheiro Machado
1303. Reinações de Narizinho – Monteiro Lobato
1304. O Saci – Monteiro Lobato
1305. Memórias da Emília – Monteiro Lobato
1306. O Picapau Amarelo – Monteiro Lobato
1307. A reforma da Natureza – Monteiro Lobato
1308. Fábulas *seguido de* Histórias diversas – Monteiro Lobato
1309. Aventuras de Hans Staden – Monteiro Lobato
1310. Peter Pan – Monteiro Lobato
1311. Dom Quixote das crianças – Monteiro Lobato
1312. O Minotauro – Monteiro Lobato
1313. Um quarto só seu – Virginia Woolf
1314. Sonetos – Shakespeare
1315. (35). Thoreau – Marie Berthoumieu e Laura El Makki
1316. Teoria da arte – Cynthia Freeland
1317. A arte da prudência – Baltasar Gracián
1318. O louco *seguido de* Areia e espuma – Khalil Gibran
1319. O profeta *seguido de* O jardim do profeta – Khalil Gibran
1320. Jesus, o Filho do Homem – Khalil Gibran
1321. A luta – Norman Mailer
1322. Sobre o sofrimento do mundo e outros ensaios – Schopenhauer
1323. Epidemiologia – Rodolfo Sacacci
1324. Japão moderno – Christopher Goto-Jones
1325. A arte da meditação – Matthieu Ricard
1326. O adversário secreto – Agatha Christie
1327. Pollyanna – Eleanor H. Porter
1328. Espelhos – Eduardo Galeano
1329. A Vênus das peles – Sacher-Masoch
1330. O 18 de brumário de Luís Bonaparte – Karl Marx
1331. Um jogo para os vivos – Patricia Highsmith
1332. A tristeza pode esperar – J.J. Camargo
1333. Vinte poemas de amor e uma canção desesperada – Pablo Neruda
1334. Judaísmo – Norman Solomon
1335. Esquizofrenia – Christopher Frith & Eve Johnstone
1336. Seis personagens em busca de um autor – Luigi Pirandello
1337. A Fazenda dos Animais – George Orwell
1338. 1984 – George Orwell
1339. Ubu Rei – Alfred Jarry
1340. Sobre bêbados e bebidas – Bukowski
1341. Tempestade para os vivos e para os mortos – Bukowski
1342. Complicado – Natsume Ono
1343. Sobre o livre-arbítrio – Schopenhauer
1344. Uma breve história da literatura – John Sutherland
1345. Você fica tão sozinho às vezes que até faz sentido – Bukowski
1346. Um apartamento em Paris – Guillaume Musso
1347. Receitas fáceis e saborosas – José Antonio Pinheiro Machado
1348. Por que engordamos – Gary Taubes
1349. A fabulosa história do hospital – Jean-Noël Fabiani
1350. Voo noturno *seguido de* Terra dos homens – Antoine de Saint-Exupéry
1351. Doutor Sax – Jack Kerouac
1352. O livro do Tao e da virtude – Lao-Tsé
1353. Pista negra – Antonio Manzini
1354. A chave de vidro – Dashiell Hammett
1355. Martin Eden – Jack London
1356. Já te disse adeus, e agora, como te esqueço? – Walter Riso
1357. A viagem do descobrimento – Eduardo Bueno
1358. Náufragos, traficantes e degredados – Eduardo Bueno
1359. Retrato do Brasil – Paulo Prado
1360. Maravilhosamente imperfeito, escandalosamente feliz – Walter Riso
1361. É... – Millôr Fernandes
1362. Duas tábuas e uma paixão – Millôr Fernandes
1363. Selma e Sinatra – Martha Medeiros
1364. Tudo que eu queria te dizer – Martha Medeiros
1365. Várias histórias – Machado de Assis
1366. A sabedoria do Padre Brown – G. K. Chesterton
1367. Capitães do Brasil – Eduardo Bueno
1368. O falcão maltês – Dashiell Hammett
1369. A arte de estar com a razão – Arthur Schopenhauer
1370. A visão dos vencidos – Miguel León-Portilla

lepmeditores
www.lpm.com.br
o site que conta tudo

IMPRESSÃO:

PALLOTTI
GRÁFICA

Santa Maria - RS | Fone: (55) 3220.4500
www.graficapallotti.com.br